胡适读书与做人

胡 适 著

尹稚宁 主编

内蒙古出版集团

远方出版社

图书在版编目（CIP）数据

胡适读书与做人／胡适著. —呼和浩特：远方出版社，2015.12

（中国近现代经典文学阅读／尹稚宁主编）

ISBN 978-7-5555-0489-4

Ⅰ.①胡… Ⅱ.①胡… Ⅲ.①散文集-中国-现代 Ⅳ.①I266

中国版本图书馆 CIP 数据核字（2015）第 205514 号

胡适读书与做人

中国近现代经典文学阅读

作　　者	胡　适
丛书主编	尹稚宁
责任编辑	王　叶
装帧设计	盛世博悦
出版发行	内蒙古出版集团　远方出版社
社　　址	呼和浩特市乌兰察布东路 666 号　邮编：010010
电　　话	（0471）2236471 总编室　2236460 发行部
经　　销	新华书店
印　　刷	北京佳顺印务有限公司
开　　本	660×920　1/16
字　　数	241 千
印　　张	21
版　　次	2015 年 12 月　第 1 版
印　　次	2016 年 1 月　第 1 次印刷
印　　数	1—5000 册
标准书号	ISBN 978-7-5555-0489-4
定　　价	28.00 元

目　录

第一部分　读书

第二部分 做人

第一部分　读书

为学要如金字塔，要能广大要能高。

生命本没有意义，你要能给它什么意义，它就有什么意义。与其终日冥想人生有何意义，不如试用此生做点有意义的事。

把自己铸造成器，方才可以希望有益于社会。真实的为我，便是最有益的为人。把自己铸造成了自由独立的人格，你自然会不知足，不满意现状，敢说老实话。

建设的文学革命论（1918年）

国语的文学——文学的国语

一

我的《文学改良刍议》发表以来，已有一年多了。这十几个月之中，这个问题居然引起了许多很有价值的讨论，居然受了许多很可使人乐观的响应。我想我们提倡文学革命的人，固然不能不从破坏一方面下手。但是我们仔细看来，现在的旧派文学实在不值得一驳。什么桐城派的古文哪，《文选》派的文学哪，江西派的诗哪，梦窗派的词哪，《聊斋志异》派的小说哪——都没有破坏的价值。他们所以还能存在国中，正因为现在还没有一种真有价值、真有生气、真可算作文学的新文学起来代他们的位置。有了这种"真文学"和"活文学"，那些"假文学"和"死文学"，自然会消灭了。所以我望我们提倡文学革命的人，对于那些腐败文学，个个都该存一个"彼可取而代也"的心理，个个都该从建设一方面用力，要在三五十年内替中国创造出一派新中国的活文学。

我现在作这篇文章的宗旨，在于贡献我对于建设新文学的意见。我且先把我从前所主张破坏的八事引来做参考的资料：

一、不作“言之无物”的文字。

二、不作“无病呻吟”的文字。

三、不用典。

四、不用套语烂调。

五、不重对偶——文须废骈，诗须废律。

六、不作不合文法的文字。

七、不摹仿古人。

八、不避俗话俗字。

这是我的“八不主义”，是单从消极的、破坏的一方面着想的。

自从去年归国以后，我在各处演说文学革命，便把这“八不主义”都改作了肯定的口气，又总括作四条，如下：

一、要有话说，方才说话。这是“不做言之无物的文字”一条的变相。

二、有什么话，说什么话；话怎么说，就怎么说。这是二、三、四、五、六诸条的变相。

三、要说我自己的话，别说别人的话。这是“不摹仿古人”一条的变相。

四、是什么时代的人，说什么时代的话。这是“不避俗话俗字”的变相。

这是一半消极，一半积极的主张。一笔表过，且说正文。

二

我的《建设新文学论》的唯一宗旨只有十个大字：“国语的

文学，文学的国语。”我们所提倡的文学革命，只是要替中国创造一种国语的文学。有了国语的文学，方才可有文学的国语。有了文学的国语，我们的国语才可算得真正国语。国语没有文学，便没有生命，便没有价值，便不能成立，便不能发达。这是我这一篇文字的大旨。

我曾仔细研究：中国这二千年何以没有真有价值真有生命的“文言的文学”？我自己回答道：“这都因为这二千年的文人所做的文学都是死的，都是用已经死了的语言文字做的。死文字决不能产出活文学。所以中国这二千年只有些死文学，只有些没有价值的死文学。”

我们为什么爱读《木兰辞》和《孔雀东南飞》呢？因为这两首诗是用白话做的。为什么爱读陶渊明的诗和李后主的词呢？因为他们的诗词是用白话做的。为什么爱杜甫的《石壕吏》、《兵车行》诸诗呢？因为他们都是用白话做的。为什么不爱韩愈的《南山》呢？因为他用的是死字死话……简单说来，自从《三百篇》到于今，中国的文学凡是有一些价值有一些儿生命的，都是白话的，或是近于白话的。其余的都是没有生气的古董，都是博物院中的陈列品！

再看近世的文学：何以《水浒传》、《西游记》、《儒林外史》、《红楼梦》可以称为“活文学”呢？因为它们都是用一种活文字做的。若是施耐庵、吴承恩、吴敬梓、曹雪芹都用了文言作书，他们的小说一定不会有这样生命，一定不会有这样价值。

读者不要误会，我并不曾说凡是用白话做的书都是有价值有生命的。我说的是：用死了的文言绝不能作出有生命有价值的文学来。这一千多年的文学，凡是有真正文学价值的，没有一种不带有白话的性质，没有一种不靠这个“白话性质”的帮助。换言之：白话能产出有价值的文学，也能产出没有价值的文学；可以产出《儒林外史》，也可以产出《肉蒲团》。但是那已死的文言只能产出没有价值没有生命的文学，绝不能产出有价值有生命的文学；只能做几篇《拟韩退之（原道）》或《拟陆士衡（拟古）》，绝不能做出一部《儒林外史》。若有人不信这话，可先读明朝古文大家宋濂的《王冕传》，再读《儒林外史》第一回的《王冕传》，便可知道死文学和活文学的分别了。

为什么死文字不能产生活文学呢？这都由于文学的性质。一切语言文字的作用在于达意表情；达意达得妙，表情表得好，便是文学。那些用死文言的人，有了意思，却须把这意思翻成几千年前的典故；有了感情，却须把这感情译为几千年前的文言。明明是客子思家，他们须说"王粲登楼"、"仲宣作赋"；明明是送别，他们却须说"《阳关》三叠"、"一曲《渭城》"；明明是贺陈宝琛七十岁生日，他们却须说是贺伊尹、周公、傅说。更可笑的：明明是乡下老太婆说话，他们却要叫她打起唐宋八家的古文腔儿；明明是极下流的妓女说话，他们却要她打起胡天游、洪亮吉的骈文调子！……请问这样做文章，如何能达意表情呢？既不能达意，既不能表情，哪里还有文学呢？即如那《儒林外史》里的王冕，是一个有感情、有血气、能生动、能谈笑的活人。这都因为作书的人能用活言语活文字来描写他的生活神情。那宋濂集子里的王冕，便成了一个没有生气、不能动人的死人。为什么呢？因为宋濂用了二千年前的死文字来写二千年后的活人，所以不能不把这个活人变作二千年前的木偶，才可合那古文家法。古文家法是合了，那王冕也真"作古"了！

因此我说，"死文言决不能产出活文学"。中国若想有活文学，必须用白话，必须用国语，必须作国语的文学。

三

上节所说，是从文学一方面着想，若要活文学，必须用国语。如今且说从国语一方面着想，国语的文学有何等重要。

有些人说："若要用国语做文学，总须先有国语。如今没有标准的国语，如何能有国语的文学呢？"我说这话似乎有理，其实不然。国语不是单靠几位言语学的专门家就能造得成的，也不是单靠几本国语教科书和几部国语字典就能造成的。若要造国语，先须造国语的文学。有了国语的文学，自然有国语。这话初听了似乎不通。但是列位仔细想想便可明白了。天下的人谁肯从国语教科书和国语字典里面学习国语？所以国语教科书和国语字典，虽是很要紧，决不是造国语的利器。真正有功效有势力的国语教科书，便是国语的文学，便是国语的小说、诗文、戏本。国语的小说、诗文、戏本通行之日，便是中国国语成立之时。试问我们今日居然能拿起笔来作几篇白话文章，居然能写得出好几百个白话的字，可是从什么白话教科书上学来的吗？可不是从《水浒传》、《西游记》、《红楼梦》、《儒林外史》等书学来的吗？这些白话文学的势力，比什么字典教科书都还大几百倍。《字典》说"这"字该读"鱼彦反"，我们偏读它作"者个"的者字。《字典》说"么"字是"细小"，我们偏把它用作"什么"、"那么"的"么"字。字典说"没"字是"沉也"，"尽也"，我们偏用它作"无有"的"无"字解。《字典》说"的"字有许多意义，我们偏把它用来代文言的"之"字、"者"字"所"字和"徐徐尔，纵纵尔"的"尔"字……总而言之，我们今日所用的"标准白话"，都是这几部白话的文学定下来的。我们今日要想重新规定一种

“标准国语”，还须先造无数国语的《水浒传》、《西游记》、《儒林外史》、《红楼梦》。

所以我以为我们提倡新文学的人，尽可不必问今日中国有无标准国语。我们尽可努力去作白话的文学。我们可尽量采用《水浒传》、《西游记》、《儒林外史》、《红楼梦》的白话。有不合今日的用的，便不用它；有不够用的，便用今日的白话来补助；有不得不用文言的，便用文言来补助。这样做去，决不愁语言文字不够用，也决不用愁没有标准白话。中国将来的新文学用的白话，就是将来中国的标准国语。造中国将来白话文学的人，就是制定标准国语的人。

我这种议论并不是“向壁虚造”的。我这几年来研究欧洲各国国语的历史，没有一种国语不是这样造成的。没有一种国语是教育部的老爷们造成的。没有一种是言语学专门家造成的。没有一种不是文学家造成的。我且举几条例为证：

一、意大利。五百年前，欧洲各国但有方言，没有“国语”。欧洲最早的国语是意大利文。那时欧洲各国的人多用拉丁文著书通信。到了十四世纪的初年，意大利的大文学家但丁（Dante）极力主张用意大利话来代拉丁文。他说拉丁文是已死了的文字，不如他本国俗话的优美。所以他自己的杰作《喜剧》，全用脱斯堪尼（Tuscany）（意大利北部的一邦）的俗话。这部《喜剧》，风行一世，人都称它作“神圣喜剧”。那“神圣喜剧”的白话后来便成了意大利的标准国语。后来的文学家包卡嘉（Boccacio，1313—1375）和洛伦查（Lorenzo de Medici）诸人也都用白话作文学。所以不到一百年，意大利的国语便完全成立了。

二、英国。英伦虽只是一个小岛国，却有无数方言。现在通行全世界的“英文”，在五百年前还只是伦敦附近一带的方言，叫作“中部土话”。当十四世纪时，各处的方言都有些人用来做书。后来到了十四世纪的末年，出了两位大文学家，一个是赵叟（Chaucer，1340—1400），一个是威克列夫（wycliff，1320—1384）。赵叟作了许多诗歌，散文都用这“中部土话”。威克列夫把耶教的《旧约》、《新约》也都译成“中部土话”。有了这两个人的文学，便把这“中部土话”变成英国的标准国语。后来到了十五世纪，印刷术输进英国，所印的书多用这“中部土语”，国语的标准更确定了。到十六、十七两世纪，莎士比亚和“伊丽莎白时代”的无数文学大家，都用国语创造文学。从此以后，这一部分的“中部土话”，不但成了英国的标准国语，几乎竟成了全地球的世界语了！

此外，法国、德国及其他各国的国语，大都是这样发生的，大都是靠着文学的力量才能变成标准的国语的。我也不去一一的细说了。

意大利国语成立的历史，最可供我们中国人的研究。为什么呢？因为欧洲西部北部的新国，如英吉利、法兰西、德意志，他们的方言和拉丁文相差太远了，所以他们渐渐的用国语著作文学，还不算希奇。只有意大利是当年罗马帝国的京畿近地，在拉丁文的故乡，各处的方言又和拉丁文最近。在意大利提倡用白话代拉丁文，真正和在中国提倡用白话代汉文，有同样的艰难。所以英、法、德各国语，一经文学发达以后，便不知不觉的成为国语了。在意大利却不然。当时反对的人很多，所以那时的新文学家，一方面努力创造国语的文学，一方面还要做文章鼓吹何以当废古文，何以不可不用白话。有了这种有意的主张［最有力的是但丁（Dante）和阿儿白狄（Alberti）两个人］，又有了那些有价值的文学，才可造出意大利的“文学的国语”。

我常问我自己道："自从施耐庵以来，很有了些极风行的白话文学，何以中国至今还不曾有一种标准的国语呢？"我想来想去，只有一个答案。这一千年来，中国固然有了一些有价值的白话文学，但是没有一个人出来明目张胆的主张用白话为中国的"文学的国语"。有时陆放翁高兴了，便作一首白话诗；有时柳耆卿高兴了，便作一首白话词；有时朱晦庵高兴了，便写几封白话信，作几条白话札记；有时施耐庵、吴敬梓高兴了，便作一两部白话的小说。这都是不知不觉的自然出产品，并非是有意的主张。因为没有"有意的主张"，所以作白话的只管作白话，作古文的只管作古文，作八股的只管作八股。因为没有"有意的主张"，所以白话文学从不曾和那些"死文学"争那"文学正宗"的位置。白话文学不成为文学正宗，故白话不曾成为标准国语。

我们今日提倡国语的文学，是有意的主张，要使国语成为"文学的国语"。有了文学的国语，方有标准的国语。

四

上文所说"国语的文学，文学的国语"，乃是我们的根本主张。如今且说要实行做到这个根本主张，应该怎样进行。

我以为创造新文学的进行次序，约有三步：（一）工具；（二）方法；（三）创造。前两步是预备，第三步才是实行创造新文学。

（一）工具。古人说得好："工欲善其事，必先利其器。"写字的要笔好，杀猪的要刀快。我们要创造新文学，也须先预备下创造新文学的"工具"。我们的工具就是白话。我们有志造国语文学的人，应该赶紧筹备这个万不可少的工具。预备的方法，约有两种：

甲、多读模范的白话文学。例如《水浒传》、《西游记》、《儒林外史》、《红楼梦》；宋儒语录，白话信札；元人戏曲，明清传奇的说白；唐宋的白话诗词，也该选读。

乙、用白话作各种文学。我们有志造新文学的人，都该发誓不用文言作文：无论通信，做诗，译书，做笔记，做报馆文章，编学堂讲义，替死人作墓志，替活人上条陈……都该用白话来作。我们从小到如今，都是用文言作文，养成了一种文言的习惯，所以虽是活人，只会作死人的文字。若不下一些狠劲，若不用点苦工夫，决不能使用白话圆转如意。若单在《新青年》里面作白话文字，此外还依旧作文言的文字，那真是“一日暴之，十日寒之”的政策，决不能磨练成白话的文学家。

不但我们提倡白话文学的人应该如此做去。就是那些反对白话文学的人，我也奉劝他们用白话来作文字。为什么呢？因为他们若不能作白话文字，便不配反对白话文学。譬如那些不认得中国字的中国人，若主张废汉文，我一定骂他们不配开口。若是我的朋友钱玄同要主张废汉文，我决不敢说他不配开口了。那些不会作白话文字的人来反对白话文学，便和那些不懂汉文的人要废汉文，是一样的荒谬。所以我劝他们多作些白话文字，多作些白话诗歌，试试白话是否有文学的价值。如果试了几年，还觉得白话不如文言，那时再来攻击我们，也还不迟。

还有一层，有些人说：“作白话很不容易，不如作文言的省力。”这是因为中毒太深之过。受病深了，更宜赶紧医治，否则真不可救了。其实作白话并不难。我有一个侄儿，今年才十五岁，一向在徽州不曾出过门。今年他用白话写信来，居然写得极好。我们徽州话和官话差得很远，我的侄儿不过看了一些白话小说，便会作白话文字了。这可见作白话并不是难事，不过人性懒惰的居多数，舍不得抛“高文典册”的死文字罢了。

（二）方法。我以为中国近来文学所以这样腐败，大半虽由于没有适用的“工具”，但是单有“工具”，没有方法，也还不能造新文学。做木匠的人，单有锯凿钻刨，没有规矩师法，决不能造成木器。文学也是如此。若单靠白话便可造新文学，难道把郑孝胥、陈三立的诗翻成了白话，就可算得新文学了吗？难道那些用白话作的《新华春梦记》、《九尾龟》，也可算作新文学吗？我以为现在国内新起的一班“文人”，受病最深的所在，只在没有高明的文学方法。我且举小说一门为例。现在的小说（单指中国人自己著的），看来看去，只有两派。一派最下流的，是那些学《聊斋志异》的札记小说。篇篇都是“某生，某处人，生有异禀，下笔千言……一日于某地遇一女郎……好事多磨……遂为情死”，或是“某地某生，游某地，眷某妓，情好綦笃，遂订白头之约，……而大妇妒甚，不能相容，女抑郁以死，……生抚尸一恸几绝。”……此类文字，只可抹桌子，固不值一驳。还有那第二派是那些学《儒林外史》或是学《官场现形记》的白话小说。上等的如《广陵潮》，下等的如《九尾龟》。这一派小说，只学了《儒林外史》的坏处，却不曾学得它的好处。《儒林外史》的坏处在于体裁结构太不紧严，全篇是杂凑起来的。例如娄府一群人自成一段；杜府两公子自成一段；马二先生又成一段；虞博士又成一段；萧云仙、郭孝子，又各自成一段。分出来，可成无数札记小说；接下去，可长至无穷无极。《官场现形记》便是这样。如今的章回小说，大都犯这个没有结构，没有布局的懒病。却不知道《儒林外史》所以能有文学价值者，全靠一副写人物的画工本领。我十年不曾读这书了，但是我闭了眼睛，还觉得书中的人物，如严贡生，如马二先生，如杜少卿，如权勿用……个个都是活的人物。正如读《水浒》的人，过了二三十年，还不会忘记鲁智深、李逵、武松、石秀……一班人。请问列位读过《广陵潮》和《九尾龟》的人，过了两三个月，心目中除了一个“文武全才”的章秋谷之外，还记得几个活灵活现的书中人物？——所以我说，现在的“新小说”，全是不懂得文学方法的。既不知布局，又不知结构，又不知描写人物，只作成了许多又长又臭的文字；只配与报纸的第二张充篇幅，却不配在新文学上占一个位置——小说在中国近年，比较的说来，要算文学中最发达的一门了。小说尚且如此，别种文学，如诗歌戏曲，更不用说了。

如今且说什么叫作“文学的方法”呢？这个问题不容易回答，况且又不是这篇文章的本题，我且约略说几句。

大凡文学的方法可分三类：

一、集收材料的方法。中国的“文学”，大病在于缺少材料。那些古文家，除了墓志、寿序、家传之外，几乎没有一毫材料。因此，他们不得不作那些极无聊的《汉高帝斩丁公论》，《汉文帝唐太宗优劣论》。至于近人的诗词，更没有什么材料可说了。近人的小说材料，只有三种：一种是官场，一种是妓女，一种是不官而官，非妓而妓的中等社会（留学生、女学生之可作小说材料者，亦附此类），除此之外，别无材料。最下流的，竟至登告白征求这种材料。作小说竟须登告白征求材料，便是宣告文学家破产的铁证。我以为将来的文学家收集材料的方法，约如下：

甲：推广材料的区域官场、妓院与龌龊社会三个区域，决不够采用。即如今日的贫民社会，如工厂之男女工人、人力车夫、内地农家、各处大负贩及小店铺，一切痛苦情形，都不曾在文学上占一位置。并且今日新旧文明相接触，一切家庭惨变，婚姻苦痛，女子之位置，教育之不适宜……种种问题，都可供文学的材料。

乙：注重实地的观察和个人的经验现今文人的材料大都是关了门虚造出来的，或是间接又间接的得来的。因此我们读这种小说，总觉得浮泛敷衍，不痛不痒的，没有一毫精彩。真正文学家的材料大概都有“实地的观察和个人自己的经验”做个根底。不能做实地的观察，便不能做文学家；全没有个人的经验，也不能做文学家。

丙：要用周密的理想做观察经验的补助，实地的观察和个人的经验，固是极重要，但是也不能全靠这两件。例如施耐庵若单靠观察和经验，决不能作出一部《水浒传》。个人所经验的，所观察的，究竟有限。所以必须有活泼精细的理想（Imagination），把观察经验的材料，一一的体会出来，一一的整理如式，一一的组织完全；从已知的推想到未知的，从经验过的推想到不曾经验过的，从可观察的推想到不可观察的。这才是文学家的本领。

二、结构的方法。有了材料，第二步须要讲究结构。结构是个总名词，内中所包甚广，简单说来，可分剪裁和布局两步。

甲：剪裁。有了材料，先要剪裁。譬如做衣服，先要看哪块料可做袍子，哪块料可做背心。估计定了，方可下剪。文学家的材料也要如此办理。先须看这些材料该用作小诗呢，还是作长歌呢？该用作章回小说呢，还是作短篇小说呢？该用作小说呢，还是作戏本呢？筹划定了，方才可以剪下那些可用的材料，去掉那些不中用的材料；方才可以决定作什么体裁的文字。

乙：布局。体裁定了，再可讲布局。有剪裁，方可决定“做什么”；有布局，方可决定“怎样做”。材料剪定了，须要筹算怎样做去始能把这材料用得最得当又最有效力。例如唐朝天宝时代的兵祸，百姓的痛苦，都是材料。这些材料，到了杜甫的手里，便成了诗料。如今且举他的《石壕吏》一篇，作布局的例。这首诗只写一个过路的客人一晚上在一个人家内偷听得的事情。只用一百二十个字，却不但把那一家祖孙三代的历史都写出来，并且把那时代兵祸之惨，壮丁死亡之多，差役之横行，小民之苦痛，都写得逼真活现，使人读了生无限的感慨。这是上品的布局工夫。又如古诗《上山采蘼芜，下山逢故夫》一篇，写一家夫妇的惨剧，却不从“某人娶妻甚贤，后别有所欢，遂出妻再娶”说起，只挑出那前妻山上下来遇着故夫的时候下笔，却也能把那一家的家庭情形写得充分满意。这也是上品的布局工夫。——近来的文人全不讲求布局，只顾凑足多少字可卖几块钱，全不问材料用的得当不得当，动人不动人。他们今日作上回的文章，还不知道下一回的材料在何处！这样的文人怎样造得出有价值的新文学呢！

三、描写的方法。局已布定了，方才可讲描写的方法。描写的方法，千头万绪，大要不出四条：

甲：写人。乙：写境。丙：写事。丁：写情。

写人要举动、口气、身份、才性……都要有个性的区别：件件都是林黛玉，决不是薛宝钗；件件都是武松，决不是李逵。写境要一喧、一静、一石、一山、一云、一鸟……也都要有个性的区别。《老残游记》的大明湖，决不是西湖，也决不是洞庭湖；《红楼梦》里的家庭，决不是《金瓶梅》里的家庭。写事要线索分明，头绪清楚，近情近理，亦正亦奇。写情要真、要精、要细腻婉转、要淋漓尽致——有时须用境写人，用情写人，用事写人；有时须用人写境，用事写境，用情写境……这里面的千变万化，一言难尽。

如今且回到本文。我上文说的，创造新文学的第一步是工具，第二步是方法。方法的大致，我刚才说了。如今且问，怎样预备方才可得着一些高明的文学方法？我仔细想来，只有一条法子，就是赶紧多多的翻译西洋的文学名著做我们的模范。我这个主张，有两层理由：

第一，中国文学的方法实在不完备，不够做我们的模范。即以体裁而论，散文只有短篇，没有布置周密，论理精严，首尾不懈的长篇；韵文只有抒情诗，绝少纪事诗，长篇诗更不曾有过；戏本更在幼稚时代，但略能纪事掉文，全不懂结构；小说好的，只不过三四部，这三四部之中，还有许多疵病；至于最精彩之"短篇小说"、"独幕戏"，更没有了。若从材料一方面看来，中国文学更没有做模范的价值。才子佳人、封王挂帅的小说；风花雪月、涂脂抹粉的诗；不能说理、不能言情的"古文"；学这个、学那个的一切文学；这些文字，简直无一毫材料可说。至于布局一方面，除了几首实在好的诗之外，几乎没有一篇东西当得"布局"两个字！——所以我说，从文学方法一方面看去，中国的文学实在不够给我们做模范。

第二，西洋的文学方法，比我们的文学，实在完备得多，高明得多，不可不取例。即以散文而论，我们的古文家至多比得上英国的倍根（Bacon）和法国的孟太恩（Montaigne），至于像柏拉图（Plato）的"主客体"，赫胥黎（Huxley）等的科学文字，包士威尔（Boswell）和莫烈（Morley）等的长篇传记，弥儿（Mill）、弗林克令（Franklin）、吉朋（Gibbon）等的"自传"，太恩（Taine）和白克儿（Buckle）等的史论……都是中国从不曾梦见过的体裁。更以戏剧而论，二千五百年前的希腊戏曲，一切结构的工夫，描写的工夫，高出元曲何止十倍。近代的莎士比亚（Shakespeare）和莫逆尔（Moliere）更不用说了，最近六十年来，欧洲的散文戏本，千变万化，远胜古代，体裁也更发达了。最重要的，如“问题戏”，专研究社会的种种重要问题；“寄托戏”(Symbolie Drama)，专以美术的手段作的“意在言外”的戏本；“心理戏”，专描写种种复杂的心境，做极精密的解剖；“讽刺戏”，用嬉笑怒骂的文章，达愤世救世的苦心。

我写到这里，忽然想起今天梅兰芳正在唱新编的《天女散花》，上海的人还正在等着看新排的《多尔衮》呢！我也不往下数了。——更以小说而论，那材料之精确，体裁之完备，命意之高超，描写之工切，心理解剖之细密，社会问题讨论之透彻……真是美不胜收。至于近百年新创的“短篇小说”，真如芥子里面藏着大千世界；真如百炼的精金，曲折委婉，无所不可；真可说是开千古未有的创局，掘百世不竭的宝藏。

以上所说，大旨只在约略表示西洋文学方法的完备。因为西洋文学真有许多可给我们做模范的好处，所以我说：我们如果真要研究文学的方法，不可不赶紧翻译西洋的文学名著，做我们的模范。

现在中国所译的西洋文学书，大概都不得其法，所以收效甚少。我且拟几条翻译西洋文学名著的办法如下：

一、只译名家著作，不译第二流以下的著作。我以为国内真懂得西洋文学的学者应该开一会议，公共选定若干种不可不译的第一流文学名著，约数如一百种长篇小说，五百篇短篇小说，三百种戏剧，五十家散文，为第一部《西洋文学丛书》，期五年译完，再选第二部。译成之稿，由这几位学者审查，并一一为作长序及著者略传，然后付印；其第二流以下，如哈葛得之流，一概不选。诗歌一类，不易翻译，只可从缓。

二、全用白话韵文之戏曲，也都译为白话散文。用古文译书，必失原文的好处。如林琴南的“其女珠，其母下之”，早成笑柄，且不必论。前天看见一部侦探小说《圆室案》中，写一位侦探“勃然大怒，拂袖而起”。不知道这位侦探穿的是不是康桥大学的广袖制服！——这样译书，不如不译。又如林琴南把莎士比亚的戏曲，译成了记叙体的古文！这真是莎士比亚的大罪人，罪在《圆室案》译者之上。

三、创造。上面所说工具与方法两项，都只是创造新文学的预备。工具用得纯熟自然了，方法也懂了，方才可以创造中国的新文学。至于创造新文学是怎样一回事，我可不配开口了。我以为现在的中国，还没有做到实行预备创造新文学的地步，尽可不必空谈创造的方法和创造的手段。我们现在且先去努力做那第一第二两步预备的工夫罢！

（原载1918年4月15日《新青年》第4卷第4号）

论短篇小说（1918年）

这一篇乃是三月十五日在北京大学国文研究所小说科讲演的材料。原稿由研究员傅斯年君记出，载于《北京大学日刊》。今就傅君所记，略为更易，作为此文。

一、什么叫作“短篇小说”？

中国今日的文人大概不懂“短篇小说”是什么东西。现在的报纸杂志里面，凡是笔记杂纂，不成长篇的小说，都可叫作“短篇小说”。所以现在那些“某生，某处人，幼负异才……一日，游某园，遇一女郎，睨之，天人也……”一派的烂调小说，居然都称为“短篇小说”！其实这是大错的。西方的“短篇小说”（英文叫作 short story），在文学上有一定的范围，有特别的性质，不是单靠篇幅不长便可称为“短篇小说”的。

我如今且下一个“短篇小说”的界说：

短篇小说是用最经济的文学手段，描写事实中最精彩的一段，或一方面，而能使人充分满意的文章。

这条界说中，有两个条件最宜特别注意。今且把这两个条件分说如下：

一、“事实中最精彩的一段或一方面”

譬如把大树的树身锯断，懂植物的人看了树身的“横截面”，数了树的“年轮”，便可知道这树的年纪。一人的生活，一国的历史，一个社会的变迁，都有一个“纵剖面”和无数“横截面”。纵面看去，须从头看到尾，才可看见全部。横面截开一段，若截在要紧的所在，便可把这个“横截面”代表这个人，或这一国，或这一个社会。这一种可以代表全部的部分，便是我所谓“最精彩”的部分。又譬如西洋照相术未发明之前，有一种“侧面剪影”(Silhotlette)，用纸剪下人的侧面，便可知道是某人（此种剪像曾风行一时，今虽有照相术，尚有人为之)。这种可以代表全形的一面，便是我所谓“最精彩”的方面。若不是“最精彩的”所在，决不能用一段代表全体，决不能用一面代表全形。

二、“最经济的文学手段”

形容“经济”两个字，最好是借用宋玉的话：“增之一分则太长，减之一分则太短；着粉则太白，施朱则太赤。”须要不可增减，不可涂饰，处处恰到好处，方可当“经济”二字。因此，凡可以拉长演作章回小说的短篇，不是真正“短篇小说”；凡叙事不能畅尽，写情不能饱满的短篇，也不是真正“短篇小说”。

能合我所下的界说的，便是理想上完全的“短篇小说”。世间所称“短篇小说”，虽未能处处都与这界说相合，但是那些可传世不朽的“短篇小说”，决没有不具上文所说两个条件的。

如今且举几个例。西历一八七〇年，法兰西和普鲁士开战，后来法国大败，巴黎被攻破，出了极大的赔款，还割了两省地，才能讲和。这一次战争，在历史上，就叫作普法之战，是一件极大的事。若是历史家记载这事，必定要上溯两国开衅的远因中记战争的详请，下寻战与和的影响，这样记去，可满几十本大册子。

这种大事到了“短篇小说家”的手里，便用最经济的手腕去写这件大事的最精彩的一段或一面。我且不举别人，单举 Daudet（都德）和 Maupassant（莫泊桑）两个人为例。Daudet 所作普法之战的小说，有许多种。我曾译出一种叫作《最后一课》（a demiere classe）（初译名《割地》，登上海《大共和日报》，后改用今名，登《留美学生季报》第三期）。全篇用法国割给普国两省中一省的一个小学生的口气，写割地之后，普国政府下令，不许再教法文法语。所写的乃是一个小学教师教法文的“最后一课”。一切割地的惨状，都从这个小学生眼中看出，口中写出。还有一种，叫作《柏林之围》（le siege de Berlin）（曾载《甲寅》第四号），写的是法皇拿破仑第三出兵攻普鲁士时，有一个曾在拿破仑第一麾下的老兵官，以为这一次法兵一定要大胜了，所以特地搬到巴黎，住在凯旋门边，准备着看法兵“凯旋”的大典。后来这老兵官病了，他的孙女儿天天假造法兵得胜的新闻去哄他。那时普国的兵已打破巴黎。普兵进城之日，他老人家听见军乐声，还以为是法兵打破了柏林奏凯班师呢！这是借一个法国极强时代的老兵，来反照当日法国大败的大耻，两两相形，真可动人。

Maupassant 所作普法之战的小说也有多种。我曾译他的《二渔夫》（Deux amis），写巴黎被围的情形，却都从两个酒鬼身上着想。还有许多篇，如((Mlle Fifi))（莫泊桑的小说《菲菲小姐》）之类（皆未译出），或写一个妓女被普国兵士掳去的情形，或写法国内地村乡里面的光棍，乘着国乱，设立“军政分府”，作威作福的怪状……都可使人因此推想那时法国兵败以后的种种状态。这都是我所说的“用最经济的手腕，描写事实中最精彩的片段，而能使人充分满意”的短篇小说。

二、中国短篇小说的略史

“短篇小说”的定义既已说明了，如今且略述中国短篇小说的小史。

中国最早的短篇小说，自然要数先秦诸子的寓言了。《庄子》、《列子》、《韩非子》、《吕览》诸书所载的“寓言”，往往有用心结构可当“短篇小说”之称的。今举二例，第一例见于《列子·汤问》篇：

太行、王屋二山，方七百里，高万仞，本在冀州之南，河阳之北。

北山愚公者，年且九十，面山而居，惩山北之塞出入之迂也，聚室而谋曰：“吾与汝毕力平险，指通豫南，达于汉阴，可乎?”杂然相许。

其妻献疑曰：“以君之力，曾不能损魁父之丘。如太行王屋何？且焉置土石?”杂曰：“投诸渤海之尾，隐土之北!”

遂率子孙荷担者三夫，叩石垦壤，箕畚运于渤海之尾。邻人京城氏之孀妻，有遗男，始龀，跳往助之。寒暑易节，始一返焉。

河曲智叟笑而止之曰：“甚矣，汝之不慧！以残年余力，曾不能毁山之一毛，其如土石何?”

北山愚公长息曰：“汝心之固，固不可彻，曾不若孀妻弱子！虽我之死，有子存焉。子又生孙，孙又生子，子又有子，子又有孙。子子孙孙，无穷匮也，而山不加增。何苦而不平!”

河曲智叟亡以应。

操蛇之神闻之，惧其不已也，告之于帝。帝感其诚，命夸娥氏二子负二山，一座朔东，一座雍南。自此，冀之南，汉之阴，无陇断焉。

这篇大有小说风味。第一，因为他要说“至诚可动天也”，却平空假造一段太行、王屋两山的历史。第二，这段历史之中，处处用人名、地名，用直接会话，写细事小物，即写天神也用“操蛇之神”，“夸娥氏二子”等私名，所以看来好像真有此事。这两层都是小说家的家数。现在的人一开口便是“某生”、“某甲”，真是不曾懂得作小说的。

第二例见于《庄子·无鬼》篇：

庄子送葬，过惠子之墓，顾谓从者曰：

“郢人垩漫其鼻端，若蝇翼，使匠石斫之。匠石运斤成风，听而斫之，尽垩而鼻不伤。郢人立不失容。宋元君闻之，召匠石日：‘尝试为寡人为之！’匠石日：‘臣则尝能斫之。虽然，臣之质死久矣！’自夫子（谓惠子）之死也，吾无以为质矣！吾无与言之矣！”

这一篇写“知己之感”，从古至今，无人能及。看他写“垩漫其鼻端，若蝇翼”，写“匠石运斤成风”，都好像真有此事，所以有文学的价值。看他寥寥七十个字，写尽无限感慨，是何等“经济的”手腕！

MaupOssant 有一篇短篇，叫作“An Artist”与庄子这一篇的用意有点相象。但他用了几千字，写来还不如庄子的七十个字。这可见“经济”之中也还有个高下的分别。

自汉到唐这几百年中，出了许多“杂记”体的书，却都不配称作“短篇小说”。最下流的如《神仙传》和《搜神记》之类，不用说了。最高的如《世说新语》，其中所记，有许多很有“短篇小说”的意味，却没有“短篇小说”的体裁。如下举的例：

（1）桓公（温）北征，经金城，见前为琅琊时种柳，皆已十围，慨然曰：“木犹如此，人何以堪！”攀枝执条，泫然流泪。

（2）王子猷（徽之）居山阴，夜大雪，眠觉开室，命酌酒，四望皎然。因起彷徨，咏《左思招隐》诗，忽忆戴安道。时戴在剡，即便夜乘小船就之。经宿方至，造门不前而返。人问其故，王曰：“吾本乘兴而来，兴尽而返，何必见戴！”

此等记载，都是拣取人生极精彩的一小段，用来代表那人的性情品格，所以我说《世说》很有“短篇小说”的意味。只是《世说》所记都是事实，或是传闻的事实，虽有剪裁，却无结构，故不能称作“短篇小说”。

比较说来，这个时代的散文短篇小说还该数到陶潜的《桃花源记》。这篇文字，命意也好，布局也好，可以算得一篇用心结构的“短篇小说”。此外，便须到韵文中去找短篇小说了。韵文中《孔雀东南飞》一篇是很好的短篇小说，记事言情，事事都到。但是比较起来，还不如《木兰辞》更为“经济”。

《木兰辞》记木兰的战功，只用“将军百战死，壮士十年归”十个字；记木兰归家的那一天，却用了一百多字。十个字记十年的故事，不为少。一百多字记一天的事，不为多。这便是文学的“经济”。但是比较起来，《木兰辞》还不如古诗《上山采蘼芜》更为神妙。那诗道：

上山采蘼芜，下山逢故夫。长跪问故夫：“新人复何如?”“新人虽言好，未若故人姝。颜色类相似，手爪不相如。新人从门入，故人从閤去。新人工织缣，故人工织素。织缣日一匹，织素五丈余。将缣来比素，新人不如故。”

这首诗有许多妙处。第一，他用八十个字，写出那家夫妇三口的情形，使人可怜被逐的“故人”，又使人痛恨那没有心肝、想靠着老婆发财的“故夫”。第二，他写那人弃妻娶妻的事，却不用从头说起，不用说“某某，某处人，娶妻某氏，甚贤；已而别有所爱，遂弃前妻而娶新欢……”他只从这三个人的历史中挑出那日从山上采野菜回来遇着故夫的几分钟，是何等“经济的手腕”！是何等“精彩的片段”！第三，他只用“上山采蘼芜，下山逢故夫”十个字，便可写出这妇人是一个弃妇，被弃之后，非常贫苦，只得挑野菜度日。这是何等神妙手段！懂得这首诗的好处，方才可谈“短篇小说”的好处。

到了唐朝，韵文散文中都有很妙的短篇小说。韵文中，杜甫的《石壕吏》是绝妙的例。那诗道：

暮投石壕村，有吏夜捉人，老翁逾墙走，老妇出门看。吏呼一何怒！妇啼一何苦！听妇前致词：“三男邺城戍。一男附书至，二男新战死。生者且偷生，死者长已矣！室中更无人，惟有乳下孙，有孙母未去，出入无完裙。老妪力虽衰，请从吏夜归，急应河阳役，犹得备晨炊。”夜久语声绝，如闻泣幽咽……天明登前途，独与老翁别！

这首诗写天宝之乱，只写一个过路投宿的客人夜里偷听得的事，不插一句议论，能使人觉得那时代征兵之制的大害，百姓的痛苦，丁壮死亡的多，差役捉人的横行，一一都在眼前。捉人捉到生了孙儿的祖老太太，别的更可想而知了。

白居易的《新乐府》五十首中，尽有很好的短篇小说。最妙的是《新丰折臂翁》一首。看他写“是时翁年二十四，兵部牒中有名字，夜深不敢使人知，偷将大石捶折臂”，使人不得不发生“苛政猛于虎”的思想。白居易的《琵琶行》也算得一篇很好的短篇小说。白居易的短处，只因为他有点迂腐气，所以处处要把作诗的“本意”来做结尾；即如《新丰折臂翁》篇末加上“君不见开元宰相宋开府”一段，便没有趣味了。又如《长恨歌》一篇，本用道士见杨贵妃，带来信物一件事做主体。白居易虽作了这诗，心中却不信道士见杨妃的神话，所以他不但说杨妃所在的仙山“在虚无缥渺中”，还要先说杨妃死时“金钿委地无人收，翠翘金雀玉搔头”，竟直说后来“天上”带来的“钿合金钗”是马嵬坡拾起的了！自己不信，所以说来便不能叫人深信。人说赵子昂画马，先要伏地做种种马相。作小说的人，也要如此，也要用全副精神替书中人物设身处地，体贴入微。作“短篇小说”的人，格外应该如此。为什么呢？因为“短篇小说”要把所挑出的“最精彩的一段”做主体，才可有全神贯注的妙处。若带点迂气，处处把“本意”点破，便是把书中事实做一种假设的附属品，便没有趣味了。

唐朝的散文短篇小说很多，好的却实在不多。我看来看去，只有张说的《虬髯客传》可算得上品的“短篇小说”。《虬髯客传》的本旨只是要说“真人之兴，非英雄所冀”。他却平空造出虬髯客一段故事，插入李靖、红拂一段情史，写到正热闹处，忽然写“太原公子裼裘而来”，遂使那位野心豪杰绝心于事国，另去海外开辟新国。这种立意布局，都是小说家的上等功夫。这是第一层长处。这篇是“历史小说”，凡作“历史小说”，不可全用历史上的事实，却又不可违背历史上的事实。全用历史的事实，便成了“演义”体，如《三国演义》和《东周列国志》，没有真正“小说”的价值（《三国》所以稍有小说价值者，全靠其能于历史事实之外，加入许多小说材料耳）。若违背了历史的事实，如《说岳传》使岳飞的儿子挂帅印打平金国，虽可使一班愚人快意，却又不成“历史的”小说了。最好是能于历史事实之外，造成一些“似历史又非历史”的事实，写到结果却又不违背历史的事实。如法国大仲马的《侠隐记》（商务出版。译者君朔，不知是何人。我以为近年译西洋小说当以君朔所译诸书为第一。君朔所用白话，全非抄袭旧小说的白话，乃是一种特创的白话，最能传达原书的神气，其价值高出林纾百倍，可惜世人不会赏识），写英国暴君查尔第一世为克林威尔所囚时，有几个侠士出了死力百计想把他救出来，每次都到将成功时忽又失败；写来极热闹动人，令人急煞，却终不能救免查尔第一世断头之刑，故不违背历史的事实。又如《水浒传》所记宋江等三十六人是正史所有的事实。《水浒传》所写宋江在浔阳江上吟反诗，写武松打虎杀嫂，写鲁智深大闹和尚寺等事，处处热闹煞，却终不违历史的事实（《荡寇志》便违背历史的事实了）。《虬髯客传》的长处正在他写了许多动人的人物事实，把“历史的”人物（如李靖、刘文静、唐太宗之类）和“非历史的”人物（如虬髯客、红拂）穿插夹混，叫人看了竟像那时真有这些人物事实。但写到后来，虬髯客飘然去了，依旧是唐太宗得了天下，一毫不违背历史的事实。这是“历史小说”的方法，便是《虬髯客传》的第二层长处。此外还有一层好处，唐以前的小说，无论散文韵文，都只能叙事，不能用全文副气力描写人物。《虬髯客传》写虬髯客极有神气，自不用说了。就是写红拂、李靖等“配角”，也都有自性的神情风度。这种“写生”手段，便是这篇的第三层长处。有这三层长处，所以我敢断定这篇《虬髯客传》是唐代第一篇“短篇小说”。

宋朝是“章回小说”发生的时代。如《宣和遗事》和《五代史平话》等书，都是后世“章回小说”的始祖。《宣和遗事》中记杨志卖刀杀人，晁盖等八人路劫生辰纲，宋江杀阎婆惜诸段，便是施耐庵《水浒传》的稿本。从《宣和遗事》变成《水浒传》，是中国文学史上一大进步。但宋朝是“杂记小说”极盛的时代，故《宣和遗事》等书，总脱不了“杂记体”的性质，都是上段不接下段，没有结构布局的。宋朝的“杂记小说”颇多好的，但都不配称作“短篇小说”。“短篇小说”是有结构局势的，是用全副精神气力贯注到一段最精彩的事实上的。“杂记小说”是东记一段，西记一段，如一盘散沙，如一篇零用账，全无局势结构的。这个区别，不可忘记。

明清两朝的“短篇小说”，可分白话与文言两种。白话的“短篇小说”可用《今古奇观》做代表。《今古奇观》是明末的书，大概不全是一人的手笔（如《杜十娘》一篇，用文言极多，远不如《卖油郎》，似出两人手笔）。书中共有四十篇小说，大要可分两派：一是演述旧作的，一是自己创作的。如《吴保安弃家赎友》一篇，全是演唐人的《吴保安传》，不过添了一些琐屑节目罢了。但是这些加添的琐屑节目，便是文学的进步。《水浒》所以比《史记》更好，只在多了许多琐屑细节。《水浒》所以比《宣和遗事》更好，也只在多了许多琐屑细节。从唐人的吴保安，变成《今古奇观》的吴保安；从唐人的李汧公，变成《今古奇观》的李汧公；从汉人的伯牙、子期，变成《今古奇观》的伯牙、子期——这都是文学由略而详，由粗枝大叶而琐屑细节的进步。此外那些明人自己创造的小说，如《卖油郎》，如《洞庭红》，如《乔太守》，如《念亲恩孝女藏儿》，都可称很好的“短篇小说”。依我看来，《今古奇观》的四十篇之中，布局以《乔太守》为最工，写生以《卖油郎》为最工。《乔太守》一篇，用一个李都管做全篇的线索，是有意安排的结构。《卖油郎》一篇写秦重，花魁娘子，九妈，四妈，各到好处。《今古奇观》中虽有很平常的小说（如《三孝廉》，《吴保安》，《羊角哀》诸篇），比起唐人的散文小说，已大有进步了。唐人的小说，最好的莫如《虬髯客传》。但《虬髯客传》写的是英雄豪杰，容易见长。《今古奇观》中大多数的小说，写的都是些琐细的人情世故，不容易写得好。唐人的小说大都属于理想主义（如《虬髯客传》、《红线》、《聂隐娘》诸篇），《今古奇观》中如《卖油郎》、《徐老仆》、《乔太守》、《孝女藏儿》，便近于写实主义了。至于由文言的唐人小说，变成白话的《今古奇观》，写物写情，都更能曲折详尽，那更是一大进步了。

只可惜白话的短篇小说发达不久，便中止了。中止的原因，约有两层。第一，因为白话的“章回小说”发达了，作小说的人往往把许多短篇略加组织，合成长篇。如《儒林外史》和《品花宝鉴》名为长篇的“章回小说”，其实都是许多短篇凑拢来的。这种杂凑的长篇小说的结果，反阻碍了白话短篇小说的发达了。第二，是因为明末清初的文人，很作了一些中上的文言短篇小说。如《虞初新志》、《虞初续志》、《聊斋志异》等书里面，很有几篇可读的小说。比较看来，还该把《聊斋志异》来代表这两朝的文言小说。《聊斋》里面，如《续黄梁》、《胡四相公》、《青梅》、《促织》、《细柳》……诸篇，都可称为“短篇小说”。《聊斋》的小说，平心而论，实在高出唐人的小说。蒲松龄虽喜说鬼狐，但他写鬼狐却都是人情世故，于理想主义之中，却带几分写实的性质。这实在是他的长处。只可惜文言不是能写人情世故的利器，到了后来，那些学《聊斋》的小说，更不值得提起了。

三、结论

最近世界文学的趋势，都是由长趋短，由繁多趋简要。——“简”与“略”不同，故这句话与上文说“由略而详”的进步，并无冲突。——诗的一方面，所重的在于“写情短诗”（Lyrical poerty）（或译“抒情诗”）。像 Homer，Milton，Dante（荷马，弥尔顿，但丁）那些几十万字的长篇，几乎没有人作了，就有人作（十九世纪尚多此种），也很少人读了。戏剧一方面，莎士比亚的戏，有时竟长到五出二十幕（此所指乃 Hamlet“哈姆雷特”也），后来变到五出五幕，又渐渐变成三出三幕，如今最注重的是“独幕戏”了。小说一方面，自十九世纪中段以来，最通行的是“短篇小说”。长篇小说如 Tolstoy（托尔斯泰）的《战争与和平》，竟是绝无而仅有的了。所以我们简直可以说，“写情短诗”、“独幕剧”、“短篇小说”三项，代表世界文学最近的趋向。这种趋向的原因，不止一种。（一）世界的生活竞争一天忙似一天，时间越宝贵了，文学也不能不讲究“经济”；若不经济，只配给那些吃了饭没事做的老爷太太们看，不配给那些在社会上做事的人看了。（二）文学自身的进步，与文学的“经济”有密切关系。斯宾塞说，论文章的方法，千言万语，只是“经济”一件事。文学越进步，自然越讲求“经济”的方法。有此两种原因，所以世界的文学都趋向这三种“最经济的”体裁。今日中国的文学，最不讲“经济”。那些古文学家和那“聊斋滥调”的小说家，只会记“某时到某地，遇某人，做某事”的死账，毫不懂状物写情是全靠琐屑节目的。那些长篇小说家又只会作那无穷无极《九尾龟》一类的小说，连体裁布局都不知道，不要说文学的经济了。若要救这两种大错，不可不提倡那最经济的体裁——不可不提倡真正的“短篇小说”。

（原载1918年5月《新青年》第4卷第5号）

什么是文学？——答钱玄同（1920年）

我尝说："语言文字都是人类达意表情的工具；达意达得好，表情表得妙，便是文学。"

但是怎样才是"好"与"妙"呢？这就很难说了。我曾用最浅近的话说明如下："文学有三个要件：第一要明白清楚，第二要有力能动人，第三要美。"

因为文学不过是最能尽职的语言文字，因为文学的基本作用（职务）还是"达意表情"，故第一个条件是要把情或意，明白清楚的表出达出，使人懂得，使人容易懂得，使人决不会误解。请看下例：

蘖坞芝房，一点中池，生来易惊。笑金钗卜就，先能断决；犀珠镇后，才得和平。楼响登难，房空怯最，三斗除非借酒倾。芳名早，唤狗儿吹笛，伴取歌声。

沈忧何事牵情？消不觉人前太息轻。怕残灯枕外，帘旌蝙拂；幽期夜半，窗户鸡鸣。愁髓频寒，回肠易碎，长是心头苦暗并。无边月，纵团栾如镜，难照分明。

这首《沁园春》是从《曝书亭集》卷二十八页八抄出来的。你是一位大学的国文教授，你可看得懂他"咏"的是什么东西吗？

若是你还看不懂，那么，他就通不过这第一场“明白”（“懂得性”）的试验。它是一种玩意儿，连“语言文字”的基本作用都够不上，哪配称为“文学”！

懂得还不够。还要人不能不懂得；懂得了，还要人不能不相信，不能不感动。我要他高兴，他不能不高兴；我要他哭，他不能不哭；我要他崇拜我，他不能不崇拜我；我要他爱我，他不能不爱我。这是“有力”。这个，我可以叫他作“逼人性”。

我又举一个例：

《血府》当归生地桃，
红花甘草壳赤芍，
柴胡芎桔牛膝等，
血化下行不作劳。

这是“血府逐瘀汤”的歌诀。这一类的文字，只有“记账”的价值，绝不能“动人”，绝没有“逼人”的力量，故也不能算文学。大多数的中国“旧文学”，如碑版文字，如平铺直叙的史传，都属于这一类。

我读齐镈文，书阙乏佐证。独取圣枇字，古谊藉以正。亲殇僻考妣，从女疑非敌。《说文》有枇字，乃训祀司命。此文两皇枇，配祖义相应。幸得三代物，可与汶长诤。——（李慈铭《齐子中姜镈歌》）

这一篇你（大学的国文教授）看了一定大略明白，但他决不能感动你，决不能使你有情感上的感动。

第三是“美”。我说，孤立的美，是没有的。美就是“懂得性”（明白）与“逼人性”（有力）二者加起来自然发生的结果。例如“五月榴花照眼明”一句，何以“美”呢？美在用的是“明”字。我们读这个“明”字不能不发生一树鲜明逼人的榴花的印象。这里面含有两个分子：一、明白清楚；二、明白之至，有逼人而来的“力”。

再看《老残游记》的一段：

那南面山上，一条白光，映着月色，分外好看。一层一层的山岭，却分辨不清；又有几片白云在里面，所以分不出是云是山。及至定睛看去，方才看出那是云那是山来。虽然云是白的，山也是白的，云有亮光，山也有亮光；只因为月在云上，云在月下，所以云的亮光从背后透过来。那山却不然的：山的亮光由月光照在山上，被那山上的雪反射过来，所以光是两样了。然只稍近的地方如此。那山望东去，越望越远，天也是白的，山也是白的，云也是白的，就分辨不出来。

这一段无论是何等顽固古文家都不能不承认是“美”。美在何处呢？也只是两个分子：第一是明白清楚，第二是明白清楚之至，故有逼人而来的影像。除了这两个分子之外，还有什么孤立的“美”吗？没有了。

你看我这个界说怎样？我不承认什么“纯文”与“杂文”。无论什么文（纯文与杂文，韵文与非韵文）都可分作“文学的”与“非文学的”两项。

（写于1920年10月14日，后收入1921年《胡适文存》）

《吴虞文录》序（1921年）

凡是到过北京的人，总忘不了北京街道上的清道夫。那望不尽头的大街上，迷漫扑人的尘土里，他们抬着一桶水，慢慢的歇下来，一勺一勺的洒到地上去，洒得又远又均匀。水洒着的地方，尘土果然不起了。但那酷烈可怕的太阳光，偏偏不肯帮忙，它只管火也似的晒在那望不到尽头的大街上。那水洒过的地方，一会儿便晒干了；一会儿风吹过来或汽车走过去，那迷漫扑人的尘土又飞扬起来了！洒的尽管洒，晒的尽管晒。但那些蓝袄蓝裤露着胸脯的清道夫，并不因为太阳和他们作对就不洒水了。他们依旧一勺一勺的洒将去，洒的又远又均匀，直到日落了，天黑了，他们才抬着空桶，慢慢的走回去，心里都想道：今天的事做完了！

吴又陵先生是中国思想界的一个清道夫。他站在那望不尽头的长路上，眼睛里，嘴里，鼻子里，头颈里，都是那迷漫扑人的孔渣孔滓的尘土。他自己受不住了，又不忍见那无数行人在那孔渣孔滓的尘雾里撞来撞去，撞得破头折脚。因此，他发愤做一个清道夫，常常挑着一担辛辛苦苦挑来的水，一勺一勺的洒向那孔尘迷漫的大街上。他洒他的水，不但拿不着工钱，还时时被那无数吃惯孔尘的老头子们跳着脚痛骂，怪他不识货，怪他不认得这种孔渣孔滓的美味，怪他挑着水拿着勺子在大路上妨碍行人！他们常常用石头掷他，他们哭求那些吃孔尘羹饭的大人老爷们，禁止他挑水，禁止他清道。但他毫不在意，他仍旧做他清道的事。有时候，他洒得疲乏了，失望了，忽然远远的觑见那望不尽头的大路的那一头好像也有几个人在那里洒水清道，他的心里又高兴起来了，他的精神又鼓舞起来了。于是他仍旧挑了水来，一勺一勺的洒向那旋洒旋干的长街上去。

这是吴先生的精神。吴先生和我的朋友陈独秀是近年来攻击孔教最有力的两位健将。他们两人，一个在上海，一个在成都，相隔那么远，但精神上很有相同之点。独秀攻击孔丘的许多文章专注重“孔子之道不合现代生活”的一个主要观念。当那个时候，吴先生在四川也作了许多非孔的文章，他的主要观念也只是“孔子之道不合现代生活”的一个观念。吴先生是学过法政的人，故他的方法与独秀稍不同。吴先生自己说他的方法道：

不佞丙午游东京，曾有数诗，注中多非儒之说。归蜀后，常以《六经》、《五礼通考》、《唐律疏义》、《满清律例》，及诸史中议礼议狱之文，与老庄、孟德斯鸠、甄克思、穆勒、约翰、斯宾塞尔、远藤隆吉、久保天随诸家之著作，及欧美各国宪法、民法、刑法，比较对勘。十年以来，粗有所见。

吴先生用这个方法的结果，他的非孔文章大体都注意那些根据孔道的种种礼教、法律、制度、风俗。他先证明这些礼法制度都是根据于儒家的基本教条的，然后证明这种种礼法制度都是一些吃人的礼教和一些坑陷人的法律制度。他又从思想史的方面，指出自老子以来也有许多古人不满意于这些欺人吃人的礼制，使我们知道儒教所极力拥护的礼制在千百年前早已受思想家的批评与攻击了，何况在现今这种大变而特变的社会生活之中呢？

吴先生的方法，我觉得是很不错的。我们对于一种学说或一种宗教，应该研究它在实际上发生了什么影响：“它产生了什么样子的礼法制度？它所产生的礼法制度发生了什么效果？增长了或是损害了人生多少幸福？造成了什么样子的国民性？助长了进步吗？阻碍了进步吗？”这些问题都是批评一种学说或一种宗教的标准。用这种实际的效果去批评学说与宗教，是最严厉又最平允的方法。吴先生虽不曾明说他用的是这种实际主义的标准，但我想他一定很赞成我这个解释。

那些“卫道”的老先生们也知道这种实际标准的厉害，所以他们想出一个躲避的法子来。他们说：“这种种实际的流弊都不是孔老先生的本旨，都是叔孙通、董仲舒、刘歆、程颢、朱熹等人误解孔道的结果。你们骂来骂去，只骂着叔孙通、董仲舒、刘歆、程颢、朱熹一班人，却骂不着孔老先生。”于是有人说《礼运》大同说是真孔教（康有为先生）；又有人说四教、四绝、三慎，是真孔教（顾实先生）。关于这种遁词，独秀说得最痛快：

足下分汉、宋儒者以及今之孔道孔教诸会之孔教，与真正孔子之教为二，且谓孔教为后人所坏。愚今所欲问者，汉唐以来诸儒，何以不依傍道、法、杨、墨，而人亦不以道、法、杨、墨称之？何以独与孔子为缘而复败坏之也？足下可深思其故矣。

这个道理最明显：何以那种种吃人的礼教制度都不挂别的招牌，偏爱挂孔老先生的招牌呢？正因为两千年吃人的礼教法制都挂着孔丘的招牌，故这块孔丘的招牌——无论是老店，是冒牌——不能不拿下来，捶碎，烧去！

我给各位中国少年介绍这位“四川省只手打孔家店”的老英雄——吴又陵先生！

（1921年6月16日，后发表于北京《晨报》副刊）

研究国故的方法（1921年）

研究国故，在现时确有这种需要。但是一般青年，对于中国本来的文化和学术，都缺乏研究的兴趣。讲到研究国故的人，真是很少，这原也怪不得他们，实有以下二种原因：（一）古今比较起来，旧有的东西就很易现出破绽。在中国科学一方面，当然是不足道的。就是道德和宗教，也都觉浅薄得很，这样当然不能引起青年们的研究兴趣了。（二）中国的国故书籍，实在太没有系统了。历史书一本有系统的也找不到，哲学也是如此，就是文学一方面，《诗经》总算是世界文学上的宝贝，但假使我们去研究《诗经》，竟没有一本书能供给我们做研究的资料的。原来中国的书籍，都是为学者而设，非为普通人、一般人的研究而做的。所以青年们要研究，也就无从研究起。我很望诸君对于国故，有些研究的兴趣，来下一番真实的功夫，使它成为有系统的。对于国故，亟应起来整理，方能使人有研究的兴趣，并能使有研究兴趣的人容易去研究。

“国故”的名词，比“国粹”好得多。自从章太炎著了一本《国故论衡》之后，这“国故”的名词于是成立。如果讲是“国粹”，就有人讲是“国渣”，“国故”（National Past）这个名词是中立的。我们要明了现社会的情况，就得去研究国故。古人讲，知道过去才能知道现在。国故专讲国家过去的文化，要研究它，就不得不注意以下四种方法：

一、历史的观念

现在一般青年，所以对于国故没有研究兴趣，就是没有历史的观念。我们看旧书，可当它作历史看。清乾隆时，有个叫章学诚的，著了一本《文史通义》，上边说“六经皆史也”。我现在进一步来说：“一切旧书——古书——都是史也。”本了历史的观念，就不由然而然的生出兴趣了。如道家炼丹修命，确是很荒谬的，不值识者一笑。但本了历史的观念，看看它究竟荒谬到了什么田地，亦是很有趣的。把旧书当作历史看，知它好到什么地步，或是坏到什么地步，这是研究国故方法的起点，是“开宗明义”第一章。

二、疑古的态度

疑古的态度，简要言之，就是“宁可疑而错，不可信而错”十个字。譬如《书经》，有《今文尚书》和《古文尚书》之别。有人说，《古文尚书》是假的，《今文尚书》有一部分是真的，余外一部分，到了清时，才有人把它证明是假的。但是现在学校里边，并没把假的删去，仍旧读它全书，这是我们应该怀疑的。至于《诗经》，本有三千篇，被孔子删剩十分之一，只得了三百篇。《关雎》这一首诗，孔子把它列在第一首，这首诗是很好的。内容是一很好的女子，有一男子要伊做妻子，但这事不易办到，于是男子“寤寐求之”，连睡在床上都要想伊，更要“悠哉悠哉，辗转反侧”呢！这能表现一种很好的爱情，是一首爱情的相思诗。后人误会，生了许多误解，竟牵到旁的问题上去。所以疑古的态度有两方面好讲：（一）疑古书的真伪。（二）疑真书被那山东老学究弄伪的地方。我们疑古的目的，是在得其“真”，就是疑错了，亦没有什么要紧。我们知道，哪一个科学家是没有错误的？假使信而错，那就上当不浅了！自己固然一味迷信，情愿做古人的奴隶，但是还要引旁人亦入于迷途呢！我们一方面研究，一方面就要怀疑，庶能不上老当呢？如中国的历史，从盘古氏一直相传下来，年代都是有“表”的，“像煞有介事”，看来很是可信。但是我们要怀疑，这怎样来的呢？根据什么呢？我们总要“打破砂锅问到底”，究其来源怎样，要知道这年月的计算，有的是从伪书来的，大部分还是宋朝一个算命先生，用算盘打出来的呢。这哪能信呢！我们是不得不去打破它的。

在东周以前的历史，是没有一字可以信的。以后呢，大部分也是不可靠的。如《禹贡》这一章书，一般学者都承认是可靠的。据我用历史的眼光看来，也是不可靠的，我敢断定它是伪的。在夏禹时，中国难道竟有这般大的土地么？四部书里边的经、史、子三种，大多是不可靠的。我们总要有疑古的态度才好！

三、系统的研究

古时的书籍，没有一部书是“著”的。中国的书籍虽多，但有系统的著作，竟找不到十部。我们研究无论什么书籍，都宜要寻出它的脉络，研究它的系统。所以我们无论研究什么东西，就须从历史方面着手。要研究文学和哲学，就得先研究文学史和哲学史。政治亦然。研究社会制度，亦宜先研究其制度沿革史，寻出因果的关系，前后的关键，要从没有系统的文学、哲学、政治等等里边，去寻出系统来。

有人说，中国几千年来没有进步，这话荒谬得很，足妨害我们研究的兴趣。更有一外国人，著了一部世界史，说中国自从唐代以后，就没有进步了，这也不对。我们定要去打破这种思想的。总之，我们是要从从前没有系统的文学、哲学、政治里边，以客观的态度，去寻出系统来的。

四、整理

整理国故，能使后人研究起来，不感受痛苦。整理国故的目的，就是要使从前少数人懂得的，现在变为人人能解的。整理的条件，可分形式内容二方面讲：

（一）形式方面：加上标点和符号，替它分开段落来。

（二）内容方面：加上新的注解，折中旧有的注解。并且加上新的序跋和考证，还要讲明书的历史和价值。

我们研究国故，非但为学识起见，并为诸君起见，更为诸君的兄弟姊妹起见。国故的研究，于教育上实有很大的需要。我们虽不能做创造者，我们亦当做运输人——这是我们的责任，这种人是不可少的。

（1921 年 7 月于南京东南大学的演讲）

跋《红楼梦考证》（1922年）

一

我在《红楼梦考证》的改定稿（《胡适文存》卷三，页185—249）里，曾根据于《雪桥诗话》、《八旗文经》、《熙朝雅颂集》三部书，考出下列的几件事：

（一）曹雪芹名霑，不是曹寅的儿子，是曹寅的孙子。（页212）

（二）曹雪芹后来很贫穷，穷得很不像样了。

（三）他是一个会作诗又会绘画的人。

（四）他在那贫穷的境遇里，纵酒狂歌，自己排遣那牢骚的心境。（以上页215—216）

（五）从曹雪芹和他的朋友敦诚弟兄的关系上看来，我说“我们可以断定曹雪芹死于乾隆三十年左右（约1765年）”。又说“我们可以猜想雪芹……大约生于康熙末叶（约1715～1720）；当他死时，约五十岁左右”。

我那时在各处搜求敦诚的《四松堂集》，因为我知道《四松堂集》里一定有关于曹雪芹的材料。我虽然承认杨钟羲先生

(《雪桥诗话》)确是根据《四松堂集》的，但我总觉得《雪桥诗话》是“转手的证据”，不是“原手的证据”。不料上海、北京两处大索的结果，竟使我大失望。到了今年，我对于《四松堂集》，已是绝望了。有一天，一家书店的伙计跑来说：“《四松堂诗集》找着了！”我非常高兴，但是打开书来一看，原来是一部《四松草堂诗集》，不是《四松堂集》。又一天，陈肖庄先生告诉我说，他在一家书店里看见一部《四松堂集》。我说：“恐怕又是‘四松草堂’罢?”陈先生回去一看，果然又错了。

今年四月十九日，我从大学回家，看见门房里桌子上摆着一部褪了色的蓝布套的书，一张斑剥的旧书笺上题着“四松堂集”四个字！我自己几乎不信我的眼力了，连忙拿来打开一看，原来真是一部《四松堂集》的写本！这部写本确是天地间唯一的孤本。因为这是当日付刻的底本，上有付刻时的校改，删削的记号。最重要的是这本子里有许多不曾收入刻本的诗文，凡是已刻的，题上都印有一个“刻”字的戳子。刻本未收的，题上都贴着一块小红笺。题下注的甲子，都被编书的人用白纸块贴去，也都是不曾刻的。——我这时候的高兴，比我前年寻着吴敬梓的《文木山房集》时的高兴，还要加好几倍了！

卷首有永恚（也是清宗室里的诗人，有《神清室诗稿》)、刘大观、纪昀的序，有敦诚的哥哥敦敏作的小传。全书六册，计诗两册，文两册，《鷦鷯庵笔尘》两册。《雪桥诗话》、《八旗文经》、《熙朝雅颂集》所采的诗文都是从这里面选出来的。我在《考证》里引的那首《寄怀曹雪芹》，原文题下注一“霑”字，又“扬州旧梦久已绝”一句，原本绝字作觉，下贴一笺条，注云：“雪芹曾随其先祖寅织造之任。”《雪桥诗话》说曹雪芹名霑，为楝亭通政孙，即是根据于这两条注的。又此诗中“蓟门落日松亭尊”一句，尊字原本作樽，下注云：“时余在喜峰口。”按敦敏作的小传，乾隆二十二年丁丑（1757），敦诚在喜峰口。此诗是丁丑年作的。又《考证》引的《佩刀质酒歌》虽无年月，但其下第二首题下注“癸未”，大概此诗是乾隆二十七年壬午作的。这两首之外，还有两首未刻的诗：

（一）赠曹芹圃（原注：即雪芹）

满径蓬蒿老不华，举家食粥酒常赊。衡门僻巷愁今雨，废馆颓楼梦旧家。司业青钱留客醉，步兵白眼向人斜。阿谁买与猪肝食，日望西山餐暮霞。

这诗使我们知道曹雪芹又号芹圃。前三句写家贫的状况，第四句写盛衰之感（此诗作于乾隆二十六年辛巳）。

（二）挽曹雪芹（原注：甲申）

四十年华付杳冥，哀旌一片阿谁铭？孤儿渺漠魂应逐（原注：前数月，伊子殇，因感伤成疾），新妇飘零目岂瞑？牛鬼遗文悲李贺，鹿车荷锸葬刘伶。（适按，此二句又见于《鹪鹩庵笔尘》，杨钟羲先生从《笔尘》里引入《诗话》；杨先生也不曾见此诗全文）故人惟有青山泪，絮酒生刍上旧垧。

这首诗给我们四个重要之点：

（一）曹雪芹死在乾隆二十九年甲申（1764）。我在《考证》说他死在乾隆三十年左右，只差了一年。

（二）曹雪芹死时只有“四十年华”。这自然是个整数，不限定整四十岁。但我们可以断定他的年纪不能在四十五岁以上。假定他死时年四十五岁，他的生时当康熙五十八年（1719）。《考证》里的猜测还不算大错。

关于这一点，我们应该声明一句。曹寅死于康熙五十一年（1712），下距乾隆甲申，凡五十一年。雪芹必不及见曹寅了。敦诚《寄怀曹雪芹》的诗注说“雪芹曾随其先祖寅织造之任”，有一点小误。雪芹曾随他的父亲曹頫在江宁织造任上。曹頫做织造，是康熙五十四年到雍正六年（1715—1728）；雪芹随在任上大约有十年（1719—1728）。曹家三代四个织造，只有曹寅最著名。敦诚晚年编集，添入这一条小注，那时距曹寅死时已七十多年了，故敦诚与袁枚有同样的错误。

（三）曹雪芹的儿子先死了，雪芹感伤成病，不久也死了。据此，雪芹死后，似乎没有后人。

（四）曹雪芹死后，还有一个“飘零”的“新妇”。这是薛宝钗呢，还是史湘云呢？那就不容易猜想了。

《四松堂集》里的重要材料，只是这些。此外还有一些材料，但都不重要。我们从敦敏作的小传里，又可以知道敦诚生于雍正甲寅（1734），死于乾隆戊申（1791），也可以修正我的《考证》里的推测。

我在四月十九日得着这部《四松堂集》的稿本。隔了两天，蔡孑民先生又送来一部《四松堂集》的刻本，是他托人向晚晴移诗社里借来的。刻本共五卷：

卷一，诗一百三十七首。

卷二，诗一百四十四首。

卷三，文三十四篇。

卷四，文十九篇。

卷五，《鹪鹩庵笔尘》八十一则。

果然凡底本里题上没有“刻”字的，都没有收入刻本里去。这更可以证明我的底本格外可贵了。蔡先生对于此书的热心，是我很感谢的。最有趣的是蔡先生借得刻本之日，差不多正是我得着底本之日。我寻此书近一年多了，忽然三日之内两个本子一齐到我手里！这真是“踏破铁鞋无觅处，得来全不费工夫”了。

十一，五，三

（原载1922年5月《努力周报》第1期）

二

答蔡孑民先生的商榷

蔡孑民先生的《石头记索隐第六版自序》是对于我的《红楼梦考证》的一篇“商榷”。他说：

知其（红楼梦）所寄托之人物，可用三法推求：一，品性相类者。二，轶事有征者。三，姓名相关者。于是以湘云之豪放而推为其年，以惜春之冷僻而推为荪友：用第一法也。以宝玉逢魔魇而推为允礽，以凤姐哭向金陵而推为余国柱：用第二法也。以探春之名与探花有关而推为健庵，以宝琴之名与孔子学琴于师襄之故事有关而推为辟疆：用第三法也。然每举一人，率兼用三法或两法，有可推证，始质言之。其他如元春之疑为徐元文，宝蟾之疑为翁宝林，则以近于孤证，始不列入。自以为审慎之至，与随意附会者不同。近读胡适之先生《红楼梦考证》，列拙著于“附会的红学”之中，谓之“走错了道路”，谓之“大笨伯”，“笨谜"；谓之"很牵强的附会"；我实不敢承认。

关于这一段"方法论"，我只希望指出蔡先生的方法是不适用于《红楼梦》的。有几种小说是可以采用蔡先生的方法的。最明显的是《孽海花》。这本是写时事的书，故书中的人物都可用蔡先生的方法去推求：陈千秋即是田千秋，孙汶即是孙文，庄寿香即是张香涛，祝宝廷即是宝竹坡，潘八瀛即是潘伯寅，姜表字剑云即是江标字剑霞，成煜字伯怡即是盛昱字伯熙。其次，如《儒林外史》，也有可以用蔡先生的方法去推求的。如马纯上之为冯粹中，庄绍光之为程绵庄，大概已无可疑。但这部书里的人物，很有不容易猜的；如向鼎，我曾猜是商盘，但我读完《质园诗集》三十二卷，不曾寻着一毫证据，只好把这个好谜牺牲了。又如杜少卿之为吴敬梓，姓名上全无关系；直到我寻着了《文木山房集》，我才敢相信。此外，金和跋中举出的人，至多不过可供参考，不可过于信任（如金和说吴敬梓诗集未刻，而我竟寻着乾隆初年的刻本）。《儒林外史》本是写实在人物的书，我们尚且不容易考定书中人物，这就可见蔡先生的方法的适用是很有限的了。大多数的小说是决不可适用这个方法的。历史的小说如《三国志》，传奇的小说如《水浒传》，游戏的小说如《西游记》，都是不能用蔡先生的方法来推求书中人物的。《红楼梦》所以不能适用蔡先生的方法，顾颉刚先生曾举出两个重要理由：

（一）别种小说的影射人物，只是换了他姓名，男还是男，女还是女，所做的职业还是本人的职业。何以一到《红楼梦》就会男变为女，官僚和文人都会变成宅眷？

（二）别种小说的影射事情，总是保存他们原来的关系。何以一到《红楼梦》，无关系的就会发生关系了？例如蔡先生考定宝玉为允礽，黛玉为朱竹垞，薛宝钗为高士奇，试问允礽和朱竹垞有何恋爱的关系？朱竹垞与高士奇有何吃醋的关系？

顾先生这话说得最明白，不用我来引申了。蔡先生曾说："然而安徽第一大文豪（指吴敬梓）且用之，安见汉军第一大文豪必不出此乎?"这个比例（类推）也不适用，正因为《红楼梦》与《儒林外史》不是同一类的书。用"品性，轶事，姓名"三项来推求《红楼梦》里的人物，就像用这个方法来推求《金瓶梅》里西门庆的一妻五妾影射何人：结果必是一种很牵强的附会。

我对于蔡先生这篇文章，最不敢赞同的是他的第二节。这一节的大旨是：

惟吾人与文学书，最密切之接触，本不在作者之生平，而在其著作。著作之内容，即胡先生所谓"情节"者，决非无考证之价值。

蔡先生的意思好像颇轻视那关于"作者之生平"的考证。无论如何，他的意思好像是说，我们可以不管"作者之生平"，而考证"著作之内容"。这是大错的。蔡先生引《托尔斯泰传》中说的"凡其著作无不含自传之性质；各书之主人翁……皆其一已之化身；各书中所叙他人之事，莫不与其己身有直接之关系"。试问作此传的人若不知"作者之生平"，如何能这样考证各书的"情节"呢？蔡先生又引各家关于 Faust 的猜想，试问他们若不知道 Goethe 的"生平"，如何能猜想第一部之 Gretchen 为谁呢？

我以为作者的生平与时代是考证"著作之内容"的第一步下

手工夫。即如《儿女英雄传》一书，用年羹尧的事做背景，又假造了一篇雍正年间的序，一篇乾隆年间的序。我们幸亏知道著者文康是咸丰同治年间人；不然，书中提及《红楼梦》的故事，又提及《品花宝鉴》（道光中作的）里的徐度香与袁宝珠，岂不都成了灵异的预言了吗？即如旧说《儒林外史》里的匡超人即是汪中，现在我们知道吴敬梓死于乾隆十九年，而汪中生于乾隆九年，我们便可以断定匡超人决不是汪中了。又旧说《儒林外史》里的牛布衣即是朱草衣，现在我们知道朱草衣死在乾隆二十一二年，那时吴敬梓已死了二三年了，而《儒林外史》第二十回已叙述牛布衣之死，可见牛布衣大概另是一人了。

因此，我说，要推倒“附会的红学”，我们必须搜求那些可以考定《红楼梦》的著者、时代、版本等等的材料。向来《红楼梦》一书所以容易被人穿凿附会，正因为向来的人都忽略了“作者之生平”一个大问题。因为不知道曹家有那样富贵繁华的环境，故人都疑心贾家是指帝室的家庭，至少也是指明珠一类的宰相之家。因为不深信曹家是八旗的世家，故有人疑心此书是指斥满洲人的。因为不知道曹家盛衰的历史，故人都不信此书为曹雪芹把真事隐去的自叙传。现在曹雪芹的历史和曹家的历史既然有点明白了，我很盼望读《红楼梦》的人都能平心静气的把向来的成见暂时丢开，大家揩揩眼镜来评判我们的证据是否可靠，我们对于证据的解释是否不错。这样的批评，是我所极欢迎的。我曾说过：

> 我在这篇文章里，处处想撇开一切先入的成见；处处存一个搜求证据的目的；处处尊重证据，让证据做向导，引我到相当的结论上去。

此间所谓“证据”，单指那些可以考定作者、时代、版本等等的证据，并不是那些“红学家”随便引来穿凿附会的证据。若离开了作者、时代、版本等项，那么，引《东华录》与引《红礁画桨录》是同样的“不相干”；引许三礼、郭琇与引冒辟疆、王渔洋是同样的“不相干”。若离开了“作者之生平”而别求“性情相近，轶事有征，姓名相关”的证据，那么，古往今来无数万有名的人，哪一个不可以化男成女搬进大观园里去？又何止朱竹垞、徐健庵、高士奇、汤斌等几个人呢？况且板儿既可以说是《廿四史》，青儿既可以说是吃的韭菜，那么，我们又何妨索性说《红楼梦》是一部《草木春秋》或《群芳谱》呢？

亚里士多德在他的《尼可马铿伦理学》里（部甲，四，一〇九九 a）曾说：

> 讨论这个学说（指柏拉图的“名象论”）使我们感觉一种不愉快，因为主张这个学说的人是我们的朋友。但我们既是爱智慧的人，为维持真理起见，就是不得已把我们自己的主张推翻了，也是应该的。朋友和真理既然都是我们心爱的东西，我们就不得不爱真理过于爱朋友了。

我把这个态度期望一切人，尤其期望我所最敬爱的蔡先生。

十一，五，十

（原载 1922 年 5 月 14 日《努力周报》第 2 期）

一个最低限度的国学书目（1923年）

序　言

这个书目是我答应清华学校胡君敦元等四个人拟的。他们都是将要往外国留学的少年，很想在短时期中得着国故学的常识。所以我拟这个书目的时候，并不为国学有根底的人设想，只为普通青年人想得一点系统的国学知识的人设想。这是我要声明的第一点。

这虽是一个书目，却也是一个法门。这个法门可以叫作“历史的国学研究法”。这四五年来，我不知收到多少青年朋友询问“治国学有何门径”的信。我起初也学着老前辈们的派头，劝人从“小学”入手，劝人先通音韵训诂。我近来忏悔了！那种话是为专家说的，不是为初学人说的；是学者装门面的话，不是教育家引人入胜的法子。音韵训诂之学自身还不曾整理出个头绪系统来，如何可做初学人的入手功夫？十几年的经验使我不能不承认音韵训诂之学只可以做“学者”的工具，而不是“初学”的门径。老实说来，国学在今日还没有门径可说；那些国学有成绩的人大都是下死功夫笨干出来的。死功夫固是重要，但究竟不是初学的门径。对初学人说法，须先引起他的真兴趣，他然后肯下死功夫。在这个没有门径的时候，我曾想出一个下手方法来：就是用历史的线索做我们的天然系统，用这个天然继续演进的顺序做我们治国学的历程。这个书目便是依着这个观念做的。这个书目的顺序便是下手的法门。这是我要声明的第二点。

这个书目不单是为私人用的，还可以供一切中小学校图书馆及地方公共图书馆之用。所以每部书之下，如有最易得的版本，皆为注出。

（一）工具之部

《书目举要》（周贞亮，李之鼎）南城宜秋馆本。这是书目的书目。

《书目答问》（张之洞）刻本甚多，近上海朝记书庄有石印“增辑本”，最易得。

《四库全书总目提要》，附存目录，广东图书馆刻本，又点石斋石印本最方便。

《汇刻书目》（顾修）顾氏原本已不适用，当用朱氏增订本，或上海、北京书店翻印本，北京有益堂翻本最廉。

《续汇刻书目》（罗振玉）双鱼堂刻本。

《史姓韵编》（汪辉祖）刻本稍贵，石印本有两种。此为《二十四史》的人名索引，最不可少。

《中国人名大辞典》商务印书馆。

《历代名人年谱》（吴荣光）北京晋华书局新印本。

《世界大事年表》（傅运森）商务印书馆。

《历代地理韵编》，《清代舆地韵编》（李兆洛）广东图书馆本，又坊刻《李氏五种》本。

《历代纪元编》（六承如）《李氏五种》本。

《经籍纂诂》（阮元等）点石斋石印本可用。读古书者，于寻常字典外，应备此书。

《经传释词》（王引之）通行本。

《佛学大辞典》（丁福保等译编）上海医学书局。

（二）思想史之部

《中国哲学史大纲》上卷（胡适）商务印书馆。

二十二子：《老子》《庄子》《管子》《列子》《墨子》《荀子》《尸子》《孙子》《孔子集语》《晏子春秋》《吕氏春秋》《贾谊新书》《春秋繁露》《扬子法言》《文子缵义》《黄帝内经》《竹书纪年》《商君书》《韩非子》《淮南子》《文中子》《山海经》，浙江公立图书馆（即浙江书局）刻本。上海有铅印本亦尚可用。汇刻子书，以此部为最佳。

《四书》（《论语》，《大学》，《中庸》，《孟子》）最好先看白文，或用朱熹集注本。

《墨子间诂》（孙诒让）原刻本，商务印书馆影印本。

《庄子集释》（郭庆藩）原刻本，石印本。

《荀子集注》（王先谦）原刻本，石印本。

《淮南鸿烈集解》（刘文典）商务印书馆出版。

《春秋繁露义证》（苏舆）原刻本。

《周礼》通行本。

《论衡》（王充）通津草堂本（商务印书馆影印）；湖北崇文书局本。

《抱朴子》（葛洪）平津馆丛书本最佳，亦有单行的；湖北崇文书局本。

《四十二章经》金陵刻经处本。以下略举佛教书。

《佛遗教经》同上。

《异部宗轮论述记》（窥基）江西刻经处本。

《大方广佛华严经》（东晋译本）金陵刻经处。

《妙法莲华经》（鸠摩罗什译）同上。

《般若纲要》（葛彗）《大般若经》太繁，看此书很够了。扬州藏经院本。

《般若波罗密多心经》（玄奘译）

《金刚般若波罗密经》（鸠摩罗什译，菩提流支译，真谛译）以上两书，流通本最多。

《阿弥陀经》（鸠摩罗什译）此书译本与版本皆极多，金陵刻经处有《阿弥陀经要解》（智旭）最便。

《大方广圆觉了义经》（即《圆觉经》）（佛陀多罗译）金陵刻经处白文本最好。

《十二门论》（鸠摩罗什译）金陵刻经处本。

《中论》（同上）扬州藏经院本。

以上两种，为三论宗“三论”之二。

《三论玄义》（隋吉藏撰）金陵刻经处本。

《大乘起信论》（伪书）此虽是伪书，然影响甚大。版本甚多，金陵刻经处有沙门真界纂注本颇便用。

《大乘起信论考证》（梁启超）此书介绍日本学者考订佛书真伪的方法，甚有益。商务印书馆将出版。

《小止观》（一名《童蒙止观》，智觊撰）天台宗之书不易读，此书最便初学。金陵刻经处本。

《相宗八要直解》（智旭直解）金陵刻经处本。

《因明入正理论疏》（窥基直疏）金陵刻经处本。

《大慈恩寺三藏法师传》（慧立撰）玄奘为中国佛教史上第一伟大人物，此传为中国传记文学之大名著。常州天宁寺本。

《华严原人论》（宗密撰）有正书局有合解本，价最廉。

《坛经》（法海录）流通本甚多。

《古尊宿语录》此为禅宗极重要之书，坊间现尚无单行刻本。

《大藏经》缩刷本腾字四至六。

《宏明集》（梁僧祐集）此书可考见佛教在晋、宋、齐、梁士大夫间的情形。金陵刻经处本。

《韩昌黎集》（韩愈）坊间流通本甚多。

《李文公集》（李翺）三唐人集本。

《柳河东集》（柳宗元）通行本。

《宋元学案》（黄宗羲，全祖望等）冯云濠刻本，何绍基刻本，光绪五年长沙重印本。坊间石印本不佳。

《明儒学案》（黄宗羲）莫晋刻本最佳。坊间通行有江西本，不佳。

以上两书，保存原料不少，为宋、明哲学最重要又最方便之书。此下所列，乃是补充这两书之缺陷，或是提出几部不可不备的专家集子。

《直讲李先生集》（李觏）商务印书馆印本。

《王临川集》（王安石）通行本。商务印书馆影印本。

《二程全书》（程颢、程颐）六安涂氏刻本。

《朱子全书》（朱熹）六安涂氏刻本；商务印书馆影印本。

《朱子年谱》（王懋竑）广东图书馆本，湖北书局本。此书为研究朱子最不可少之书。

《陆象山全集》（陆九渊）上海江左书林铅印本很可用。

《陈龙川全集》（陈亮）通行本。

《叶水心全集》（叶适）通行本。

《王文成公全书》（王守仁）浙江图书馆本。

《困知记》（罗钦顺）嘉庆四年翻明刻本。正谊堂本。

《王心斋先生全集》（王艮）近年东台袁氏编订排印本最好，上海国学保存会寄售。

《罗文恭公全集》（罗洪先）雍正间刻本。《四库全书》本与此不同。

《胡子衡齐》（胡直）此书为明代哲学中一部最有条理又最有精采之书。《豫章丛书》本。

《高子遗书》（高攀龙）无锡刻本。

《学通辨》（陈建）正谊堂本。

《正谊堂全书》（张伯行编）这部丛书搜集程朱一系的书最多，欲研究“正统派”的哲学的，应备一部。全书六百七十余卷，价约三十元。初刻本已不可得，现行者为同治间初刻本。

《清代学术概论》（梁启超）商务印书馆。

《日知录》（顾炎武）用黄汝成《集释》本。通行本。

《明夷待访录》（黄宗羲）单行本。扫叶山房《梨洲遗著汇刊》本。

《张子正蒙注》（王夫之）《船山遗书》本。

《思问录内外篇》（王夫之）同上。

《俟解》一卷，《噩梦》一卷（王夫之）同上。

《颜李遗书》（颜元，李塨）《畿辅丛书》本可用。北京四存学会增补全书本。

《费氏遗书》（费密）成都唐氏刻本。（北京大学出版部寄售）

《孟子字义疏证》（戴震）《戴氏遗书》本。国学保存会有铅印本，但已卖缺了。

《章氏遗书》（章学诚）浙江图书馆排印本，上海刘翰怡新刻全书本。

《章实斋年谱》（胡适）商务印书馆出版。

《崔东壁遗书》（崔述）道光四年陈履和刻本；《畿辅丛书》本只有《考信录》，亦可够用了。全书现由亚东图书馆重印，不久可出版。

《汉学商兑》（方东树）此书无甚价值，但可考见当日汉宋学之争。单行本，朱氏《槐庐丛书》本。

《汉学师承记》（江藩）通行本，附《宋学师承记》。

《新学伪经考》（康有为）光绪辛卯初印本；新刻本只增一序。

《史记探原》（崔适）初刻本；北京大学出版部排印本。

《章氏丛书》（章炳麟）康宝忠等排印本；浙江图书馆刻本。

（三）文学史之部

《诗经集传》（朱熹）通行本。

《诗经通论》（姚际恒）闻商务印书馆将重印。

《诗本谊》（龚橙）浙江图书馆《半广丛书》本。

《诗经原始》（方玉润）闻商务印书馆不久将有重印本。

《诗毛氏传疏》（陈奂）《清经解续编》卷七百七十八以下。

《檀弓》《礼记》第二篇。

《春秋左氏传》通行本。

《战国策》商务印书馆有铅印补注本。

《楚辞集注》，附《辨证后语》（朱熹）通行本；扫叶山房有石印本。

《全上古三代秦汉三国六朝文》（严可均编）广雅书局本。此书搜集最富，远胜于张溥的《汉魏六朝百三家集》。

《全汉三国晋南北朝诗》（丁福保编）上海医学书局出版。

《古文苑》（章樵注）江苏书局本。

《续古文苑》（孙星衍编）江苏书局本。

《文选》（萧统编）上海会文堂有石印胡刻李善注本最方便。

《文心雕龙》（刘勰）原刻本；通行本。

《乐府诗集》（郭茂倩编）湖北书局刻本。

《唐文粹》（姚铉编）江苏书局本。

《唐文粹补遗》（郭麟编）同上。

《全唐诗》（康熙朝编）扬州原刻本，广州本，石印本，五代词亦在此中。

《宋文鉴》（吕祖谦编）江苏书局本。

《南宋文范》（庄仲方编）同上。

《南宋文录》（董兆兆编）同上。

《宋诗抄》（吕留良、吴之振等编）商务印书馆本。

《宋诗抄补》（管庭芬等编）商务印书馆本。

《宋六十家词》（毛晋编）汲古阁本，广州刊本，上海博古斋石印本。

《四印斋王氏所刻宋元人词》（王鹏运编刻）原刻本，板存北京南阳山房。

《疆村所刻词》（朱祖谋编刻）原刻本。王、朱两位刻的词集都很精，这是近人对于文学史料上的大贡献。

《太平乐府》（杨朝英编）《四部丛刊》本。

《阳春白雪》（杨朝英编）南陵徐氏《随庵丛书》本。

以上两种为金元人曲子的选本。

《董解元弦索西厢》（董解元）刘世珩《暖红室汇刻传奇》

本。

《元曲选一百种》（臧晋叔编）商务印书馆有影印本。

《金文最》（张金吾编）江苏书局本。

《元文类》（苏天爵编）同上。

《宋元戏曲史》（王国维）商务印书馆本。

《京本通俗小说》这是七种南宋的话本小说，上海蟫隐庐《烟画东堂小品》本。

《宣和遗事》《士礼居丛书》本；商务印书馆有排印本。

《五代史平话》残本　董康刻本。

《明文在》（薛熙编）江苏书局本。

《列朝诗集》（钱谦益编）国学保存会排印本。

《明诗综》（朱彝尊编）原刻本。

《六十种曲》（毛晋编刻）汲古阁本。此书善本已不易得。

《盛明杂剧》（沈泰编）董康刻本。

《暖红室汇刻传奇》（刘世珩编刻）原刻本。

《笠翁十二种曲》（李渔）原刻巾箱本。

《九种曲》（蒋士铨）原刻本。

《桃花扇》（孔尚任）通行本。

《长生殿》（洪升）通行本。

清代戏曲多不胜举；故举李、蒋两集，孔、洪两种历史戏，做几个例而已。

《曲苑》上海古书流通处编印本。此书汇集关于戏曲的书十四种，中如焦循《剧说》，如梁辰鱼《江东白苎》，皆不易得。石印本价亦廉，故存之。

《缀白裘》这是一部传奇选本，虽多是零篇，但明末清初的戏曲名著都有代表的部分存在此中。在戏曲总集中，这也是一部重要书了。通行本。

《曲录》（王国维）《晨风阁丛书》本。

《湖海文传》（王昶编）所选都是清朝极盛时代的文章，最可代表清朝“学者的文人”的文学。原刻本。

《湖海诗传》（王昶编）原刻本。

《鲒埼亭集》（全祖望）借树山房本。

《惜抱轩文集》（姚鼐）通行本。

《大云山房文稿》（恽敬）四川刻本，南昌刻本。

《文史通义》（章学诚）贵阳刻本，浙江局本，铅印本。

《龚定庵全集》（龚自珍）万本书堂刻本。国学扶轮社本。

《曾文正公文集》（曾国藩）《曾文正全集》本。

清代古文专集，不易选择，我经过很久的考虑，选出全，姚，恽，章，龚，曾六家来作例。

《吴梅村诗》（吴伟业）《梅村家藏稿》（董康刻本，商务印书馆影印本）本，无注；此外有靳荣藩《吴诗集览》本，有吴翌凤《梅村诗集笺注》本。

《瓯北诗钞》（赵翼）《瓯北全集》本，单行本。

《两当轩诗钞》（黄景仁）光绪二年重刻本。

《巢经巢诗钞》（郑珍）贵州刻本；北京有翻刻本，颇有误字。

《秋蟪吟馆诗钞》（金和）铅印全本；家刻本略有删减。

《人境庐诗钞》（黄遵宪）日本铅印本。

清代诗也很难选择。我选梅村代表初期；瓯北与仲则代表乾隆一期；郑子尹与金亚匏代表道、咸、同三期；黄公度代表末年的过渡时期。

明、清两朝小说：

《水浒传》亚东图书馆三版本。

《西游记》（吴承恩）亚东图书馆再版本。

《三国志》亚东图书馆本。

《儒林外史》（吴敬梓）亚东图书馆四版本。

《红楼梦》（曹雪）亚东图书馆三版本。

《水浒后传》（陈忱，自署古宋遗民）此书借宋徽、钦二帝事来写明末遗民的感慨，是一部极有意义的小说。亚东图书馆《水浒续集》本。

《镜花缘》（李汝珍）此书虽有“掉书袋”的毛病，但全篇为女子争平等的待遇，确是一部很难得的书。亚东图书馆本。

以上各种，均有胡适的考证或序，搜集了文学史的材料不少。

《今古奇观》，通行本。可代表明代的短篇。

《三侠五义》此书后经俞樾修改，改名《七侠五义》。此书可代表北方的义侠小说。旧刻本，《七侠五义》流通本较多。亚东图书馆不久将有重印本。

《儿女英雄传》（文康）蜚英馆石印本最佳；流通本甚多。

《九命奇冤》（吴沃尧）广智书局铅印本。

《恨海》（吴沃尧）通行本甚多。

《老残游记》（刘鹗）商务印书馆铅印本。

以上略举十三种，代表四五百年的小说。

《五十年来的中国文学》（胡适）本书卷二。

（跋）文学史一部，注重总集；无总集的时代，或总集不能包括的文人，始举别集。因为文集太多，不易收买，尤不易遍览，故为初学人及小图书馆计，皆宜先从总集下手。

（原载 1923 年 2 月 25 日《东方杂志》第 20 卷第 4 号，
又载 1923 年 3 月 4 日《读书杂志》第 7 期）

读书（1925 年）

“读书”这个题，似乎很平常，也很容易。然而我却觉得这个题目很不好讲。据我所知，“读书”可以有三种说法：

（一）要读何书

关于这个问题，《京报副刊》上已经登了许多时候的“青年必读书”；但是这个问题，殊不易解决，因为个人的见解不同，个性不同。各人所选只能代表各人的嗜好，没有多大的标准作用。所以我不讲这一类的问题。

（二）读书的功用

从前有人作《读书乐》，说什么“书中自有千钟粟，书中自有黄金屋，书中自有颜如玉”，现在我们不说这些话了。要说，读书是求知识，知识就是权力。这些话都是大家会说的，所以我也不必讲。

（三）读书的方法

我今天是要想根据个人所经验，同诸位谈谈读书的方法。我的第一句话是很平常的，就是说，读书有两个要素：

第一要精。

第二要博。

现在先说什么叫“精”。

我们小的时候读书，差不多每个小孩都有一条书签，上面写十个字，这十个字最普遍的就是“读书三到：眼到，口到，心到”。现在这种书签虽不用，三到的读书法却依然存在。不过我以为读书三到是不够的；须有四到，是：“眼到，口到，心到，手到。”我就拿它来说一说。

眼到是要个个字认得，不可随便放过。这句话起初看去似乎很容易，其实很不容易。读中国书时，每个字的一笔一画都不放过。近人费许多功夫在校勘学上，都因古人忽略一笔一画而已。读外国书要把 A、B、C、D……等字母弄得清清楚楚。所以说这是很难的。如有人翻译英文，把 port 看作 pork，把 oats 看作 oaks，于是葡萄酒一变而为猪肉，小草变成了大树。说起来这种例子很多，这都是眼睛不精细的结果。书是文字做成的，不肯仔细认字，就不必读书。眼到对于读书的关系很大，一时眼不到，贻害很大，并且眼到能养成好习惯，养成不苟且的人格。

口到是一句一句要念出来。前人说口到是要念到烂熟背得出来。我们现在虽不提倡背书，但有几类的书，仍旧有熟读的必要；如心爱的诗歌，如精彩的文章，熟读多些，于自己的作品上也有良好的影响。读此外的书，虽不须念熟，也要一句一句念出来，中国书如此，外国书更要如此。念书的功用能使我们格外明了每一句的构造，句中各部分的关系。往往一遍念不通，要念两遍之上，方才能明白的。读好的小说尚且要如此，何况读关于思想学问的书呢？

心到是每章、每句、每字意义如何？何以如是？这样用心考究。但是用心不是叫人枯坐冥想，是要靠外面的设备及思想的方法的帮助。要做到这一点，须要有几个条件：

（一）字典、辞典、参考书等等工具要完备。这几样工具虽不能办到，也当到图书馆去看。我个人的意见是奉劝大家，当衣服，卖田地，至少要置备一点好的工具。比如买一本《韦氏大字典》，胜于请几个先生。这种先生终身跟着你，终身享受不尽。

（二）要做文法上的分析。用文法的知识，作文法上的分析，要懂得文法构造，方才懂得它的意义。

（三）有时要比较参考，有时要融会贯通，方能了解。不可但看字面。一个字往往有许多意义，读者容易上当。

例如 turn 这字：作外动字解有十五解，作内动字解有十三解，作名词解有二十六解，共五十四解，而成语不算。

又如 strike：作外动字解有三十一解，作内动字解有十六解，作名词解有十八解，共六十五解。

又如 go 字最容易了，然而这个字：作内动字解有二十二解，作外动字解有三解，作名词解有九解，共三十四解。

以上是英文字须要加以考究的例。英文字典是完备的；但是某一字在某一句究竟用第几个意义呢？这就非比较上下文，或贯串全篇，不能懂了。

中文较英文更难，现在举几个例：

祭文中第一句“维某年月日”之“维”字，究作何解？字典上说它是虚字。《诗经》里“维”字有二百多，必需细细比较研究，然后知道这个字有种种意义。

又《诗经》之“于”字，“之子于归”“凤凰于飞”等句，“于”字究作何解？非仔细考究是不懂的。又“言”字人人知道，但在《诗经》中就发生问题，必须比较，然后知“言”字为连接字。诸如此例甚多。中国古书很难读，古字典又不适用，非是用比较归纳的研究方法，我们如何懂得呢？

总之，读书要会疑，忽略过去，不会有问题，便没有进益。

宋儒张载说："读书先要会疑。于不疑处有疑，方是进矣。"他又说："在可疑而不疑者，不会学。学则须疑。"又说"学贵心悟，守旧无功"。

宋儒程颐说："学原于思。"

这样看起来，读书要求心到；不要怕疑难，只怕没有疑难。工具要完备，思想要精密，就不怕疑难了。

现在要说手到。手到就是要劳动劳动你的贵手。读书单靠眼到、口到、心到，还不够的；必须还得自己动动手，才有所得。例如：

（一）标点分段，是要动手的。

（二）翻查字典及参考书，是要动手的。

（三）做读书札记，是要动手的。札记又可分四类：

第一，抄录备忘。

第二，作提要、节要。

第三，自己记录心得。张载说："心中苟有所开，即便札记，不则还塞之矣。"

第四，参考诸书，融会贯通，作有系统的著作。

手到的功用。我常说：发表是吸收知识和思想的绝妙方法。吸收进来的知识思想，无论是看书来的，或是听讲来的，都只是模糊零碎，都算不得我们自己的东西。自己必须做一番手脚，或做提要，或做说明，或做讨论，自己重新组织过，申叙过，用自己的语言记述过——那种知识思想方才可算是你自己的了。

我可以举一个例。你也会说"进化"，他也会谈"进化"，但你对于"进化"这个观念的见解未必是很正确的，未必是很清楚的；也许只是一种"道听途说"，也许只是一种时髦的口号。这种知识算不得知识，更算不得是“你的”知识。假使你听了我的这句话，不服气，今晚回去就去遍翻各种书籍，仔细研究进化论的科学上的根据；假使你翻了几天书之后，发愤动手，把你研究的写成一篇读书札记；假使你真动手写了这么一篇《我为什么相信进化论?》的札记，列举了：

（一）生物学上的证据，（二）比较解剖学上的证据，（三）比较胚胎学上的证据，（四）地质学和古生物学上的证据，（五）考古学上的证据，（六）社会学和人类学上的证据。

到这个时候，你所有关于“进化论”的知识，经过了一番组织安排，经过了自己的去取叙述，这时候这些知识方才可算是你自己的了。所以我说，发表是吸收的利器；又可以说，手到是心到的法门。

至于动手标点，动手翻字典，动手查书，都是极要紧的读书秘诀，诸位千万不要轻轻放过。内中自己动手翻书一项尤为要紧。我记得前几年我曾劝顾颉刚先生标点姚际恒的《古今伪书考》。当初我知道他的生活困难，希望他标点一部书付印，卖几个钱。那部书是很薄的一本，我以为他一两个星期就可以标点完了。哪知顾先生一去半年，还不曾交卷。原来他于每条引的书，都去翻查原书，仔细校对，注明出处，注明原书卷第，注明删节之处。他动手半年之后，来对我说，《古今伪书考》不必付印了，他现在要编辑一部疑古的丛书，叫作“辨伪丛刊”。我很赞成他这个计划，让他去动手。他动手了一两年之后，更进步了，又超过那“辨伪丛刊”的计划了，他要自己创作了。他前年以来，对于中国古史，做了许多辨证的文字，他眼前的成绩早已超过崔述了，更不要说姚际恒了。顾先生将来在中国史学界的贡献一定不可限量，但我们要知道他成功的最大原因是他的手到的功夫勤而且精。我们可以说，没有动手不勤快而能读书的，没有手不到而能成学者的。

第二要讲什么叫“博”。

什么书都要读，就是博。古人说“开卷有益”，我也主张这个意思，所以说读书第一要精，第二要博。我们主张“博”有两个意思：

第一，为预备参考资料计，不可不博。

第二，为做一个有用的人计，不可不博。

第一，为预备参考资料计。

在座的人，大多数是戴眼镜的。诸位为什么要戴眼镜？岂不是因为戴了眼镜，从前看不见的，现在看见了；从前很小的，现在看得很大了；从前看不分明的，现在看得清楚分明了？王荆公说得最好：

> 世之不见全经久矣。读经而已，则不足以知经。故某自百家诸子之书，至于《难经》、《素问》、《本草》诸小说，无所不读；农夫女工，无所不问；然后于经为能知其大体而无疑。盖后世学者与先王之时异矣；不如是，不足以尽圣人故也……致其知而后读，以有所去取，故异学不能乱也。惟其不能乱，故能有所取者，所以明吾道而已。（答曾子固）

他说：“致其知而后读。”又说：“读经而已，则不足以知经。”即如《墨子》一书在一百年前，清朝的学者懂得此书还不多。到了近来，有人知道光学、几何学、力学、工程学等，一看《墨子》，才知道其中有许多部分是必须用些科学的知识方才能懂的。后来有人知道了伦理学、心理学等，懂得《墨子》更多了。读别种书愈多，《墨子》愈懂得多。

所以我们也说，读一书而已则不足以知一书。多读书，然后可以专读一书。譬如读《诗经》，你若先读了北大出版的《歌谣周刊》，便觉得《诗经》好懂得多了；你若先读过社会学、人类学，你懂得更多了；你若先读过文字学、古音韵学，你懂得更多了；你若读过考古学、比较宗教学等，你懂得的更多了。

你要想读佛家唯识宗的书吗？最好多读点伦理学、心理学、比较宗教学、变态心理学。

无论读什么书总要多配几副好眼镜。

你们记得达尔文研究生物演化的故事吗？达尔文研究生物演变的现状，前后凡三十多年，积了无数材料，想不出一个简单贯串的说明。有一天他无意中读马尔图斯的人口论，忽然大悟生存竞争的原则，于是得着物竞天择的道理，遂成一部破天荒的名著，给后世思想界打开一个新纪元。

所以要博学者，只是要加添参考的材料，要使我们读书时容易得“暗示”；遇着疑难时，东一个暗示，西一个暗示，就不至于呆读死书了。这叫作“致其知而后读”。

第二，为做人计。

专工一技一艺的人，只知一样，除此之外，一无所知。这一类人，影响于社会很少。好有一比，比一根旗杆，只是一根孤拐，孤单可怜。

又有些人广泛博览，而一无所专长，虽可以到处受一班贱人的欢迎，其实也是一种废物。这一类人，也好有一比，比一张很大的薄纸，禁不起风吹雨打。

在社会上，这两种人都是没有什么大影响，为个人计，也很少乐趣。

理想中的学者，既能博大，又能精深。精深的方面，是他的专门学问。博大的方面，是他的旁搜博览。博大要几乎无所不知，精深要几乎唯他独尊，无人能及。他用他的专门学问做中心，次及于直接相关的各种学问，次及于间接相关的各种学问，次及于不很相关的各种学问，以次及毫不相关的各种泛览。这样的学者，也有一比，比埃及的金字三角塔。那金字塔高四百八十英尺，底边各边长七百六十四英尺。塔的最高度代表最精深的专门学问；从此点以次递减，代表那旁收博览的各种相关或不相关的学问。塔底的面积代表博大的范围，精深的造诣，博大的同情心。这样的人，对社会是极有用的人才，对自己也能充分享受人生的趣味。宋儒程颢说得好：

须是大其心使开阔，譬如为九层之台，须大做脚始得。

博学正所以“大其心使开阔”。我曾把这番意思编成两句粗浅的口号，现在拿出来贡献给诸位朋友，作为读书的目标：

为学要如金字塔，要能广大要能高。

（1925 年 4 月 22 日夜改稿）

《官场现形记》序（1927年）

《官场现形记》的著者自称“南亭亭长”，人都知道他是李伯元，却很少人知道他的历史的。前几年因蒋竹庄先生（维乔）的介绍，我收到著者的侄子李祖杰先生的一封长信，才知道他的生平大概。

他的真姓名是李宝嘉，字伯元，江苏上元人，生于清同治六年（1867）。少年时，他在时文与诗赋上都做过功夫。他中秀才时，考的是第一名。他曾应过几次乡试，终不得中举人。后来在上海办《指南报》，不久就停了；又办《游戏报》，是上海“小报”中最早的一种。他后来把《游戏报》卖了，另办《繁华报》。他主办的《游戏报》，我不曾见过。我到上海时（1904），还见着《繁华报》。当时上海已有好几种小报专记妓女的起居，嫖客的消息，戏馆的角色等事。《繁华报》在那些小报之中，文笔与风趣都算得第一流。

他是一个多才艺的人。他的诗词小品散见当时的各小报；他又会刻图章，有《芋香印谱》行于世。他作长篇小说似乎多在光绪庚子（1900）“拳祸”以后。《官场现形记》是他的最长之作，起于光绪辛丑（1901），至癸卯年（1903）成前三编，每编十二回。后二年（1904—1905）又成一编。次年（光绪丙午，1906）

他就死了。此书的第五编也许是别人续到第六十回勉强结束的。他死时，《繁华报》上还登着他的一部长篇小说，写的是上海妓家生活，我不记得书名了；他死后此书听说归一位姓欧阳的朋友续下去，后来就不知下落了。他的长篇小说只有一部《文明小史》是作完的，先在商务印书馆的《绣像小说》里分期印出，后来单印发行。

李宝嘉死时只有四十岁，没有儿子，身后也很萧条。当时南方戏剧界中享盛名的须生孙菊仙，因为对他有知己之感，出钱替他料理丧事。（以上记的，大体根据鲁迅的《中国小说史略》，页327—328。鲁迅先生自注，他的记载是根据周桂笙《新庵笔记》三，及李祖杰致胡适书。我现在客中，李先生原书不在我身边，故不及参校。《小说史略》初版记李氏死于光绪三十三年三月，年四十，而下注西历为“1867—1906”。1906年为光绪三十二年丙午，我疑此系印时误排为三十三年。今既不及参校，姑且改为丙午，俟将来用李先生原书订正。）

《官场现形记》是一部社会史料。它所写的是中国旧社会里最重要的一种制度与势力——官。它所写的是这种制度最腐败，最堕落的时期——捐官最盛行的时期。这书有光绪癸卯（1903）茂苑惜秋生的序，痛论官的制度；这篇序大概是李宝嘉自己作的。他说：

……选举之法兴，则登进之途杂。士废其读，农废其耕，工废其技，商废其业，皆注意于官之一字。盖官者，有士农工商之利而无士农工商之劳者也。天下爱之至深者，谋之必善；慕之至切者，求之必工。于是乎有脂韦滑稽者，有夤缘奔竞者，而官之流品已极紊乱。

限资之例，始于汉代。……开捐纳之先路，导输助之滥觞。所谓衣食足而知荣辱者，直是欺人之谈！……乃至行博弈之道，掷为孤注；操贩鬻之行，居为奇货。其情可想，其理可推矣。沿至于今，变本加厉，凶年饥馑，旱干水溢，皆得援助之例，邀奖励之恩。而所谓官者乃日出而未有穷期，不至充塞宇宙不止！……

官者，辅天子则不足，压百姓则有余。……有语其后者，刑罚出之；有诮其旁者，拘系随之。……于是官之气愈张，官之焰愈烈。羊狠狼贪之技，他人所不忍出者，而官出之；蝇营狗苟之行，他人所不屑为者，而官为之。下之，声色货利则嗜若性命，般乐饮酒则视为故常。观其外，偭规而错矩；观其内，逾闲而荡检。种种荒谬，种种乖戾，虽罄纸墨，不能书也。得失重则妒忌之心生，倾轧甚则睚眦之怨起。……或因调换而龃龉，或因委署而龂龁，所谓投骨于地，犬必争之者，是也。其柔而害物者，且出全力以搏之，设深心以陷之，攻击过于勇夫，蹈袭逾于强敌。……

国衰而官强，国贫而官富。孝弟忠信之旧败于官之身，礼义廉耻之遗坏于官之手。……南亭亭长有东方之谐谑，与淳于之滑稽，又熟知夫官之龌龊卑鄙之要凡，昏聩糊涂之大旨。……因喟然叹曰：“……我之于官，既无统属，亦鲜关系，惟有以含蓄蕴酿存其忠厚，以酣畅淋漓阐其隐微，则庶几近矣。”穷年累月，殚精竭诚，成书一帙，名曰《官场现形记》。立体仿诸稗野，则无钩章棘句之嫌。纪事出以方言，则无诘屈聱牙之苦。开卷一过，凡神禹所不能铸之千鼎，温峤所不能烛之以犀者，无不毕备。

作者虽自己有“以含蓄蕴酿存其忠厚”的评语，但这一层实在没有做到，他只做到了“酣畅淋漓”的一步。这部书是从头至尾诅咒官场的书。全书是官的丑史，故没有一个好官，没有一个好人。这也是当时的一种自然趋势。向来人民对于官，都是敢怒而不敢言；恰好到了这个时期，政府的纸老虎是戳穿的了，还加上一种侥来的言论自由——租界的保障——所以受了官祸的人，都敢明白的攻击官的种种荒谬、淫秽、贪赃、昏庸的事迹。虽然有过分的描写与溢恶的形容，虽然传闻有不实不尽之处，然而就大体上论，我们不能不承认这部《官场现形记》里大部分的材料可以代表当日官场的实在情形。那些有名姓可考的，如华中堂之为荣禄，黑大叔之为李莲英，都是历史上的人物，不用说了。那无数无名的小官，从钱典史到黄二麻子，从那做贼的鲁总爷到那把女儿献媚上司的冒得官，也都不能说是完全虚构的人物。故《官场现形记》可算是一部社会史料。

《官场现形记》写的官是无所不包的，从那最下级的典史到最高的军机大臣，从土匪出身的到孝廉方正出身的，文的武的，正途的，军功的，捐班的，顶冒的——只要是个“官”，都有他的份。

一部大书开卷便是一个训蒙私塾——制造官的工厂。那个傻小子王老三便是候补的赵温，赵温便是候补的王乡绅。王老三不争气，只会躲在赵家厨房里“伸着油晃晃的两只手在那里啃骨头”。赵温争气一点，能躺在钱典史的烟榻上捧着本《新科闱墨》用功揣摩。其实那哼八股的新科举人同那啃骨头的傻小子有什么分别？所谓科举的“正途出身”，至多也不过是文章用浆子糊在桌子上，低着头死念的结果。功夫深了，运气来了，瞎猫碰到了死老鼠，啃骨头的王老三也会飞黄腾达的“中进士做官”去。

这便是正途出身的官。

钱典史便是捐班出身的官的好代表。他虽然只做得一任典史，却弄了不少的钱回来，造起新房子来，也可以使王乡绅睁着大眼睛流涎生羡，称赞他“这样做官才不算白做”。他的主义只是“千里为官只为财”。他的理想是：“也不想别的好处，只要早些选了出来，到了任，随你甚么苦缺，只要有本事，总可以生发的。”

这都是全书的“楔子”，以下便是“官国活动大写真”的正文了。

正文的第一幕是在江西。江西的藩台正在那里大开方便，出卖官缺。替他经手的是他的兄弟三荷包。请看三荷包报的清账：

玉山的王梦梅是个一万二；萍乡的周小辫子，八千；新昌胡子根，六千；上饶莫桂英，五千五；吉水陆子龄，五千；庐陵黄沾甫，六千四；新畲赵苓州，四千五；新建王尔梅，三千五；南昌蒋大化，三千；铅山孔庆辂，武宁卢子廷，都是二千。还有些一千八百的，一时也记不清，至少也有二三十注，我笔笔都有账的。

这笔账很可以代表当日卖官的情形。无论经手的是江西的三荷包，或是两湖制台的十二姨太太，或是北京的黄胖姑，或是宫里的黑大叔，地域有不同，官缺有大小，神通有高低，然而走的都只是这一条路。这都是捐上的加捐。第一次捐的是“官”，加捐的是“缺”；第一次的钱，名分上是政府得的；第二次的钱是上司自己下腰包的。捐官的钱是有定额的，买缺的钱是没有定额而只有市价的。捐官的钱是史料，买缺的钱更是史料。

“千里为官只为财”，何况这班官又都是花了大本钱来的呢？

他们到任之后，第一要捞回捐官的本钱，第二要捞回买缺的本钱，第三还要多弄点利钱。还有那班“带肚子”的账房二爷们，他们也都不是来喝西风的，自然也都要捞几文回去。羊毛总出在羊身上，百姓与国家自然逃不了这班饿狼馋狗的侵害了。公开卖官之弊必至于此。李宝嘉信手拈来，都成材料；其间尽有不实不尽之处，但打个小折扣之后，《官场现形记》终可算是有社会史料的价值的。

《官场现形记》写大官的地方都不见出色，因为这种材料都是间接得来的，全靠来源如何；倘若说故事的人也不是根据亲身的观察，那故事经过几道传述，便成了乡下人说朝廷事，决不会亲切有味了。例如书中说山东抚院阅兵会外宾（第六、七回）等事，看了令人讨厌。又如书中写北京官场的情形（第二十四至二十九回），看了也令人起一种不自然的感觉。大概作者写北京社会的部分完全是摭拾一些很普通的“话柄”勉强串成的。其中如溥四爷认“崇”字（第二十四回，页12），如华中堂开古董铺（第二十五、二十六回），徐大军机论碰头的妙语（第二十六回），都不过是当日喧传人口的“话柄”罢了。在这种地方，这部书的记载是很少文学兴趣的，至多不过是摭拾话柄，替一个时代的社会情形留一点史料罢了。

有人说，李宝嘉的家里有人做过佐杂小官。这话我们没有证据，不敢轻信。但读过《官场现形记》的人总都感觉这书写大官都不自然，写佐杂小官却都有声有色。大都作者当初确曾想用全副气力描写几个小官，后来抵抗不住别的“话柄”的引诱，方才改变方针，变成一部摭拾官场话柄的类书。这是作者的大不幸，也是文学史上的大不幸。倘使作者当日肯根据亲身的观察，或亲属的经验，决计用全力描写佐杂下僚的社会，他的文学成绩必定大有可观，中国近代小说史上也许添一部不朽的名著了。可惜他终于有点怕难为情，终不肯抛弃“官场”全部的笼统记载，终不甘用他的天才来做一小部分的具体描写。所以他几回想特别描写佐杂小官，几回都半途收缩回去。

你看此书开头就捧出一位了不得的钱典史，此人真是做官的高手。无论在什么地方，他总抱定“实事求是”的秘诀。他先巴结赵温，不但想赚他几个钱，还想借他走他的座师吴赞善的门路。后来因为吴赞善对赵温很冷淡，钱典史的热心也就淡了下来。

那一天，门生请主考、同年团拜。……赵温穿着衣帽，也混在里头。钱典史跟着溜了进去瞧热闹。只见吴赞善坐在上面看戏，赵温坐的地方离他还远着哩；一直等到散戏，没有看见吴赞善理他。

大家散了之后，钱典史不好明言，背地里说：“有现成的老师还不会巴结，叫我们这些赶门子拜老师的怎样呢？”从此以后，就把赵温不放在眼里。转念一想，读书人是包不定的，还怕他联捷上去，姑且再等他两天。（第二回）

这种细密的心思岂是那死读《新科闱墨》的举人老爷们想得到的吗？

第三回写钱典史交结戴升，走黄知府的路子，谋得支应局的收支差使，这一段也写得很好。但第四回以下，钱典史便失踪了；作者的眼界抬高了，遂叫一班大官把这些佐杂老爷们都赶跑了。第七回以下，一个候选通判陶子尧上了一个洋务条陈，居然阔了一阵子。

直到第四十三回，作者大概一时缺乏大官的话柄了，忽然又把笔锋收回来描写一大群佐杂小官的生活。第四十三、四十四、四十五回，这三回的《佐杂现形记》真可算是全书最有精彩的部分。这部《佐杂现形记》共有好几幕，都细腻的很。第一幕是在首府（武昌府）的大堂门口——佐杂太爷们给首府“站班”的所在。那一天，首府把其中的一员，蕲州吏目随凤占，唤了进去，说了几句话。随凤占得此异常的荣遇，出来的时候，同班的二三十个穷佐杂都围了上来，打听消息。这一幕好看的很：

其时正是隆冬天气。有的穿件单外褂，有的竟其还是纱的，一个个都钉着黄线织的补子，有些黄线都已宕了下来。脚下的靴子多半是尖头上长了一对眼睛。有两个穿着“抓地虎”，还算是好的咧。至于头上戴的帽子，呢的也有，绒的也有，都是破旧不堪；间或有一两顶皮的，也是光板子，没有毛的了。

大堂底下敞豁豁的，一堆人站在那里都一个个冻得红眼睛、红鼻子。还有些一把胡子的人，眼泪鼻涕从胡子上直挂下来，拿着灰色布的手巾在那里擦抹。如今听说首府叫随凤占保举人，便认定了随凤占一定有什么大来头了，一齐围住了他，请问贵姓台甫。

当中有一个稍些漂亮点的，亲自走到大堂暖阁后面一看，瞥见有个万民伞的伞架子在那里，他就搬了出来，靠墙摆好，请他坐下谈天。（第四十三回，页17）

底下便是几位佐杂太爷们——随凤占、申守尧、秦梅士等——的高论。后来，申守尧家的一个老妈子来替他拿衣服，无意之中说破了他家里没米下锅，申守尧生气了，打了她一个巴掌，老妈不服气，倒在地上号啕起来。她这一闹，惊动了许多人，围住看热闹。申守尧又羞又急，拖她不起来。后来还亏本府的门政大爷出来骂了几句，要拿她送首县，她才住了哭，站了起来。

此时弄得个申守尧说不出的感激，意思想走到门政大爷跟前敷衍两句。谁知等到走上前去，还未开口，那门政大爷早把他看了两眼，回转身就进去了。申守尧更觉羞得无地自容，意思又想过来，趁势吆喝老妈两句，谁知老妈早已跑掉。靴子，帽子，衣包，都丢在地下，没有人拿。……（第四十四回）

幸亏那位“古道热肠”的秦梅士喊他的儿子小狗子来帮忙。

小狗子从怀里掏出一个小布包，把鞋取出，等他爸爸换好。老头子也一面把衣裳脱下折好，同靴子包在一处；又把申守尧的包裹，靴子，帽盒，也交代儿子拿着。……无奈小狗子两只手拿不了许多，幸亏他人还伶俐，便在大堂底下找到一根棍子，两头挑着；又把他爸爸的大帽子合在自己头上，然后挑了衣包，吁呀吁呀的一路喊了出去。

第一幕完了。第二幕是在申守尧的家里。申守尧同那秦小狗子回到家里，只见那挨打的老妈子在堂屋里哭骂。申守尧要撵她走，她要算清了工钱才走，还要讨送礼的脚钱。申守尧没有钱，她就哭骂不止，口口声声“老爷赖工钱，吃脚钱！”

太太正在楼上捉虱子，所以没有下来，后来听得不像样了，只得蓬着头下来解劝。

其时小狗子还未走，……一手拉，一面说道：“申老伯，你不要去理那混账东西。等他走了以后，老伯要送礼，等我来替你送。就是上衙门，也是我来替你拿衣帽。……”申守尧道：“世兄！你是我们秦大哥的少爷，我怎么好常常的烦你送礼拿衣帽呢？”小狗子道：“这些事，我都做惯的；况且送礼是你申老伯挑我赚钱，以后十个钱我也只要四个钱罢了。”

等到太太把老妈子的气平下来了，那位秦大爷的大少爷还不肯走。

申守尧留他吃茶也不要，留他吃饭也不要……只是站着不肯走。申守尧问他有什么话说，他说：“问申老伯要八个铜钱买糖山楂吃。”

可怜申守尧……只得进去同太太商量。太太道：“我前天当的当只剩了二十三个大钱，在褥子底下，买半升米还不够。今天又没有米下锅，横竖总要再当的了。你就数八个给他，余下的替我收好。”

一霎时，申守尧把钱拿了出来，小狗子爬在地下给申老伯磕了一个头，方才接过铜钱，一头走，一头数了出去。

秦太爷的做官秘诀：“该同人家争的地方，一点不可放松！”（第四十三回，页20），都完全被他的大少爷学去了！

第二幕完了。第三幕在制台衙门的客厅上（第四十四回，页11—16），第四幕在蕲州（第四十四回，页17；第四十五回，页6），第五幕在蕲州河里档子班的船上（第四十五回，页6—22）——都是绝好的活动写真，我不必多引了。

这一长篇的“佐杂现形记”真可算是很有精彩的描写，深刻之中有含蓄，嘲讽之中有诙谐，和《儒林外史》最接近。这一部分最有文学趣味，也最有社会史料的价值。倘使全书都能有这样的风味，《官场现形记》便成了第一流小说了。

但作者终想贪多骛远，又把随凤占、钱琼光一班佐杂太爷抛开，又去写钦差大臣童子良（铁良）的话柄了。从此以后，这部书又回到话柄小说的地位上去。不久作者也就死了。

我在《五十年来的中国文学》里，曾说《官场现形记》是一部模仿《儒林外史》的讽刺小说（《胡适文存二集》，二卷，页173以下）。鲁迅先生在他的《中国小说史略》（页327以下）里另标出“谴责小说”的名目，把《官场现形记》、《二十年目睹之怪现状》、《老残游记》、《孽海花》等书都归入这一类。他这种区别是很有见地的。他说：

光绪庚子（1900）后，谴责小说之出特盛。盖嘉庆以来，虽屡平内乱（白莲教，太平天国，捻，回），亦屡挫于外敌（英，法，日本），细民暗昧，尚啜茗听平逆武功，有识者则已翻然思改革，凭敌忾之心，呼维新与爱国，而于“富强”尤致意焉。戊戌变政既不成，越二年即庚子而有义和团之变，群乃知政府不足与图治，顿有掊击之意矣。其在小说，则揭发伏藏，显其弊恶，而于时政，严加纠弹，或更扩充，并及风俗，虽命意在于匡世，似与讽刺小说同伦，而辞气浮露，笔无藏锋，甚且过甚其辞，以合时人嗜好，则其度量技术之相去亦远矣，故别谓之谴责小说。

鲁迅先生最推崇《儒林外史》，曾说：

迨吴敬梓《儒林外史》出，乃秉持公心，指擿时弊……其文又戚而能谐，婉而多讽，于是说部中乃始有足称讽刺之目。（《小说史略》，页245）

他又说：

是后亦鲜以公心讽世之书如《儒林外史》者。（同书，页253）

鲁迅先生这样推重《儒林外史》，故不愿把近代的谴责小说同《儒林外史》并列。这种主张是我很赞同的。吴敬梓是个有学问、有高尚人格的人，他又不曾梦想靠作小说吃饭，故他的小说是一部全神贯注的著作。他是个文学家，又受了颜习斋、李刚主、程绵庄一派的思想的影响，故他的讽刺能成为有见解的社会批评。他的人格高，故能用公心讽世；他的见解高，故能“哀而不愠，微而婉”。近世作谴责小说的人大都是失意的文人，在困穷之中，借骂人为糊口的方法。他们所谴责的往往都是当时公认的罪恶，正不用什么深刻的观察与高超的见解，只要有淋漓的刻画，过度的形容，便可以博一般人的欢迎了。故近世的谴责小说的意境都不高，其中如刘鹗《老残游记》之揭清官之恶，真可算是绝无而仅有的特别见解了。

鲁迅先生批评《官场现形记》的话也很公平，他说：

凡所叙述，皆迎合，钻营，朦混，罗掘，倾轧等故事，兼及士人之热心于作吏，及官吏闺中之隐情。头绪既繁，脚色复夥，其记事遂率与一人俱起，亦即与其人俱讫，若断若续，与《儒林外史》略同。然臆说颇多，难云实录，无自序所谓“含蓄蕴酿”之实，殊不足望文木老人后尘。况所搜罗，又仅“话柄”，联缀此等，以成类书；官场伎俩，本小异大同，汇为长编，即千篇一律。

特缘时势要求，得此为快，故《官场现形记》乃骤享大名；而袭用“现形”名目，描写他事，如商界学界女界者亦接踵也。（同书，329）

这部书确是联缀许多“话柄”作成的，既没有结构，又没有剪裁，是第一短处。作者自己很少官场的经验，所记大官的秘史多是间接听得来的“话柄”；有时作者还肯加上一点组织点缀的功夫，有时连这一点最低限度的技术都免去了，便成了随笔记账。这是第二短处。这样信手拈来的记录，目的在于铺叙“话柄”，而不在于描摹人物，故此书中的人物几乎没有一个有一点个性的表现，读者只看见一群饿狗嚷进嚷出而已。唐二乱子乱了一会，忽然又不乱了；刘大侉子侉了一会，忽然又不侉了。贾筱之（假孝子）假孝了一会，也就把老太太撇开了；甄守球（真守旧）似乎应该有点顽固的把戏，然而下文也就没有了。这是第三短处。此书里没有一个好官，也没有一个好人。作者描写这班人，只存谴责之心，毫没有哀矜之意；谴责之中，又很少诙谐的风趣，故不但不能引起人的同情心，有时竟不能使人开口一笑。这种风格，在文学上，是很低的。这是第四短处。

但我细读此书，看作者在第四十三回到四十五回里表现的技术，终觉得李宝嘉的成绩不应该这么坏，终觉他不曾充分用他的才力。他在开卷几回里，处处现出模仿《儒林外史》的痕迹。他似乎是想用心作一部讽刺小说的。假使此书用赵温与钱典史做全书的主人翁，用后来描写湖北佐杂小官的技术来叙述这两个人的宦途历史，假使作者当日肯这样做去，这部书未尝不可以成为一部有风趣的讽刺小说。但作者个人生计上的逼迫，浅人社会的要求，都不许作者如此做去。于是李宝嘉遂不得不牺牲他的艺术而迁就一时的社会心理，于是《官场现形记》遂不得不降作一部摭拾话柄的杂记小说了。

讽刺小说之降为谴责小说，固是文学史上大不幸的事。但当时中国屡败之后，政制社会的积弊都暴露出来了，有心的人都渐渐肯抛弃向来夸大狂的态度，渐渐肯回头来谴责中国本身的制度不良，政治腐败，社会龌龊。故谴责小说虽有浅薄、显露、溢恶种种短处，然他们确能表示当日社会的反省的态度，责己的态度。这种态度是社会改革的先声。人必须自己承认有病，方才肯延医服药。故谴责小说暴扬一国的种种黑暗，种种腐败，还不失为国家将兴，社会将改革的气象。但中国人终是一个夸大狂的民族，反省的心理不久就被夸大狂的心理赶跑了。到了今日，人人专会责人而不肯责己，把一切罪状都堆在洋鬼子的肩上；一面自己夸张中国的精神文明，礼义名教，一面骂人家都是资本主义，帝国主义，物质文明！在这一个“讳疾而忌医”的时代，我们回头看那班敢于指斥中国社会的罪恶的谴责小说家，真不能不脱下帽子来向他们表示十分敬意了。

（1927年11月12日在上海）

中国公学十八年级毕业赠言（1929 年）

诸位毕业同学：你们现在要离开母校了，我没有什么礼物送给你们，只好送你们一句话罢。

这一句话是："不要抛弃学问。"以前的功课也许有一大部分是为了这张毕业文凭，不得已而做的，从今以后，你们可以依自己的心愿去自由研究了。趁现在年富力强的时候，努力做一种专门学问。少年是一去不复返的，等到精力衰时，要做学问也来不及了。即为吃饭计，学问决不会辜负人的。吃饭而不求学问，三年五年之后，你们都要被后进少年淘汰掉的。到那时再想做点学问来补救，恐怕已太晚了。

有人说："出去做事之后，生活问题亟须解决，哪有工夫去读书？即使要做学问，既没有图书馆，又没有实验室，哪能做学问？"

我要对你们说：凡是要等到有了图书馆方才读书的，有了图书馆也不肯读书。凡是要等到有了实验室方才做研究的，有了实验室也不肯做研究。你有了决心要研究一个问题，自然会撙衣节食去买书，自然会想出法子来设置仪器。

至于时间，更不成问题。达尔文一生多病，不能多做工，每天只能做一点钟的工作。你们看他的成绩：每天花一点钟看十页有用的书，每年可看三千六百多页书；三十年可读十一万页书。

诸位，十一万页书可以使你成一个学者了。可是，每天看三种小报也得费你一点钟的工夫；四圈麻将也得费你一点半钟的光阴。看小报呢？还是打麻将呢？还是努力做一个学者呢？全靠你们自己的选择！

易卜生说："你的最大责任是把你自己这块材料铸造成器。"学问便是铸器的工具。抛弃了学问便是毁了你们自己。再会了！你们的母校眼睁睁的要看你们十年之后成什么器。

（1929年6月25日）

为什么读书？（1930年）

青年会叫我在未离南方赴北方之前在这里谈谈，我很高兴，题目是“为什么读书”。现在读书运动大会开始，青年会拣定了三个演讲题目。我看第二个题目“怎样读书”很有兴味，第三个题目“读什么书”更有兴味，第一题目无法讲，为什么读书，连小孩子都知道，讲起来很难为情，而且也讲不好。所以我今天讲这个题目，不免要侵犯其余两个题目的范围，不过我仍旧要为其余两位演讲的人留一些余地。现在我就把这个题目来试一下看。我从前也有过一次关于读书的演讲，后来我把那篇演讲录略事修改，编入三集《文存》里面，那篇文章题目叫作《读书》，其内容性质较近于第二题目，诸位可以拿来参考。今天我就来试试“为什么读书”这个题目。

从前有一位大哲学家作了一 篇《读书乐》，说到读书的好处，他说：“书中自千钟粟，书中自有黄金屋，书中自有颜如玉。”这意思就是说，读了书可以做大官，获厚禄，可以不至于住茅草房子，可以娶得年轻的漂亮太太（台下哄笑）。诸位听了笑起来，足见诸位对于这位哲学家所说的话不十分满意。现在我就讲所以要读书的别的原因。

为什么要读书？有三点可以讲：第一，因为书是过去已经知道的智识学问和经验的一种记录，我们读书便是要接受这人类的遗产；第二，为要读书而读书，读了书便可以多读书；第三，读书可以帮助我们解决困难，应付环境，并可获得思想材料的来源。我一踏进青年会的大门，就看见许多关于读书的标语。为什么读书？大概诸位看了这些标语就都已知道了，现在我就把以上三点更详细的说一说。

第一，因为书是代表人类老祖宗传给我们的知识的遗产，我们接受了这遗产，以此为基础，可以继续发扬光大，更在这基础之上，建立更高深更伟大的知识。人类之所以与别的动物不同，就是因为人有语言文字，可以把知识传给别人，又传至后人，再加以印刷术的发明，许多书报便印了出来。人的脑很大，与猴不同，人能造出语言，后来更进一步而有文字，又能刻木刻字；所以人最大的贡献就是过去的知识和经验，使后人可以节省许多脑力。非洲野蛮人在山野中遇见鹿，他们就画了一个人和一只鹿以代信，给后面的人叫他们勿追。但是把知识和经验遗给儿孙有什么用处呢？这是有用处的，因为这是前人很好的教训。现在学校里各种教科，如物理、化学、历史，等等，都是根据几千年来进步的知识编纂成书的，一年、两年，或者三年，教完一科。自小学、中学，而至大学毕业，这十六年中所受的教育，都是代表我们老祖宗几千年来得来的知识学问和经验。所谓进化，就是叫人节省劳力，蜜蜂虽能筑巢，能发明，但传下来就只有这一点知识，没有继续去改革改良，以应付环境，没有做格外进一步的工作。人呢，达不到目的，就再去求进步，而以前人的知识学问和经验做参考。如果每样东西，要个个从头学起，而不去利用过去的知识，那不是太麻烦吗？所以人有了这知识的遗产，就可以自己去成家立业，就可以缩短工作，使有余力做别的事。

第二点稍复杂，就是为读书而读书，为求过去的知识而读书。不错，知识可以从书本中得来，但读书不是那么容易的一件事情，不读书不能读书，要能读书才能多读书。好比戴了眼镜，小的可以放大，糊涂的可以看得清楚，远的可以变近。读书也要戴眼镜。眼镜越好，读书的了解力也越大。王安石对曾子固说："读经而已，则不足以知经。"所以他对于《本草纲目》、内经、小说，无所不读，这样对于经才可以明白一些。王安石说："致其知而后读。"

请你们注意，他不说读书以致知，却说，先致知而后读书。读书固然可以扩充知识；但知识越扩充了，读书的能力也越大。这便是"为读书而读书"的意义。

试举《诗经》作一个例子。从前的学者把《诗经》看作"美""刺"的圣书，越讲越不通。现在的人应该多预备几副好眼镜，人类学的眼镜、考古学的眼镜、文法学的眼镜、文学的眼镜。眼镜越多越好，越精越好。例如"野有死麇，白茅包之。有女怀春，吉士诱之"；我们若知道比较民俗学，便可以知道打了野兽送到女子家去求婚，是平常的事。又如"钟鼓乐之，琴瑟友之"，也不必说什么文王太姒，只可看作少年男子在女子门口或窗下奏乐唱和，这也是很平常的事。再从文法方面来观察，像《诗经》里"之子于归"、"黄鸟于飞"、"凤凰于飞"的"于"字；此外，《诗经》里又有几百个的"维"字，还有许多"助词"、"语词"，这些都是有作用而无意义的虚字，但以前的人却从未注意及此。这些字若不明白，《诗经》便不能懂。再说在《墨子》一书里，有点光学、力学；又有点经济学。但你要懂得光学，才能懂得墨子所说的光；你要懂得各种知识，才能懂得《墨子》里一些最难懂的文句。总之，读书是为了要读书，多读书更可以读书。最大的毛病就在怕读书，怕读难书。越难读的书我们越要征服它们，把它们作为我们奴隶或向导，我们才能够打倒难书，这才是我们的“读书乐”。若是我们有了基本的科学知识，那么，我们在读书时便能左右逢源。我再说一遍，读书的目的在于读书，要读书越多才可以读书越多。

第三点，读书可以帮助解决困难，应付环境，供给思想材料。知识是思想材料的来源。思想可分作五步。思想的起源是大的疑问。吃饭拉屎不用想，但逢着三叉路口，十字街头那样的环境，就发生困难了。走东或走西，这样做或是那样做，有了困难，才有思想。第二步要把问题弄清，究竟困难在哪一点上。第三步才想到如何解决，这一步，俗话叫作出主意。但主意太多，都采用也不行，必须要挑选。但主意太少，或者竟全无主意，那就更没有办法了。第四步就是要选择一个假定的解决方法。要想到这一个方法能不能解决。若不能，那么，就换一个；若能，就行了。这好比开锁，这一个钥匙开不开，就换一个；假定是可以开的，那么，问题就解决了。第五步就是证实。凡是有条理的思想都要经过这步，或是逃不了这五个阶段。科学家要解决问题，侦探要侦探案件，多经过这五步。

这五步之中，第三步是最重要的关键。问题当前，全靠有主意（Ideas）。主意从哪儿来呢？从学问经验中来。没有知识的人，见了问题，两眼白瞪瞪，抓耳挠腮，一个主意都不来。学问丰富的人，见着困难问题，东一个主意，西一个主意，挤上来，涌上来，请求你录用。读书是过去知识学问经验的记录，而知识学问经验就要用在这时候，所谓养军千日，用在一朝。否则，学问一些都没有，遇到困难就要糊涂起来。例如达尔文把生物变迁现象研究了几十年，却想不出一个原则去整统他的材料。后来无意中看到马尔萨斯的人口论，说人口是按照几何学级数一倍一倍的增加，粮食是按照数学级数增加，达尔文研究了这原则，忽然触机，就把这原则应用到生物学上去，创了“物竞天择”的学说。读了经济学的书，可以得着一个解决生物学上的困难问题，这便是读书的功用，古人说“开卷有益”，正是此意。读书不是单为文凭功名，只因为书中可以供给学问知识，可以帮助我们解决困难，可以帮助我们思想。又譬如从前的人以为地球是世界的中心，后来天文学家哥白尼却主张太阳是世界的中心，地球绕着而行。据罗素说，哥白尼所以这样的解说，是因为希腊人已经讲过这句话；假使希腊没有这句话，恐怕更不容易有人敢说这句话吧。这也是读书的好处。有一家书店印了一部旧小说叫作《醒世姻缘》，要我作序。这部书是西周生所著的，印好后在我家藏了六年，我还不曾考出西周生是谁。这部小说讲到婚姻问题，其内容是这样：有个好老婆，不知何故，后来忽然变坏，作者没有提及解决方法，也没有想到可以离婚，只说是前世作孽，因为在前世男虐待女，女就投生换样子，压迫者变为被压迫者。这种前世作孽，起先相爱，后来忽变的故事，我仿佛什么地方看见过。后来忽然想起《聊斋》一书中有一篇和这相类似的笔记，也是说到一个女子，起先怎样爱着她的丈夫，后来怎样变为凶太太，便想到这部小说大约是蒲留仙或是蒲留仙的朋友作的。去年我看到一本杂记，也说是蒲留仙做的，不过没有多大证据。今年我在北京，才找到了证据。这一件事可以解释刚才我所说的第二点，就是读书可以帮助读书，同时也可以解释第三点，就是读书可以供给出主意的来源。当初若是没有主意，到了逢着困难时便要手足无措，所以读书可以解决问题，就是军事、政治、财政、思想等问题，也都可以解决，这就是读书的用处。

我有一位朋友，有一次傍着洋灯看小说，洋灯装有油，但是不亮，因为灯芯短了。于是他想到《伊索寓言》里有一篇故事，说是一只老鸦要喝瓶中的水，因为瓶太小，得不到水，它就衔石投瓶中，水乃上来。这位朋友是懂得化学的，于是加水于灯中，油乃碰到灯芯。这是看《伊索寓言》给他看小说的帮助。读书好像用兵，养兵求其能用，否则即使坐拥十万二十万的大兵也没有用处，有的时候还要兵变呢。

至于“读什么书”，下次陈钟凡先生要讲演，今天我也附带的讲一讲。我从五岁起到了四十岁，读了三十五年的书。我可以很诚恳的说，中国旧籍是经不起读的。中国有五千年文化，“四部”的书已是汗牛充栋。究竟有几部书应该读，我也曾经想过。其中有条理有系统的精心结构之作，二千五百年以来恐怕只有半打。“集”是杂货店，“史”和“子”还是杂货店。至于“经”，也只是杂货店，讲到内容，可以说没有一些东西可以给我们改进道德增进智识的帮助的。中国书不够读，我们要另开生活，辟殖民地，这条生路，就是每一个少年人必须至少要精通一种外国文字。读外国语要读到有乐而无苦，能做到这地步，书中便有无穷乐趣。希望大家不要怕读书，起初的确要查阅字典，但假使能下一年苦功，继续不断做去，那么，在一二年中定可开辟一个乐园，还只怕求知的欲望太大，来不及读呢。我总算是老大哥，今天我就根据我过去三十五年读书的经验，给你们这一个临别的忠告。

（1930 年 11 月下旬在上海青年会的演讲）

九年的家乡教育（节选）（1930年）

一

我父亲死时，我母亲只有二十三岁。我父初娶冯氏，结婚不久便遭太平天国之乱，同治二年（1863）死在兵乱里。次娶曹氏，生了三个儿子、三个女儿，死于光绪四年（1878）。我父亲因家贫，又有志远游，故久不续娶。到光绪十五年（1889），他在江苏候补，生活稍稍安定，才续娶我的母亲，我母亲结婚后三天，我的大哥嗣稼也娶亲了。那时我的大姐已出嫁生了儿子。大姐比我母亲大七岁。大哥比她大两岁。二姐是从小抱给人家的。三姐比我母亲小三岁，二哥、三哥（孪生的）比她小四岁。这样一个家庭里忽然来了一个十七岁的后母，她的地位自然十分困难，她的生活自然免不了苦痛。

结婚后不久，我父亲把她接到了上海同住。她脱离了大家庭的痛苦，我父又很爱她，每日在百忙中教她认字读书，这几年的生活是很快乐的。我小时也很得我父亲钟爱，不满三岁时，他就把教我母亲的红纸方字教我认。父亲做教师，母亲便在旁做助教。我认的是生字，她便借此温她的熟字。他太忙时，她就是代理教师。我们离开台湾时，她认得了近千字，我也认得了七百多字，这些方字都是我父亲亲手写的楷字，我母亲终身保存着，因为这些方块红笺上都是我们三个人的最神圣的团居生活的纪念。

我母亲二十三岁就做了寡妇，从此以后，又过了二十三年。这二十三年的生活真是十分苦痛的生活，只因为还有我这一点骨血，她含辛茹苦，把全副希望寄托在我的渺茫不可知的将来，这一点希望居然使她挣扎着活了二十三年。

我父亲在临死之前两个多月，写了几张遗嘱，我母亲和四个儿子每人各有一张，每张只有几句话。给我母亲的遗嘱上说穈儿（我的名字叫嗣穈，穈字音门）天资颇聪明，应该令他读书。给我的遗嘱也教我努力读书上进。这寥寥几句话在我的一生很有重大的影响。我十一岁的时候，二哥和三哥都在家，有一天我母亲问他们道："穈今年十一岁了。你老子叫他念书。你们看看他念书念得出吗？"二哥不曾开口，三哥冷笑道："哼，念书！"二哥始终没有说什么。我母亲忍气坐了一会，回到了房里才敢掉眼泪，她不敢得罪他们，因为一家的财政权全在二哥的手里，我若出门求学是要靠他供给学费的。所以她只能掉眼泪，终不敢哭。

但父亲的遗嘱究竟是父亲的遗嘱，我是应该念书的。况且我小时候很聪明，四乡的人都知道三先生的小儿子是能够念书的。所以隔了两年，三哥往上海医肺病，我就跟他出门求学了。

二

我在台湾时，大病了半年，故身体很弱。回家乡时，我号称五岁了，还不能跨一个七八寸高的门槛。但我母亲望我念书的心很切，故到家的时候，我才满三岁零几个月，就在我四叔父介如先生（名玠）的学堂里读书了。我的身体太小，他们抱我坐在一只高凳子上面。我坐上了就爬不下来，还要别人抱下来。但我在学堂并不算最低级的学生，因为我进学堂之前已认得近一千字了。

因为我的程度不算“破蒙”的学生，故我不需念《三字经》、《千字文》、《百家姓》、《神童诗》一类的书。我念的第一部书是我父亲自己编的一部四言韵文，叫作《学为人诗》，他亲笔抄写了给我的。这部书说的是做人的道理。我把开头几行抄在这里：

为人之道，在率其性。
子臣弟友，循理之正；
谨乎庸言，勉乎庸行；
以学为人，以期做圣。

以下分说“五伦”。最后三节，因为可以代表我父亲的思想，我也抄在这里：

五常之中，不幸有变，
名分攸关，不容稍紊。
义之所在，身可以殉。
求仁得仁，无所尤怨。
古之学者，察于人伦，
因亲及亲，九族克敦；
因爱推爱，万物同仁。
能尽其性，斯为圣人。
经籍所载，师儒所述，
为人之道，非有他术：

穷理致和，返躬践实，

黾勉于学，守道勿失。

我念的第二部书也是我父亲编的一部四言韵文，名叫《原学》，是一部略述哲理的书。这两部书虽是韵文，先生仍讲不了，我也懂不了。

我念的第三部书叫作《律诗六钞》，我不记得是谁选的了。三十多年来，我不曾重见这部书，故没有机会考出此书的编者；依我的猜测，似是姚鼐的选本，但我不敢坚持此说。这一册诗全是律诗，我读了虽不懂得，却背得很熟。至今回忆，却完全不记得了。

我虽不曾读《三字经》等书，却因为听惯了别的小孩子高声诵读，我也能背这些书的一部分，尤其是那五七言的《神童诗》，我差不多能从头背到底。这本书后面的七言句子，如：

人心曲曲湾湾水，

世事重重叠叠山。

我当时虽不懂得其中的意义，却常常嘴上爱念着玩，大概也是因为喜欢那些重字双声的缘故。

我念的第四部书以下，除《诗经》，就都是散文的了。我依诵读的次序，把这些书名写在下面：

（1）《孝经》。

（2）朱子的《小学》，江永集注本。

（3）《论语》。以下四书皆用朱子注本。

（4）《孟子》。

(5)《大学》与《中庸》(《四书》皆连注文读)。

(6)《诗经》，朱子《集传》本（注文读一部分)。

(7)《书经》，蔡沈注本（以下三书不读注文)。

(8)《易经》，朱子《本义》本。

(9)《礼记》，陈澔注本。

读到了《论语》的下半部，我的四叔父介如先生选了颍州府阜阳县的训导，要上任去了，就把家塾移交给族兄禹臣先生（名观象)。四叔是个绅董，常常被本族或外村请出去议事或和案子；他又喜欢打纸牌（徽州纸牌，每副一百五十五张)，常常被明达叔公、映基叔、祝封叔、茂张叔等人邀出去打牌。所以我们的功课很松，四叔往往在出门之前，给我们“上一进书”，叫我们自己念；他到天将黑时，回来一趟，把我们的习字纸加了圈，放了学，才又出门去。

四叔的学堂里只有两个学生，一个是我，一个是四叔的儿子嗣秫，比我大几岁。嗣秫承继给瑜婶（星五伯公的二子，珍伯、瑜叔皆无子，我家三哥承继珍伯，秫哥承继瑜婶)。她很溺爱他，不肯管束他，故四叔一走开，秫哥就溜到灶下或后堂去玩了（他们和四叔住一屋，学堂在这屋的东边小屋内)。我的母亲管得严厉，我又不大觉得念书是苦事，故我一个人坐在学堂里温书念书，到天黑才回家。

禹臣先生接收家塾后，学生就增多了。先是五个，后来添到十多个，四叔家的小屋不够用了，就移到一所大屋——名叫来新书屋——里去。最初添的三个学生，有两个是守瓒叔的儿子——嗣昭，嗣逵。嗣昭比我大两三岁，天资不算笨，却不爱读书，最爱逃学，我们土话叫作“赖学”。他逃出去，往往躲在麦田或稻田里，宁可睡在田里挨饿，却不愿念书。先生往往差嗣秫去捉；有时候，嗣昭被捉回来了，总得挨一顿毒打；有时候，连嗣秫也不回来了——乐得不回来了，因为这是“奉命差遣”，不算是逃学！

我常觉得奇怪，为什么嗣昭要逃学？为什么一个人情愿挨饿、挨打，挨大家笑骂，而不情愿念书？后来我稍懂得世事，才明白了。瓒叔自小在江西做生意，后来在九江开布店，才娶妻生子，一家人都说江西话。回家乡时，嗣昭弟兄都不容易改口音；说话改了，而嗣昭念书常带江西音，常常因此吃戒方或吃“作瘤栗”（钩起五指，打在头上，常打起瘤子，故叫作“作瘤栗”）。这是先生不原谅，难怪他不愿念书。

还有一个原因。我们家乡的蒙馆学金太轻，每个学生每年只送两块银元。先生对于这一类学生，自然不肯耐心教书，每天只教他们念死书、背死书，从来不肯为他们“讲书”。小学生初念有韵的书，也还不十分叫苦。后来念《幼学琼林》、《四书》一类的散文，他们自然毫不觉得有趣味，因为全不懂得书中说的是什么。因为这个缘故，许多学生常常赖学；先有嗣昭，后来有个士祥，都是有名的“赖学胚”。他们都属于这每年两元钱的阶级。因为逃学，先生生了气，打得更厉害。越打得厉害，他们越要逃学。

我一个人不属于这“两元”的阶级。我母亲渴望我读书，故学金特别优厚，第二年就送六块钱，以后每年增加，最后一年加到十二元。这样的学金，在家乡要算“打破纪录”的了。我母亲大概是受了我父亲的叮嘱，她嘱托四叔和禹臣先生为我“讲书”：每读一字，须讲一字的意思；每读一句，须讲一句的意思。我先已认得了近千个“方字”，每个字都经过父母的讲解，故进学堂之后，不觉得很苦。念的几本书虽然有许多是乡里先生讲不明白的，但每天总遇着几句可懂的话。我最喜欢朱子《小学》里的记述古人行事的部分，因为那些部分最容易懂得，所以比较最有趣味。

同学之中有念《幼学琼林》的，我常常帮他们的忙，教他们不认得的生字，因此常常借这些书看；他们念大字，我却最爱看《幼学琼林》的小注，因为注文中有许多神话和故事，比《四书》、《五经》有趣味多了。

有一天，一件小事使我忽然明白我母亲增加学金的大恩惠。一个同学的母亲来请禹臣先生代写家信给她的丈夫；信写成了，先生交她的儿子晚上带回家去。一会儿，先生出门去了，这位同学把家信抽出来偷看。他忽然过来问我道："穈，这信上第一句'父亲大人膝下'是什么意思？"他比我只小一岁，也念《四书》，却不懂"父亲大人膝下"是什么！这时候，我才明白我是一个受特别待遇的人，因为别人每年出两块钱，我去年却送十块钱。我一生最得力的是讲书，父亲母亲为我讲方字，两位先生为我讲书。念古文而不讲解，等于念"揭谛揭谛，波罗揭谛"，全无用处。

三

当我九岁时，有一天我在四叔家东边小屋里玩耍。这小屋前面是我们的学堂，后边有一间卧房，有客来便住在这里。这一天没有课，我偶然走进那卧房里去，偶然看见桌子下一只美孚煤油板箱里的废纸堆中露出一本破书。我偶然捡起了这本书，两头都被老鼠咬坏了，书面也扯破了。但这一本破书忽然为我开辟了一个新天地，忽然在我的儿童生活史上打开了一个新鲜的世界！

这本破书原来是一本小字木板的《第五才子》，我记得很清楚，开始便是"李逵打死殷天锡"一回。我在戏台上早已认得李逵是谁了，便站在那只美孚破板箱边，把这本《水浒传》残本一口气看完了。不看尚可，看了之后，我的心里很不好过：这一本的前面是些什么？后面是些什么？这两个问题，我都不能回答，却最急要一个回答。

我拿了这本书去寻我的五叔。因为他最会“说笑话”（“说笑话”就是“讲故事”，小说书叫作“笑话书”），应该有这种笑话书。不料五叔竟没有这书，他叫我去寻守焕哥。守焕哥说：“我没有《第五才子》，我替你去借一部；我家中有部《第一才子》，你先拿去看，好吗?”《第一才子》便是《三国演义》，他很郑重的捧出来，我很高兴的捧回去。

后来我居然得着《水浒传》全部。《三国演义》也看完了。从此以后，我到处去借小说看。五叔、守焕哥，都帮了我不少的忙。三姐夫（周绍瑾）在上海乡间周浦开店，他吸鸦片烟，最爱看小说书，带了不少回家乡；他每到我家来，总带些《正德皇帝下江南》、《七剑十三侠》一类的书来送给我。这是我自己收藏小说的起点。我的大哥（嗣稼）最不长进，也是吃鸦片烟的，但鸦片烟灯是和小说书常做伴的——五叔、守焕哥、三姐夫都是吸鸦片烟的——所以他也有一些小说书。大嫂认得一些字，嫁妆里带来了好几种弹词小说，如《双珠凤》之类。这些书不久都成了我的藏书的一部分。

三哥在家乡时多；他同二哥都进过梅溪书院，都做过南洋公学的师范生，旧学都有根底，故三哥看小说很有选择。我在他书架上只寻得三部小说：一部《红楼梦》，一部《儒林外史》，一部《聊斋志异》。二哥有一次回家，带了一部新译出的《经国美谈》，讲的是希腊的爱国志士的故事，是日本人作的。这是我读外国小说的第一步。

帮助我借小说最出力的是族叔近仁，就是民国十二年和顾劼刚先生讨论古史的胡堇人。他比我大几岁，已“开笔”作文章了，十几岁就考取了秀才。我同他不同学堂，但常常相见，成了最要好的朋友。他天才很高，也肯用功，读书比我多，家中也颇有藏书。他看过的小说，常借给我看。我借到的小说，也常借给他看。我们两人各有一个小手折，把看过的小说都记在上面，时时交换比较，看谁看的书多，这两个折子后来都不见了。但我记得离开家乡时，我的折子上好像已有了三十多部小说了。

这里所谓“小说”，包括弹词，传奇，以及笔记小说在内。《双珠凤》在内，《琵琶记》也在内；《聊斋》、《夜雨秋灯录》、《夜谭随录》、《兰苕馆外史》、《寄园寄所寄》、《虞初新志》等等也在内。从《薛仁贵征东》、《薛丁山征西》、《五虎平西》、《粉妆楼》一类最无意义的小说，到《红楼梦》和《儒林外史》一类的第一流作品，这里面的程度已是天悬地隔了。我到离开家乡时，还不能了解《红楼梦》和《儒林外史》的好处。但这一大类都是白话小说，我在不知不觉之中得了不少的白话散文的训练，在十几年后于我很有用处。

看小说还有一桩绝大的好处，就是帮助我把文字通顺了。那时候正是废八股诗文的时代，科举制度本身也动摇了。二哥、三哥在上海受了时代思潮的影响，所以不要我“开笔”作八股文，也不要我学作策论经义。他们只要先生给我讲书，教我读书。但学堂里念的书，越到后来，越不好懂了。《诗经》起初还好懂，读到《大雅》，就难懂了；读到《周颂》，更不可懂了。《书经》有几篇，如《五子之歌》，我读得很起劲；但《盘庚》三篇，我总读不熟。我在学堂九年，只有《盘庚》害我挨了一次打。后来隔了十多年，我才知道《尚书》有今文和古文两大类，向来学者都说古文诸篇是假的，今文是真的；《盘庚》属于今文一类，应该是真的，但我研究《盘庚》用的代名词最杂乱不成条理，故我总疑心这三篇书是后人假造的。有时候，我自己想，我的怀疑《盘庚》，也许暗中含有报那一个“作瘤栗”的仇恨的意味罢？

《周颂》、《尚书》、《周易》等书都是不能帮助我作通顺文字的。但小说书却给了我绝大的帮助。从《三国演义》读到《聊斋志异》和《虞初新志》，这一跳虽然跳得太远，但因为书中的故事实在有趣味，所以我能细细读下去。石印本的《聊斋志异》有圈点，所以更容易读，到我十二三岁时，已能对本家姐妹们讲说《聊斋》故事了。那时候，四叔的女儿巧菊，禹臣先生的妹子广菊、多菊，祝封叔的女儿杏仙，和本家侄女翠苹、定娇等，都在十五六岁之间；他们常常邀我去，请我讲故事。我们平常请五叔讲故事时，忙着替他点火、装旱烟，替他捶背。现在轮到我受人巴结了。我不用人装烟捶背，她们听我说完故事，总去泡炒米，或做蛋炒饭来请我吃。她们绣花做鞋，我讲《凤仙》、《莲香》、《张鸿渐》、《江城》。这样的讲书，逼我把古文的故事翻译成绩溪土话，使我更了解古文的文理。所以我到十四岁来上海开始作古文时，就能作很像样的文字了。

四

我小时身体弱，不能跟着野蛮的孩子们一块儿玩。我母亲也不准我和他们乱跑乱跳。小时不曾养成活泼游戏的习惯，无论在什么地方，我总是文绉绉的。所以家乡老辈都说我“像个先生样子”，遂叫我作“穈先生”。这个绰号叫出去之后，人都知道三先生的小儿子叫作穈先生了，既有“先生”之名，我不能不装出点“先生”样子，更不能跟着顽童们“野”了。有一天，我在我家八字门口和一班孩子“掷铜钱”，一位老辈走过，见了我，笑道：

“糜先生也掷铜钱吗?”我听了羞愧得面红耳热，觉得大失了“先生”的身份!

大人们鼓励我装先生样子，我也没有嬉戏的能力和习惯，又因为我确是喜欢看书，所以我一生可算是不曾享过儿童游戏的生活。每年秋天，我的庶祖母同我到田里去“监割”（顶好的田，水旱无忧，收成最好，佃户每约田主来监割，打下谷子，两家平分），我总是坐在小树下看小说。十一二岁时，我稍活泼一点，居然和一群同学组织了一个戏剧班，做了一些木刀竹枪，借得了几副假胡须，就在村口田里做戏。我做的往往是诸葛亮、刘备一类的文角儿；只有一次我做史文恭，被花荣一箭从椅子上射倒下去，这算是我最活泼的玩意儿了。

我在这九年（1895—1904）之中，只学得了读书写字两件事。在文字和思想（看文章）的方面，不能不算是打了一点底子。但别的方面都没有发展的机会。有一次我们村里“当朋”（八都凡五村，称为“五朋”，每年一村轮着做太子会，名为“当朋”），筹备太子会，有人提议要派我加入前村的昆腔队里学习吹笙或吹笛。族里长辈反对，说我年纪太小，不能跟着太子会走遍五朋。于是我失掉了这学习音乐的唯一机会。三十年来，我不曾拿过乐器，也全不懂音乐；究竟我有没有一点学音乐的天资，我至今还不知道。至于学图画，更是不可能的事。我常常用竹纸蒙在小说书的石印绘像上，摹画书上的英雄美人。有一天，被先生看见了，挨了一顿大骂，抽屉里的图画都被搜出撕毁了。于是我又失掉了学做画家的机会。

但这九年的生活，除了读书看书之外，究竟给了我一点做人的训练。在这一点上，我的恩师就是我的慈母。

我的信仰（节选）（1931）

一

我年还不满八岁，就能自己念书，由我二哥的提议，先生使我读《资治通鉴》。这部书，实在是大历史家司马光于 1084 年所辑编年式的中国通史。这番读史，使我发生很大的兴趣，我不久就从事把各朝代各帝王各年号编成有韵的歌诀，以资记忆。

随后有一天，我在叔父家里的废纸箱中，偶然看见一本《水浒传》的残本，便站在箱边把它看完了。我跑遍全村，不久居然得着全部。从此以后，我像老饕一般读尽了本村邻村所知的小说。这些小说都是用白话或口语写的，既易了解，又有引人入胜的趣味。它们教我人生，好的也教，坏的也教，又给了我一件文艺的工具，若干年后，使我能在中国开始众所称为“文艺复兴”的运动。

其时，我的宗教生活经过一个特异的激变。我系生长在拜偶像的环境，习于诸神凶恶丑怪的面孔，和天堂地狱的民间传说。我十一岁时，一日，温习朱子的《小学》，这部书是我能背诵而不甚了解的。我念到这位理学家引司马光那位史家攻击天堂地狱的通俗信仰的话。这段话说："形既朽灭，神亦飘散，虽有剉烧舂磨，亦无所施。"这话好像说得很有道理，我对于死后审判的观念，就开始怀疑起来。

往后不久，我读司马光的《资治通鉴》，读到第一百三十六卷中有一段，使我成了一个无神论者。所说起的这一段，述纪公元五世纪一位名叫范缜的哲学家，与朝众竞辩"神灭论"。朝廷当时是提倡大乘佛法的。范缜的见解，由司马光摄述为这几句话："形者神之质，神者形之用也。神之于形，犹利之于刀。未闻刀没而利存，岂容形亡而神在哉？"

这比司马光的形灭神散的见解——一种仍认有精神的理论——还更透彻有理。范缜根本否认精神为一种实体，谓其仅系神之用。这一番化繁为简合着我儿童的心胸。读到"朝野喧哗，难之，终不能屈"，更使我心悦。

同在那一段内，又引据范缜反对因果轮回说的事。他与竟陵王谈论，王对他说："君不信因果，何得有富贵贫贱？"范缜答道："人生如树花同发，随风而散；或拂帘幌，坠茵席之上；或关篱墙，落粪溷之中。堕茵席者，殿下是也；落粪溷者，下官是也。贵贱虽复殊途，因果竟在何处？"

因果之说，由印度传来，在中国人思想生活上已成了主要部分的少数最有力的观念之一。中国古代道德家，常以善有善报，恶有恶报为训。但在现实生活上并不真确。佛教的因果优于中国果报观念的地方，就是可以躲过这个问题，将其归之于前世来世不断的轮回。

二

但是范缜的比喻，引起了我幼稚的幻想，使我摆脱了恶梦似的因果绝对论，这是以偶然论来对定命论。而我以十一岁的儿童就取了偶然论而叛离了运命。我在那个儿童时代是没有牵强附会的推理的，仅仅是脾性的迎拒罢了。我是我父亲的儿子，司马光和范缜又得了我的心。仅此而已。

但是这一种心境的激变，在我早年不无可笑的结果。1903 年的新年里，我到我住在二十四里外的大姊家去拜年。在她家住了几天，我和她的儿子回家，他是来给我母亲拜年的。他家的一个长工替他挑着新年礼物。我们回家路上，经过一个亭子，供着几个奇形怪状的神像。我停下来对我外甥说："这里没有人看见，我们来把这几个菩萨抛到污泥坑里去罢。"我这带孩子气的毁坏神像主张，把我的同伴大大的吓住了。他们劝我走路，莫去惹那些本来已经濒于危境的神道。

这一天正是元宵灯节。我们到了家中，家里有许多客人，我的肚子已经饿了，开饭的时候，我外甥又劝我喝了一杯烧酒。酒在我的肚子里，便作怪起来。我不久便在院子里跑，喊月亮下来看灯。我母亲不悦，叫人来捉我。我在他们前头跑，酒力因我跑路，作用更起得快。我终被捉住，但还努力想挣脱。我母亲抱住我，不久便有许多人朝我们围拢来。

我心里害怕，便胡言乱道起来。于是我外甥家的长工走到我母亲身边，低低的说："外婆，我想他定是精神错乱了。恐怕是神道怪了他。今天下午我们路过三门亭，他提议要把几尊菩萨抛到污泥坑里去。一定是这番话弄出来的事。"我窃听了长工的话，忽然想出一条妙计。我喊叫得更凶，好像我就真是三门亭的一个神一样。我母亲于是便当空焚香祷告，说我年幼无知无咎，许下如果蒙神恕我小孩子的罪过，定到亭上去烧香还愿。

这时候，得报说龙灯来了，在我们屋里的人，都急忙跑去看，只剩下我和母亲两个人。一会儿我就睡着了。母亲许的愿，显然是灵应了。一个月后，我母亲和我上外婆家去，她叫我恭恭敬敬的在三门亭还我们许下的愿。

三

我年甫十三，即离家上路七日，以求“新教育”于上海。自这次别离后，我于十四年之中，只省候过我母亲三次，一总同她住了大约七个月。出自她对我伟大的爱忱，她送我出门，分明没有洒过一滴眼泪，就让我在这广大的世界中，独自求我自己的教育和发展，所带着的，只是一个母亲的爱，一个读书的习惯，和一点点怀疑的倾向。

我在上海过了六年（1904—1910），在美国过七年（1910—1917）。在我停留在上海的时期内，我经历过三个学校（无一个是教会学校），一个都没有毕业，我读了当时所谓的“新教育”的基本东西，以历史、地理、英文、数学，和一点零碎的自然科学为主。从已故林纾氏及其他诸人的意译文字中，我初次认识一大批英国和欧洲的小说家，司各提（Scott）、狄更司（Dickens）、大小仲马（Dumas pere and fils）、嚣俄（Hugo），以及托尔斯泰（Tolstoy）等氏的都在内。我读了中国上古、中古几位非儒教和新儒教哲学家的著作，并喜欢墨翟的兼爱说与老子、庄子有自然色彩的哲学。

从当代力量最大的学者梁启超氏的通俗文字中，我渐得略知霍布士（Hobbes）、笛卡儿（Descartes）、卢梭（Rousseau）、宾坦（Bentham）、康德（Kant）、达尔文（Darwin）等诸泰西思想家。梁氏是一个崇拜近代西方文明的人，连续发表了一系列文字，坦然承认中国人以一个民族而言，对于欧洲人所具有许多良好特性，感受缺乏；显著的是注重公共道德，国家思想，爱冒险，私人权利观念与热心防其被侵，爱自由，自治能力，结合的本事与组织的努力，注意身体的培养与健康等。就是这几篇文字猛力把我以我们古旧文明为自足，除战争的武器，商业转运的工具外，没有什么要向西方求学的这种安乐梦中，震醒出来。它们开了给我，也就好像开了给几千几百别的人一样，对于世界整个的新眼界。

我又读过严复所译穆勒（John Stuart Mill）的《自由论》（On Liberty）和赫胥黎（Huxley）的《天演论》（Evolution and Ethic）。严氏所译赫胥黎的论著，于1898年就出版，并立即得到知识阶级的接受。有钱的人拿钱出来翻印新版以广流传（当时并没有版权），因为有人以达尔文的言论，尤其是它在社会上与政治上的运用，对于一个感受惰性与儒滞日久的民族，乃是一个合宜的刺激。

数年之间，许多的进化名词在当时报章杂志的文字上，就成了口头禅。无数的人，都采来做自己的和儿辈的名号，由是提醒他们国家与个人在生存竞争中消灭的祸害。向尝一度闻名的陈炯明以“竞存”为号。我有两个同学名杨天择和孙竞存。

就是我自己的名字，对于中国以进化论为时尚，也是一个证据。我请我二哥替我起个学名的那天早晨，我还记得清楚。他只想了一刻，他就说：“‘适者生存’中的‘适’字怎么样？”我表同意；先用来做笔名，最后于1910年就用作我的名字。

四

我对于达尔文与斯宾塞两氏进化假说的一些知识，很容易的与几个中国古代思想家的自然学说连了起来。例如在道家伪书《列子》所述的下面这个故事中，发现二千年前有一个一样年轻，同抱一样信仰的人，使我的童心欢悦：

> 齐田氏祖于庭，食客千人。中坐有献鱼雁者，田氏视之，乃叹曰："天之于民厚矣！殖五谷，生鱼鸟以为之用。"众客和之如响。鲍氏之子，年十二，预于次，进曰："不如君言。天地万物，与我并生，类也。类无贵贱，徒以大小智力而相制，迭相食，非相为而生之。人取食者而食之，岂天本为人而生之，且蚊蚋噆肤，虎狼食肉，岂天本为蚊蚋生人，虎狼生肉者哉？"

1906 年，我在中国公学同学中，有几位办了一个定期刊物，名《竞业旬报》——达尔文学说通行的又一例子——其主旨在以新思想灌输于未受教育的民众，系以白话刊行。我被邀在创刊号撰搞。一年之后，我独自做编辑。我编辑这个杂志的工作不但帮助我启发运用现行口语为一种文艺工具的才能，且以明白的话语及合理的次序，想出自我幼年就已具了形式的观念和思想。在我为这个杂志所著的许多论文内，我猛力攻击人民的迷信，且坦然主张毁弃神道，兼持无神论。

1908 年，我家因营业失败，经济大感困难。我于十七岁上，就必须供给我自己读书，兼供养家中的母亲。我有一年多停学，教授初等英文，每日授课五小时，月得修金八十元。1910 年，我教了几个月的国文。

那几年（1909—1910）是中国历史上的黑暗时代，也是我个人历史上的黑暗时代。革命在好几省内爆发，每次都归失败。中国公学原是革命活动的中心，我在那里的旧同学参加此等密谋的实繁有徒，丧失生命的为数也不少。这班政治犯有好些来到上海与我住在一起，我们都是意气消沉，厌世悲观的。我们喝酒，作悲观的诗词，日夜谈论，且往往作没有输赢的赌博。我们甚至还请了一个老伶工来教我们唱戏。有一天早上，我作了一首诗，中有这一句：“霜浓欺日淡！”（“How proudly does the wintry frost scorn the powerless rays of the sun.”）

意气消沉与执劳任役驱使我们走入了种种的流浪放荡。有一个雨夜，我喝酒喝得醺醺大醉，在镇上与巡捕角斗，把我自己弄进监里去关了一夜。到我次晨回寓，在镜中看出我脸上的血痕，就记起李白饮酒歌中的这一句：“天生我材必有用。”（Some use might yet be made of this material born in me.）我决心脱离教书和我的这班朋友。下了一个月的苦工夫，我就前往北京投考用美国退还庚子赔款所设的学额。我考试及格，即于七月间放洋赴美。

五

我到美国，满怀悲观。但不久便交结了些朋友，对于那个国家和人民都很喜爱。美国人出自天真的乐观与朝气给了我很好的印象。在这个地方，似乎无一事一物不能由人类智力做得成的。我不能避免这种对于人生持有喜气的眼光的传染，数年之间，就渐渐治疗了我少年老成的态度。

我第一次去看足球比赛时，我坐在那里以哲学的态度看球赛时的粗暴及狂叫欢呼为乐。而这种狂叫欢呼在我看来，似乎是很不够大学生的尊严的。但是到竞争愈渐激烈，我也就开始领悟这种热心。随后我偶然回头望见白了头发的植物学教授劳理先生（Mr. W. W. Rowlee）诚心诚意的在欢呼狂叫，我觉得如是的自惭，以致我不久也就热心的陪着众人欢呼了。

就是在民国初年最黑暗的时期内，我还是想法子打起我的精神。在致一个华友的信里面，我说道："除了你我自己灰心失意，以为无希望外，没有事情是无希望的。"在我的日记上，我记下些引录的句子，如引克洛浦（Clough）的这一句："如果希望是麻醉物，恐惧就是作伪者。"又如我自己译自勃朗宁的这一节诗：

从不转背而挺身向前，
从不怀疑云要破裂，
虽合理的弄糟，违理的占胜，
而从不作迷梦的，
相信我们沉而再升，败而再战，
睡而再醒。

1914 年 1 月，我写这一句在我的日记上："我相信我自离开中国后，所学得的最大的事情，就是这种乐观的人生哲学了。"1915 年，我以关于勃朗宁最优的论文得受柯生奖金（Hiram Corson Prize）。我论文的题目是《勃朗宁乐观主义辩》（In Pefense of Browning's Optimism）。我想来大半是我渐次改变了的人生观使我于替他辩护时，以一种诚信的意识来发言。

我系以在康奈尔大学做纽约农科学院的学生开始我的大学生涯。我的选择是根据了当时中国盛行的，谓中国学生须学点有用的技艺，文学、哲学是没有什么实用的这个信念。但是也有一个经济的动机。农科学院当时不收学费，我心想或许还能够把每月的月费省下一部分来汇给我的母亲。

农场上的经验我一点都不曾有过，并且我的心也不在农业上。一年级的英国文学及德文课程，较之农场实习和养果学，反使我感觉兴趣。踌躇观望了一年又半，我最后转入文理学院，一次缴纳四个学期的学费，就是使我受八个月困境的处分。但是我对于我的新学科觉得更为自然，从不懊悔这番改变。

有一科《欧洲哲学史》——归故克莱顿教授（Professer · J. E. Creighton）那位恩师主持——领导我以哲学做了主科。我对于英国文学与政治学也深有兴趣。康奈尔的哲学院（The Sage School of Philosophy）是唯心论的重镇。在其领导之下，我读了古代近代古典派哲学家比较重要的著作，我也读过晚近唯心论者如布拉特莱（Bradley），鲍森揆（Bosanquet）等的作品，但是他们提出的问题从未引起我的兴趣。

1915 年，我往哥林比亚大学（Columbia university），就学于杜威教授（IŕofessorJohn，Dewey），直至 1917 年我回国之时为止。得着杜威的鼓励，我著成我的论文《先秦名学史》这篇论文，使我把中国古代哲学著作重读一遍，并立下我对于中国思想史的一切研究的基础。

六

我留美的七年间，我有许多课外的活动，影响我的生命和思想，说不定也与我的大学课业一样。当意气颓唐的时候，我对于基督教大感兴趣，且差不多把《圣经》读完。1911 年夏，我出席于在宾雪凡尼亚（Pennsylvania）普柯诺派思司（Pocono Pines）举行的中国基督教学生会的大会做来宾时，我几乎打定主意做了基督徒。

但是我渐渐的与基督教脱离，虽则我对于其发达的历史曾多有习读，因为有好久时光我是一个信仰无抵抗主义的信徒。耶稣降生前五百年，中国哲学家老子曾传授过上善若水，水善应万物而不争。我早年接收老子的这个教训，使我大大的爱着《登山宝训》。

1914 年，世界大战爆发，我深为比利时的命运所动，而成了一个确定的无抵抗者。我在康奈尔大同俱乐部（Cornell Cosmopolitan Club）住了三年，结交了许多各种国籍的热心朋友。受着像那士密氏（George Nasmyth）和麦慈（John Mez）那样唯心的平和论者的影响，我自己也成了一个热心的平和论者。大学废军联盟因维腊特（Oswald Garrison Villard）的提议而成立于 1915 年，我是其创办人之一。

到后来，各国际政体俱乐部（International Polity Clubs）成立，我在那士密氏和安格尔（Noman Angell）的领导之下，做了一个最活动的会员，且曾参加过其起首两届的年会。1916 年，我以我的论文《国际关系中有代替武力的吗?》（Is There a Substitute for Force in International Relations?）得受国际政体俱乐部的奖金。在这篇论文里，我阐明依据以法律为有组织的武力建立一个国际联盟的哲理。

我的平和主义与国际大同主义往往使我陷入十分麻烦的地位。日本由攻击德国在山东的领土以加入世界大战时，向世界宣布说，这些领土“终将归还中国”。我是留美华人中唯一相信这个宣言的人，并以文字辩驳说，日本于其所言，说不定是意在必行的。关于这一层，我为许多同辈的学生所嘲笑。及 1915 年日本提出有名的对华二十一条件，留美学生，人人都赞成立即与日本开战。我写了一封公开的信给《中国留美学生月报》，劝告处之以温和，持之以冷静。我为这封信受了各方面的严厉攻击，屡被斥为卖国贼。战争是因中国接受一部要求而得避免了，但德国在华领土则直至七年之后才交还中国。

我读易卜生（Isben）、莫黎（John Morley）和赫胥黎诸氏的著作，教我思考诚实与发言诚实的重要。我读过易卜生所有的戏剧，特别爱看《人民之敌》（An Enemy ofthe People）、莫黎的《论妥协》（On Compromise），先由我的好友威廉思女士（Miss Edith Clifford Williams）介绍给我，她是一直做了左右我生命最重要的精神力量。莫黎曾教我："一种主义，如果健全的话，是代表一种较大的便宜的。为了一时似是而非的便宜而将其放弃，乃是为小善而牺牲大善。疲弊时代，剥夺高贵的行为和向上的品格，再没有什么有这样拿得定的了。"

赫胥黎还更进一步教授一种理知诚实的方法。他单单是说："拿也如同可以证明我相信别的东西为合理的那种种证据来，那么我就相信人的不朽了。向我说类比和或能是说无用的。我说我相信倒转平方律时，我是知道我意何所指的，我必不把我的生命和希望放在较弱的信证上。"赫胥黎也曾说过："一个人生命中最神圣的举动，就是说出并感觉得我相信某项某项是真的。生在世上一切最大的赏，一切最重要的罚，都是系在这个举动上。"

人生最神圣的责任是努力思想得好（to think well），我就是从杜威教授学来的。或思想得不精，或思想而不严格的到它的前因后果，接受现成的整块的概念以为思想的前提，而于不知不觉间受其个人的影响，或多把个人的观念由造成结果而加以测验，在理知上都是没有责任心的。真理的一切最大的发现，历史上一切最大的灾祸，都有赖于此。

杜威给了我们一种思想的哲学，以思想为一种艺术，为一种技术。在《思维术》（tow to think）和《实验逻辑论文集》（Essays in Experimental Logic）里面，他制出这项技术。我察出不但于实验科学上的发明为然，即于历史科学上最佳的探讨，内容的详定，文字的改造，及高等的批评等也是如此。在这种种境域内，曾由同是这个技术而得到最佳的结果。这个技术主体上是具有大胆提出假设，和（加）上诚恳留意于制裁与证实。这个实验的思想技术，堪当创造的智力（creative intelligence）这个名称，因其在运用想象机智以寻求证据，做成实验上，和在自思想有成就的结实所发出满意的结果上，实实在在是有创造性的。

奇怪之极，这种功利主义的逻辑竟使我变成了一个做历史探讨工作的人。我曾用进化的方法去思想，而这种有进化性思想习惯，就做我此后在思想史及文学工作上的成功之钥。尤更奇怪的，这个历史的思想方法并没有使我成为一个守旧的人，而时常是进步的人。例如，我在中国对于文学革命的辩论，全是根据无可否认的历史进化的事实，且一向都非我的对方所能答复得来的。

七

我母亲于1918年逝世。她的逝世，就是引导我把我在这广大世界中摸索了十四年多些的信条第一次列成条文的时机。这个信条系于1919年发表在以《不朽》（Immortality，My Religion）为题的一篇文章里面。

因有找在幼童时期读书得来的学识，我早久就已摒弃了个人死后生存的观念了。好多年来，我都是以一种“三不朽”的古说为满意，这种古说我是在《春秋左氏传》里面找出来的。传记里载贤臣叔孙豹于纪元前五四八年（时孔子还只有三岁。译者按，即鲁襄公二十四年）谓有立德、立功、立言三不朽。此三者“虽久不忘，此之谓不朽”。这种学说引动我心有如是之甚，以致我每每向我的外国朋友谈起，并给了它一个名字，叫作“三 W 的不朽主义”（三 W 即 Worth，Work，Words 三个字的头一个字母）。

我母亲的逝世使我重新想到这个问题，我就开始觉得三不朽的学说有修正的必要。第一层，其弱点在太过概括一切。在这个世界上，有多少人其在德行功绩言语上的成就，其哲理上的智慧能久久不忘的呢？例如哥伦布是可以不朽了，但是他那些别的水手怎样呢？那些替他造船或供给他用具的人，那许多或由作有勇敢的思考，或由在海洋中作有成无成的探险，替他铺下道路的前导又怎样呢？简括的说，一个人应有多大的成就，才可以得不朽呢？

次一层，这个学说对于人类的行为没有消极的裁制。美德固是不朽的了，但是恶德又怎样呢？我们还要再去借重审判日或地狱之火吗？

我母亲的活动从未超出家庭间琐屑细事之外，但是她的左右力，能清清楚楚的从来吊祭她的男男女女的脸上看得出来。我检阅我已死的母亲的生平，我追忆我父亲个人对她毕生左右的力量，及其对我本身垂久的影响，我遂诚信一切事物都是不朽的。我们所做的一切什么人，我们所干的一切什么事，我们所讲的一切什么话，从在世界上某个地方自有其影响这个意义看来，都是不朽的。这个影响又将依次在别个地方有其效果，而此事又将继续入于无限的空间与时间。

正如列勃涅慈（Leibnitz）有一次所说："人人都感觉到在宇宙中所经历的一切，以及那目睹一切的人，可以从经历其他各处的事物，甚至曾经并将识别现在的事物中，解识出在时间与空间上已被移动的事物。我们是看不见一切的，但一切事物都在那里，达到无穷境无穷期。"一个人就是他所吃的东西，所以达柯塔的务农者，加利芳尼亚的种果者，以及千百万别的粮食供给者的工作，都是生活在他的身上。一个人就是他所想的东西，所以凡曾于他有所左右的人——自苏格拉底（Socrates）、柏拉图（Plato）、孔子以至于他本区教会的牧师和抚育保姆——都是生活在他的身上。一个人也就是他所享乐的东西，所以无数美术家和以技取悦的人，无论现尚生存或久已物故，有名无名，崇高粗俗，都是生活在他的身上。诸如此类，以至于无穷。

一千四百年前，有一个人写了一篇论"神灭"的文章，被认为亵渎神圣，有如是之甚，以致其君皇敕七十个大儒来相驳难，竟给其驳倒。但是五百年后，有一位史家把这篇文章在他的伟大的史籍中纪了一个撮要。又过了九百年，然后有一个十一岁的小孩偶然碰到这个三十五个字的简单撮要，而这三十五个字，于埋没了一千四百年之后，突然活了起来而生活于他的身上，更由他而生活于几千几百个男男女女的身上。

1912 年，我的母校来了一位英国讲师，发表一篇演说：《论中国建立共和的不可能》。他的演讲当时我觉得很为不通，但是我以他对于母音 O 的特异的发音方法为有趣，我就坐在那里摹拟以自娱。他的演说久已忘记了，但是他对于母音 O 的发音方法，这些年来却总与我不离，说不定现在还在我的几千百个学生的口上，而从没有觉察到是由于我对于布兰特先生（Mr. T. c. P. Bland）的恶作剧的摹仿，而布兰特先生也是从不知道的。

两千五百年前，希马拉雅山的一个山峡里死了一个乞丐。他的尸体在路旁已在腐溃了，来了一个少年王子，看见这个怕人的景象，就从事思考起来。他想到人生及其他一切事物的无常，遂决心脱离家庭，前往旷野中去想出一个自救以救人类的方法。多年后，他从旷野里出来，做了释迦佛，而向世界宣布他所找出的拯救的方法。这样，甚至一个死丐尸体的腐溃，对于创立世界上一个最大的宗教，也曾不知不觉的贡献了其一部分。

这一个推想的线索引导我信了可以称为社会不朽（Social Immortality）的宗教，因为这个推想在大体上全系根据于社会对我的影响，日积月累而成小我，小我对于其本身是些什么，对于可以称社会、人类或大自然的那个大我有些什么施为，都留有一个抹不去的痕记这番意思。小我是会要死的，但是他还是继续存活在这个大我身上。这个大我乃是不朽的，他的一切善恶功罪，他的一切言行思想，无论是显著的或细微的，对的或不对的，有好处或有坏处——样样都是生存在其对于大我所产生的影响上。这个大我永远生存，做了无数小我胜利或失败的垂久宏大的佐证。

这个社会不朽的概念之所以比中国古代三不朽学说更为满意，就在于包括英雄圣贤，也包括贱者微者，包括美德，也包括恶德，包括功德，也包括罪孽。就是这项承认善的不朽，也承认恶的不朽，才构成这种学说道德上的许可。一个死尸的腐烂可以创立一个宗教，但也可以为患全个大陆。一个酒店侍女偶发一个议论，可以使一个波斯僧侣豁然大悟，但是一个错误的政治或社会改造议论，却可以引起几百年的杀人流血。发现一个极微的杆菌，可以福利几千百万人，但是一个害痨的人吐出的一小点痰涎，也可以害死大批的人，害死几世几代。

人所做的恶事，的确是在他们身后还存在的！就是明白承认行为的结果才构成我们道德责任的意识。小我对于较大的社会的我负有巨大的债项，把他干的什么事情，作的什么思想，做的什么人物，概行对之负起责任，乃是他的职分。人类之为现在的人类，固是由我们祖先的智行愚行所造而成，但是到我们做完了我们分内时，我们又将由人类将成为怎么样而受裁判了。我们要说，“我们之后是大灾大厄”吗？抑或要说，“我们之后是幸福无疆”吗？

八

1923年，我又得了一个时机把我的信条列成更普通的条文。地质学家丁文江氏所著，在我所主编的一个周报上发表，论《科学与人生观》的一篇文章，开始了一场用差不多延持了一个足年的长期论战。在中国凡有点地位的思想家。全都曾参与其事。到1923年终，由某个善经营的出版家把这论战的文章收集起来，字数竟达二十五万。我被请为这个集子作序。我的序言给这本已繁重的文集又加了一万字，而以我所拟议的“新宇宙观和新人生观的轮廓”为结论，不过有些含有敌意的基督教会，却以恶作剧的口吻，称其为“胡适的新十诫”，我现在为其自有其价值而选择出来：

（1）根据于天文学和物理学的知识，叫人知道空间的无限之大。

（2）根据于地质学及古生物学的知识，叫人知道时间的无穷之长。

(3) 根据于一切科学，叫人知道宇宙及其中万物的运行变迁皆是自然的——自己如此的——正用不着什么超自然的主宰或造物者。

(4) 根据于生物学的科学知识，叫人知道生物界的生存竞争的浪费与惨酷——因此叫人更可以明白那“有好生之德”的主宰的假设是不能成立的。

(5) 根据于生物学、生理学、心理学的知识，叫人知道人不过是动物的一种；他和别种动物只有程序的差异，并无种类的区别。

(6) 根据于生物的科学及人类学、人种学、社会学的知识，叫人知道生物及人类社会演进的历史和演进的原因。

(7) 根据于生物的及心理的科学，叫人知道一切心理的现象都是有因的。

(8) 根据于生物学及社会学的知识，叫人知道道德礼教是变迁的，而变迁的原因都是可以用科学的方法寻求出来的。

(9) 根据于新的物理化学的知识，叫人知道物质不是死的，是活的；不是静的，是动的。

(10) 根据于生物学及社会学的知识，叫人知道个人——“小我”——是要死灭的，而人类——“大我”——是不死的，不朽的；叫人知道“为全种万世而生活”就是宗教，就是最高的宗教。而那些替个人谋死后的“天堂”“净土”的宗教，乃是自私自利的宗教。

我结论道：

这种新人生观是建筑在二三百年的科学常识之上的一个大假

设，我们也许可给他加上“科学的人生观”的尊号。但为避免无谓的争论起见，我主张叫他作“自然主义的人生观”。

我们在那个自然的宇宙里，在那无穷之大的空间里，在那无穷之长的时间里，这个平均高五尺六寸，上寿不过百年的两手动物——人——真是一个藐乎其小的微生物了。在那个自然主义的宇宙里，天行是有常度的，物变是有自然法则的，因果的大法支配着他——人——的一切生活，生存竞争的惨剧鞭策着他的一切行为——这个两手动物的自由真是很有限的了。

然而那个自然主义的宇宙里的这个渺小的两手动物，却也有他的相当的地位和相当的价值。他用的两手和一个大脑，居然能做出许多器具，想出许多方法，造成一点文化。他不但驯伏了许多禽兽，他还能考究宇宙间的自然法则，利用这些法则来驾驭天行，到现在他居然能叫电气给他赶车，以太阳给他送信了。

他的智慧的长进就是他的能力的增加。然而智慧的长进却又使他的胸襟扩大，想象力提高。他也曾拜物拜畜生，也曾怕神怕鬼，但他现在渐渐的脱离了这种种幼稚的时期，他现在渐渐明白：空间之大只增加他对于宇宙的美感；时间之长只使他明了祖宗创业之艰难；天行之有常只增加他制裁自然界的能力。

甚至于因果律之笼罩一切，也并不见得束缚他的自由。因为因果律的作用，一方面使他可以由因求果，由果推因，解释过去，预测未来；一方面又使他可以运用他的智慧，创造新因，以求新果。甚至于生存竞争的观念也并不见得就使他成为一个冷酷无情的畜生，也许还可以格外增加他对于同类的同情心，格外使他深信互助的重要，格外使他注重人为的努力，以减免天然竞争的惨酷与浪费。总而言之，这个自然主义的人生观里，未尝没有美，未尝没有诗意，未尝没有道德的责任，未尝没有充分运用创造的智慧的机会。

（原载 1931 年 1—2 月美国《论坛》月刊，
收入 1931 年上海良友版《中国四大思想家信仰之自述》，向真译）

中国文学过去与来路（1931 年）

诸位！近四十年来，在事实上，中国的文学多半偏于考据，对于新文学殊少研究，以我专从事研究学术与思想的人去讲文学，颇觉不当，但“既来之，则安之”，所以也不得不说几句话。我觉得文学有三方面：一是历史的，二是创造的，三是鉴赏的。历史的研究固甚重要，但创造方面更是要紧，而鉴赏与批评也是不可偏废的。

马幼渔先生在中国文学系设文学讲演一科，可谓开历来的新纪元，如有天才的人，再加以指导、批评，则其天才当有更大的进展。马先生本来是约我和徐志摩先生作第一次讲演的，不幸得很，志摩死了，只好我来作第一次讲演，以后当讲一讲徐先生的作品。今天讲的题目是“中国文学过去与来路”。这好像是店家看看账一样，究竟是货物的来路如何，再去结算一下总账。过去大约有四条来路——来路也就是来源。

第一，来源于实际的需要

譬如吾人到研究室里去，看看甲骨文字，上面有许多写着某月某日祭祀，等等。巴比伦之砖头，上面写信，写着某某人。我们中国以前也用竹筒或木筒，近来在西北所发现的竹筒很多，像这些祭祀、通信、卜辞、报告，等等，都是因为实际的需要才有的，这些是记事的体裁，如《墨子》、《庄子》等书，也都是为着实际的需要才逼出来的。

第二，来源于民间

人的感情在各种压迫之下，就不免表现出各种劳苦与哀怨的感情，像匹夫匹妇、旷男怨女的种种抑郁之情，表现出来，或为诗歌，或为散文，由此起点，就引起后来的种种传说故事，如“三百篇”大都是民间匹夫匹妇、旷男怨女的哀怨之声，也就是民间半宗教半记事的哀怨之歌。后来五言诗、七言诗，以至公家的乐府，它们的来源也都是由此而起的。如今之舞女，所唱的歌，或为文人所作给她们唱的，又如诗词、小说、戏曲，皆民间故事之重演，像《诗经》、《楚辞》、五言诗、七言诗，这都是由民间文学而来。

第三，来源于国家所规定的考试

国家规定一种考试的体裁，拿这种文章的体裁去考试人才，这是一种极其机械的办法。如唐朝作赋，前八字一定为破题，以后就变为八股了，这是机械的，越机械越好，像五言律诗、七言律诗，都是这一种的东西，这没有什么价值，但是它的影响却大。中国五六百年来，均受此种影响，这也可说是一条来路。

第四，来源于外国文学

中国不幸得很，因为处的地势与环境的关系，没有哪一国给中国以新的体裁。只有一条路，即印度。中国受了印度不少的影响，如小说、诗歌、记事之故事，等等，都是受了它的熏染与陶冶的。我们中国不受它的影响，也许会有小说、诗歌、戏曲，但没有它，绝不能给我们以绝大之力量的进展。吾人相信受它的影响，比自身当有五六百倍之大，因为我们先人给予我们不过是一些简单之文字，如“子曰……诗云……”等是，而想象力又很薄弱，吾民族可谓极简单极朴实之民族。如《离骚》之想象力，尚称较为丰富，但其思想充其量亦不过想到上天下地而已。印度就大不然了，如《般若经》等，不唯想到天上有天，以至三十三重天，而且想到大千世界，以至无数的天；又如《维摩诘经》不过为一简单之小说，吾人却当一经典，到处风行；又如《法华经》，以及其他各种经典，讲佛家的故事，讲释迦牟尼成佛的故事……能给予吾人以有兴趣的深切的感觉，不知不觉也随之到了一种佛的境界，这种力量是何等的重大，思想是何等的高深啊！像《西游记》、《封神榜》这一类的书，都是受了它们绝大的影响的，譬如俗语说：“看了《西游记》，到老不成器。看了《封神榜》，到老不像样。”这些话都足以证明此二书风行之普遍，与灌输民间思想之深入。其实这两种书描写的不受事实之拘束，与想象力之解放，都是受了印度佛教的思想，他们这种想象力之解放与奔腾，实为吾思想简单朴实之民族所不能及。前在敦煌石室，发现种种佛家文学，亦甚重要。总之，如无印度文学，绝不会产生像《西游记》、《封神榜》这一类有价值的东西，它实在直接间接地给予吾人以各种丰富的想象，吾人才会产生好的文学来。

这四条路，第三条虽是与中国文学影响很大，但是有害的，没有什么价值，最重要还是第二条路的民间文学，占一个甚重要的位置。中国文学史没有生气则已，稍有生气者皆自民间文学而来。前与傅斯年先生在巴黎时谈起民间文学有四个时期：第一个时期是诗词、歌谣，本身的自然风行民间。第二个时期，是由民间的体裁传之于文人，一些文人们也仿着这种体裁做起民间的文学来。第三个时期，是他们自己在文学里感觉着无能，于是第一流的文学家的思想也受了影响，他们的感情起了冲动，也以民间的文学作为体裁而产生出一种极伟大的文学，这可以说是一个很纯粹的时期。第四个时期，是公家以之作成乐府，此时期可谓最出风头了。但是到了极高峰，后来又慢慢的低落下来了，如乐府《陌上桑》是顶好的文学作品，后来就有人摹仿着作《陌上桑》，例如胡适之又摹仿那个摹仿作《陌上桑》的人作《陌上桑》，后来又有人摹仿胡适之作起来，这样以至无穷无穷，才慢慢的变为下流。如词曲、小说，都是这样，先有王实甫、曹雪芹、施耐庵等，后来就有摹仿他们，以至低落下去，这样一来，是很危险的。

民间文学，一般士大夫（外国所谓之 Gentleman）向来看不起它们，这是因为：第一缺陷，来路不高明，它们出身微贱，故所产生的东西，士大夫们就视作雕虫小技，《诗经》是他们所不敢轻视的，因为是圣人所订，《楚辞》为半恋爱半爱国的热烈沉痛的感情奔放作品，故站得住，五七言诗为曹氏所扶植，因他们为帝王，故亦站得住，词曲、小说，不免为小道，皆为其出身微贱的缘故。第二缺陷，因为这些是民间细微的故事，如婆婆虐待媳妇唠，丈夫与妻子吵了架唠……那些题目、材料，都是本地风光，变来变去，都是很简单的，如五七言诗、词曲等也是极简单不复杂的，这是匹夫匹妇、旷男怨女思想的简单和体裁的幼稚的缘故，来源不高明，这也是一个极大的缺陷。第三缺陷为传染，如民间浅薄的、荒唐的、迷信的思想互相传染。第四缺陷，为不知不觉之所以作，凡去写文艺的，是无意的传染与摹仿，并非有意的去描写，这一点甚关重要，中国二千五百年的历史，可谓无一人专心致意的来研究文学，可谓无一人专心致意的来创造文学！这种缺陷是不可以道里计的。到了唐朝，韩退之、白香山等深感觉骈文流行之不便，才把他们认为古文的改为散文，这种运动，可说是一种文学运动，两千五百年无一人有此种运动，十四年前有新文学运动，亦为此一种，这是由无意的传染一变而为有意的研究。

新文学的来路，也就两条：

（一）就是民间文学，如现今大规模的搜集民间歌谣故事等；帮助新文学的开拓，实非浅鲜。

（二）除印度外，即为欧洲文学，我们新的文学，受欧洲影响极大。欧洲文学，最近两三百年如诗歌、小说等皆自民间而来，第一流人物，把这种文学看作专门事业，当成是一种极高贵的、极有价值的终身职业，他们倡导文学的是极有名的人，如华茨华斯（William Wordsworth，1770—1850）、莫泊桑（Maupassant，1850—1893）等都是倡导文学的第一等人才，他们的文学并非由外传染，而是由内心的创造，他们是重视文学的，有这种种缘故，所以才能产生出伟大的作品。我们的新文学，现在我们才知道有所谓自然主义、浪漫主义、写实主义、象征主义、心理分析……种种派别之不同，并非小道可比，这是我们受了西洋文学的洗礼的结果。

今日替诸位算一算旧账，现在当教授的也提倡民间文学，以新的眼光和新的方法去看待它，也许从两千五百年以来要开辟一条新的道路。

（1931 年 12 月 30 日于北京大学国文系的演讲）

中国历史的一个看法（1932 年）

历史可有种种的看法，有唯心的，唯物的，唯人的，唯英雄的……各种看法，我现在对于中国历史的看法，是从文学方法的，文学的名词方面的，是要把它当作英雄传，英雄诗，英雄歌，一幕英雄剧，而且是一幕英雄悲剧来看。

民族主义是爱国的思想，英国有名的先哲曾说过："一个国家要觉得它可爱时，是要看这个国家在历史上是否有可爱之点。"中国立国五千年，时时有西北的蛮族——匈奴、鲜卑……不断的侵入，可说是无时能够自主的，鸦片战争又经过百年，而更有最近空前的危急，在此不断的不光荣的失败历史中，有无光荣之点，它的失败是否可以原谅，在此失败当中，是否可得一教训。

这一出五千年的英雄悲剧，我们看见我们的老祖宗继续和环境奋斗，经过了种种失败与成功，在此连台戏中，有时叫我们高兴，有时叫我们着急，有时叫我们伤心叹气，有时叫我们掉泪悲泣，有时又叫我们看见一线光明，一线希望，有点安慰，有时又失败了，有时又小成功了，有时竟大失败了，这戏中的主人翁，是一位老英雄——中华——他的一生是长期的奋斗，吃尽了种种辛苦，经了种种磨难，好像姜子牙的三十六路伐西岐，刚刚平了一路，又来了一路，又好像唐三藏西天取经，经过了八十一大难，刚脱离了一难，又遭一难似的，这样继续不断奋斗，所以是一篇英雄剧，磨难太多，失败太惨，所以是一篇悲剧。

本来在中国的文字中——戏剧中、小说中，悲剧作品很少，即如《红楼梦》一书，原是一个悲剧，而好事者偏要作些圆梦、续梦、复梦等出来，硬要将林黛玉从棺材里拿起来和贾宝玉团圆，而认为以前的不满意，这真不知何故，或者他们觉得人类生活本来是悲剧的，历史是悲剧的，因此却在理想的文学中，故意来作一段团圆的喜剧。

在这老英雄悲剧中，我们把他分作几个剧目，先说到剧中的主人，主人是姓中名华——老中华，已如上述，舞台是“中国”，是一座破碎的舞台——穷中国，老天给我们祖宗的，实在不是地大物博，而是一块很穷的地方，金银矿是没有的，除东北黑龙江和西南的云贵一部分外，都是要用丝茶到外国去换的，煤铁古代是不需要的，土地虽称广阔，然可耕之地不过百分之二十，而丝毫无用的地却有三分之一，所以我们的祖宗生下来，就是在困难中。

这剧的开始，要算商周，以前的不讲，据安阳发掘出来的成绩，商代民族活动区域，只有河南、山东、安徽的北部，河北、山西南部的一块，也许到辽宁一部，他们在此建设文化时，北狄、南蛮不断的混入，民族成了复杂的民族，在此环境之下，他们居然能唱一出大戏，这是一件很了不得的事情。我们现在撇开了“跳加官”一类开台戏，专看后面的几幕大戏。

第一幕　老英雄建立大帝国

第二幕　老英雄受困两魔王

第三幕　老英雄死里逃生

第四幕　老英雄裹创奋斗

第五幕　老英雄病中困斗

第一幕　老英雄建立大帝国

中国有历史的时期自商周始，驰域限于鲁豫，已如上述，在商代社会中迷信很发达，什么事情都问鬼，都要卜，如打猎、战争、祭祀、出门……事无大小，都要把龟甲或牛骨烧灰，看他的灰纹以定吉凶，在此结果，而发明了龟甲、牛骨原始象形的文字，这文字是很笨的图画，全不能表达抽象的意思，只能勉强记几个物事名词而已，在这正在建设文化的时候，西方的蛮族——周，侵犯过来了，他具强悍的天性，有农业的发明，不久把那很爱喝酒的、敬鬼的、文化较高的殷民族征服了，"这一来，上面的——政治方面是属于周民族，下面的就是属于殷民族，二民族不断的奋斗，在上面的周民族很难征服下面的殷民族，孔子虽是殷人（鲁国），至此很想建设一个现代文化，故曰"吾从周"，而周时，也有人见到两文化接触，致有民族之冲突，所以东方（淮水流域）派了周公去治理，南方（汉水流域）派了召公去治理，封建的基础，即于此时建设，但是北狄、南蛮在此政治之下经过了长期的斗争，才将他们无数的小国家征服，把他们的文化同化，以后才成七个大国家，不久遂成一个大帝国。

至于文字方面，也是从龟甲上的，牛骨上的，不达意的文字，经过充分的奋斗，而变为后代的文字，文学方面、哲学方面、历史方面，都得着可以达意的记载，这是一件很不容易的事情。

在周朝的时候，许多南蛮要想侵到北方来，北边的犬戎也要侵到南部去，酝酿几百年，犬戎居然占据了周地，再经几百年，南方也成了舞台的部分。

此时的建设期中，产生了一个“儒”的阶级，儒本是亡国的俘虏——遗老，他本是贵族阶级，是文化的保存者，亡国以后，他只得和人家打打官司，写写字，看看地，记记账，靠这类小本领混碗饭吃而已（根据荀子的“非十二子篇”），这班人——“儒”一出来，世界为之大变，因为他们是不抵抗者、是儒夫，我们从字义看，凡是和儒字同旁的字眼，都是弱的意思，如需字加米旁是软弱的糯（软）字，加心旁是懦字，加子旁是孺字，是小孩子，他们是唱文戏的，但是力量很大，因为他们是文化传播者，是思想界，老子后世称他为道家，但他正是“儒”的阶级中之代表，他的哲学是儒的哲学，他的书中常把水打譬喻，因为水是最柔弱的，最不抵抗的，这就是儒的本身，他们一出，凡是唱武戏的，至此跟着唱起文戏来了，幸而在此当中，出来一个新派，这就是孔子，他的确不能谓之儒者，就是儒者也是“外江”派，他的主张是“杀身成仁”，他说：“志士成仁，有杀身以成仁，无求生以害仁，”又说：“士不可以不弘毅，任重而道远，仁以为己任，死而后已。”这完全和老子相反，老子是信天的，主自然的，而新派孔子，是讲要做人的，且要智仁勇三者都发达，他是奋斗的，“知其不可而为之”，这就是他的精神，新派唱的虽也是文戏，但他们以“有教无类”打破一切阶级，所以后来产生孟子、荀子、弟子李斯、韩非，韩非虽然在政治上失败，而李斯却成了大功，造成了一个大帝国。（第一幕完）

第二幕　老英雄受困两魔王

不久汉朝兴起来了，一班杀猪的，屠狗的，当衙役的……起来建设了一个四百年的帝国，他们可说得上是有为者，如果没有他们的奋斗，则决不会有这四百年的帝国，但是基础究未稳固，而两个魔王就告来临！

第一个魔王——野蛮民族侵入，在汉朝崩溃的时候，夷狄——羌、匈奴、鲜卑都起来，将中国北部完全占领（300—600），造成江左偏安之局。

第二个魔王——印度文化输入，前一个魔王来临，使我们的生活野蛮化，后一个魔王来临，就是使我们宗教非人化，这印度文化侵略过来，在北面是自中央亚细亚而进，在南方是由海道而入，两路夹攻，整个的将中国文化征服。

原来中国儒家的学说是要宗亲——“孝”，要不亏其体，因为“身体发肤，受之父母，不敢毁伤”，将个人看得很重，而印度文化一来呢？他是“一切皆空”，根本不要做人，要做和尚，做罗汉——要“跳出三界”，将身体做牺牲！如烧手，烧臂、烧全身——人蜡烛，以献贡于乐王师，这风气当时轰动了全国，自王公以至于庶人，同时迎佛骨——假造的骨头，也照样的轰动，这简直是将中国的文化完全野蛮化！非人化！（第二幕完）

第三幕　老英雄死里逃生

这三百年中——隋、唐时代是很艰难的奋斗，先把北方的野蛮民族来同化他，恢复了人的生活，在思想方面，将从前的知识，解放出来，在文化方面，充满了人间的乐趣，人的可爱，肉的可爱，极主张享乐主义，这于杜甫和白居易的诗中都可以看得出，故这次的文化可说是人的文化。再在宗教方面，发生了革命，出来了一个“禅”！禅就是站在佛的立场上以打倒佛的，主张无法无佛，“佛法在我”，而打倒一切的宗教障，仪式障、文字障，这都成功了，所以建设第二次帝国，建设人的文化和宗教革命，是老英雄死里逃生中三件大事实。（第三幕完）

第四幕　老英雄裹创奋斗

老英雄正在建设第三次文化的时候，北方的契丹、女真、金、元继续的侵过来了，这时老英雄已经是受了伤——精神上受了伤（可说是中了精神上的鸦片毒，因为印度有两种鸦片输到中国，一是精神上的鸦片烟——佛，一是真鸦片），受了千年的佛化，所以此时是裹创奋斗，然而竟也建立第三次大帝国——宋帝国，全国虽是已告统一，但身体究未复元，而仍然继续人的文化，推翻非人的文化（这段历史自汉至明，中国和欧洲人相同，宗教革命也是一样），范文正公的“先天下之忧而忧，后天下之乐而乐”，和王荆公的变法，正与前“任重而道远”的学说相符合。

在唐代以前，北魏曾经辟过佛，反对过外国的文化，禁止胡服胡语即其例，但未见成功，而在唐代辟佛的，如韩愈，他曾说过“人其人，火其书，庐其居”三个大标语，这风气虽也行过几十年，但不久又恢复原状，然在这一次，却用了一种软功夫来抵制这非人的文化，本来是要以“人的政治”、“人的法律”、“人的财政”来抗住它的，但还怕药性过猛，病人受纳不起，所以司马光、二程等，主张无为，创设“新的哲学”、“新的人生观”，在破书堆中找到一本一千七百几十个字的《大学》来打倒十二部《大佛经》，将此书中的“格物”、“致知”、“正心”、“诚意”、“修身”、“齐家”、“治国”、“平天下”这一套，来创造新的人的教育，新的哲学，新的人生观，这实在是老英雄裹创奋斗中的一个壮举，但到了蒙古一兴起，老英雄已精疲力竭，实在不能抵抗了！（第四幕完）

第五幕老英雄病中困斗

这位老英雄到明朝已经是由受创而得病了，他的病状呢？一是缠足，我们晓得在唐朝被称的小脚是六寸，到这时是三寸了，实在是可惊人！二是八股文章，三是鸦片由印度输入，这三种东西，使老英雄内外都得病症。

再有一宗，就是从前王荆公的秘诀已被人摒弃了，本来他的秘诀一是“有为”，一是“向外”，但一班的习静者，他们要将喜怒哀乐等，于静坐中思之，结果是无为，是无生气，而不能不使这老英雄在病中困斗。

清代的天下居然有二百余年，这实是程朱学说——君臣观念所致，因为此时的民族观念抵不住君臣的名分观念，不过老英雄在此当中，而仍有其成绩在，就是东北和西南的开辟，推广他的老文化，湖南在几十年前，在政治上占有极大的势力，广东、广西于此时有学术上的大贡献，这都是老英雄在病中的功绩，他虽然在政治上失去地位，然而在学术上却发生一种“实事求是”的精神——科学的精神，而成就了一种所谓的“汉学”，这种新的学术，是不主静而主动的，它的哲学是排除思想而求考据，考据一学发生，金石、历史、音韵，各方面都发达，顾亭林以一百六十二个证据，来证明“服”字读“备”字音，这实在具有科学之精神，不过在建设这“人的学术”当中，老英雄已经是老了，病了！

尾　声

这老英雄的悲剧，一直到现在，仍是在奋斗中，他是从奋斗中滚爬出来，建设了人的文化，同化了许多蛮族，平了许多外患，同化了非人的文化，从一千余年奋斗到如今，实在是不易呀！这种的失败，可说是光荣的失败！在欧洲曾经和我们一样，欧洲过去的光荣，我们都具备着，但是欧洲毕竟是成功，这种原因，我认为我们是比他少了两样东西，就是少了一个大的和附带一个小的，大的是科学，小的是工业。我们素来是缺乏科学，文治教育看得太重，我们现在把孔子和其同时的亚里士多得、柏拉图来比一比，柏拉图是懂得数学的，“不懂数学的不要到他门下来”，亚里士多得同时是研究植物的，孔子较之，却未必然吧？与孟子同时的欧几里得，他的几何至今沿用，孟子未尝能如此吧？在清代讲汉学的时候，虽说是有科学的精神，却非加利略用望远镜看天文，用显微镜看微菌，以及牛顿发明地心吸力可比，所以中西的不同，不自今日始，我们既明白了这个教训，比欧洲所缺乏的是什么？我们知道了，我们的努力就有了目标，我们这老英雄是奋斗的，希望我们以后给他一种奋斗的工具，那么，或者这出悲壮的英雄悲剧，能够成为一纯粹的英雄剧。

（1932 年 12 月 1 日在武汉大学的讲演）

读书的习惯重于方法（1935年）

读书会进行的步骤，也可以说是采取的方式大概不外三种：

第一种是大家共同选定一本书来读，然后互相交换自己的心得及感想。

第二种是由下往上的自动方式，就是先由会员共同选定某一个专题，限定范围，再由指导者按此范围拟定详细节目，指定参考书籍。每人须于一定期限内作成报告。

第三种是先由导师拟定许多题目，再由各会员任意选定。研究完毕后写成报告。

至于读书的方法我已经讲了十多年，不过在目前我觉到读书全凭先养成好读书的习惯。读书无捷径，是没有什么简便省力的方法可言的。读书的习惯可分为三点：一是勤，二是慎，三是谦。

勤苦耐劳是成功的基础，做学问更不能欺己欺人，所以非勤不可。其次，谨慎小心也是很需要的，清代的汉学家著名的如高邮王氏父子，段茂堂等的成功，都是遇事不肯轻易放过，旁人看不见的自己便可看见了。如今的放大几千万倍的显微镜，也不过想把从前看不见的东西现在都看见罢了。谦就是态度的谦虚，自己万不可先存一点成见，总要不分地域门户，一概虚心的加以考察后，再决定取舍。这三点都是很要紧的。

其次，还有个买书的习惯也是必要的，闲时可多往书摊上逛逛，无论什么书都要去摸一摸，你的兴趣就是凭你伸手乱摸后才知道的。图书馆里虽有许多的书供你参考，然而这是不够的。因为你想往上罔画一下都不能，更不能随便的批写。所以至少像对于自己所学的有关的几本必备书籍，无论如何，就是少买一双皮鞋，这些书是非买不可的。

青年人要读书，不必先谈方法，要紧的是先养成好读书、好买书的习惯。

（原载 1935 年 5 月 14 日《大学新闻周报》）

治学方法：大胆的假设、小心的求证（1952 年）

钱校长，各位先生，各位同学：

……我看到讲台前有许多位文史方面的老朋友们，我真是胆怯，因为我不是讲天文学、地质学、物理、化学，是在文史方面讲治学方法。在诸位先生面前讲这个题目真是班门弄斧了。

我预备讲三次：第一次讲治学方法的引论，第二次讲方法的自觉，第三次讲方法与材料的关系。

今天我想随便谈谈治学的方法。我个人的看法，无论什么科学——天文、地质、物理、化学等等——分析起来，都只有一个治学方法，就是做研究的方法。什么是做研究呢？就是说，凡是要去研究一个问题，都是因为有困难问题发生，要等我们去解决它，所以做研究的时候，不是悬空的研究。所有的学问，研究的动机和目标是一样的。研究的动机，总是因为发生困难，有一个问题，从前没有看到，现在看到了；从前觉得没有解决的必要，现在觉得有解决的必要的。凡是做学问、做研究，真正的动机都是求某种问题某种困难的解决；所以动机是困难，而目的是解决困难。这并不是我一个人的说法，凡是有做学问做研究经验的人，都承认这个说法。真正说起来，做学问就是研究；研究就是求得问题的解决。所有的学问，做研究的动机是一样的，目标是一样的，所以方法也是一样的。不但是现在如此，我们研究西方的科学思想，科学发展的历史，再看看中国二千五百年来凡是合于科学方法的种种思想家的历史，知道古今中外凡是在做学问做研究上有成绩的人，他的方法都是一样的。古今中外治学的方法是一样的。为什么是一样呢？就是因为做学问做研究的动机和目标是一样的。从一个动机到一个目标，从发现困难到解决困难，当中有一个过程，就是所谓方法。从发现困难那一天起，到解决困难为止，当中这一个过程，可能很长，也可能很短。有的时候要几十年，几百年才能解决一个问题；有时候只要一个钟头就可以解决一个问题。这个过程就是方法。

刚才我说方法是一样的；方法是甚么呢？我曾经有很多时候，想用文字把方法做成一个公式、一个口号、一个标语，把方法扼要的说出来；但是从来没有一个满意的表现方式。现在我想起我二三十年来关于方法的文章里面，有两句话也许可以算是讲治学方法的一种很简单扼要的话。

那两句话就是："大胆的假设、小心的求证。"要大胆的提出假设，但这种假设还得想法子证明。所以小心的求证，要想法子证实假设或者否定假设，比大胆的假设还更重要。这十个字是我二三十年来见之于文字，常常在嘴里向青年朋友们说的。有的时候在我自己的班上，我总希望我的学生们能够了解。今天讲治学方法引论，可以说就是要说明什么叫作假设；什么叫作大胆的假设；怎么样证明或者否证假设。

刚才我说过，治学的方法，做研究的方法，都是基于一个困难。无论是化学、地质学、生物学、社会科学上的一个问题，都是一个困难。当困难出来的时候，本于个人的知识、学问，就不知不觉的提出假设，假定有某几种可以解决的方案。比方诸位在台湾这几年看见杂志上有讨论《红楼梦》的文章，就是所谓红学，到底《红楼梦》有什么可以研究的呢？《红楼梦》里发生了什么问题呢？普通人看《红楼梦》里面的人物，都是不发生问题的，但是有某些读者却感觉到《红楼梦》发生了问题：《红楼梦》究竟是什么意思？当时写贾宝玉、林黛玉这些人的故事有没有背景？有没有"微言大义"在里面？写了一部七八十万字的书来讲贾家的故事，讲一个纨绔子弟贾宝玉同许多漂亮的丫头，漂亮的姊妹们亲戚们的事情；有什么意义没有？这是一个问题。怎么样解决这个问题呢？当然你有一个假设，他也有一个假设。

在二三十年前，我写《红楼梦考证》的时候，有许多关于《红楼梦》引起的问题的假设的解决方案。有一种是说《红楼梦》含有种族思想，书中的人物都是影射当时满洲的官员，林黛玉是暗指康熙时候历史上一个有名的男人；薛宝钗、王凤姐和那些丫头们都是暗指历史上的人物。还有一种假设说贾宝玉是指一个满洲宰相明珠的儿子叫作纳兰性德——他是一个了不起的天才很高的文学家——那些丫头、姐妹亲戚们都是代表宰相明珠家里的一班文人清客；把书中漂亮的小姐们如林黛玉、薛宝钗、王凤姐、史湘云等人都改装过来化女为男。我认为这是很不可能，也不需要化装变性的说法。

后来我也提出一个假设。我的假设是很平常的。《红楼梦》这本书，从头一回起，作者就说这是我的自传，是我亲自所看见的事体。我的假设就是说，《红楼梦》是作者的自传，是写他亲自看见的家庭。贾宝玉就是曹雪芹；《红楼梦》就是写曹家的历史。曹雪芹是什么人呢？他的父亲叫曹頫，他的祖父叫作曹寅；一家三代四个人做江宁织造，做了差不多五十年。所谓宁国府、荣国府，不是别的，就是指他们祖父、父亲、两个儿子，三代四个人把持五十多年的江宁织造的故事。书中说到，“皇帝南巡的时候，我们家里接驾四次。”如果在普通人家，招待皇帝四次是可能倾家荡产的；这些事在当时是值得一吹的。所以曹雪芹虽然将真事隐去，仍然舍不得要吹一吹。曹雪芹后来倾家荡产做了文乞，成了叫花子的时候，还是读书喝酒，跟书中的贾宝玉一样。这是一个假设；我举出来做一个例子。

要解决“《红楼梦》有什么用意”这个问题，当然就有许多假设。提出问题求解决，是很好的事情；但要先看这些假设是否能够得到证明。凡是解决一个困难的时候，一定要有证明。我们看这些假设，有的说这本书是骂满洲人的；是满洲人统治中国的时候，汉人含有民族隐痛，写出来骂满洲人的。有的说是写当时的一个大户人家，宰相明珠家中天才儿子纳兰性德的事。有的说是写康熙一朝的政治人物。而我的假设呢？我认为这部书不是谈民族的仇恨，也不是讲康熙时候的事。都不是的！从事实上照极平常的做学问的方法，我提出一个很平常的假设，就是《红楼梦》这本书的作者在开头时说的，他是在说老实话，把他所看见的可爱的女孩子们描写出来；所以书中描写的人物可以把个性充分表现出来。方才所说的“大胆的假设”就是这种假设。我恐怕我所提出的假设只够得上小胆的假设罢了！

凡是做学问，不特是文史方面的，都应当这样。譬如在化学实验室做定性分析，先是给你一盒东西，对于这盒东西你先要做几个假设，假设某种颜色的东西是什么，然后再到火上烧烧看，试验管发生了什么变化：这都是问题。这与《红楼梦》的解释一样的有问题；做学问的方法是一样的。我们的经验，我们的学问，是给我们一点知识以供我们提出各种假设的。所以“大胆的假设”

就是人人可以提出的假设。因为人人的学问，人人的知识不同，我们当然要容许他们提出各种各样的假设。一切知识，一切学问是干什么用的呢？为什么你们在学校的这几年中有许多必修与选修的学科？都是给你们用；就是使你在某种问题发生的时候，脑背后就这边涌上一个假设，那边涌上一个假设。做学问，上课，一切求知识的事情，一切经验——从小到现在的经验，所有学校里的功课与课外的学问，为的都是供给你种种假设的来源，使你在问题发生时有假设的材料。如果遇上一个问题，手足无措，那就是学问、知识、经验，不能应用，所以看到一个问题发生，就没有法子解决。这就是学问知识里面不能够供给你一些活的材料，以为你做解决问题的假设之用。

单是假设是不够的，因为假设可以有许多。譬如《红楼梦》这一部小说，就引起了这么多假设。所以第二步就是我所谓“小心的求证”。在真正求证之先，假设一定要仔细选择选择。这许多假设，就是假定的解决方法，看哪一个假定的解决方法是比较近情理一点，比较可以帮助我们解决那个开始发生的那个困难问题。譬如《红楼梦》是讲的什么？有什么意思没有？有这么多的假定的解释来了，在挑选的时候先要看哪一个假定的解释比较能帮助你解决问题，然后说：对于这一个问题，我认为我的假设是比较能够满意解决的。譬如我的关于《红楼梦》的假设，曹雪芹写的是曹家的传记，是曹雪芹所看见的事实。贾母就是曹母，贾母以下的丫头们也都是他所看见的真实人物。当然名字是改了，姓也改了。但是我提出这一个假设，就是说《红楼梦》是曹雪芹的自传，最要紧的是要求证。我能够证实它，我的假设才站得住；不能证实，它就站不住。求证就是要看你自己所提出的事实是不是可以帮助你解决那个问题。要知道《红楼梦》在讲什么，就要做

《红楼梦》的考证。现在我可以跟诸位做一个坦白的自白。我在做《红楼梦》考证那三十年中，曾经写了十几篇关于小说的考证，如《水浒传》、《儒林外史》、《三国演义》、《西游记》、《老残游记》、《三侠五义》等书的考证。而我费了最大力量的，是一部讲怕老婆的故事的书，叫作《醒世姻缘》，约有一百万字。我整整花了五年工夫，做了五万字的考证。也许有人要问，胡适这个人是不是发了疯呢？天下可做的学问很多，而且是学农的，为什么不做一点物理化学有关科学方面的学问呢？为什么花多年的工夫来考证《红楼梦》、《醒世姻缘》呢？我现在做一个坦白的自白，就是：我想用偷关漏税的方法来提倡一种科学的治学方法。我所有的小说考证，都是用人人知道的材料，用偷关漏税的方法，来讲做学问的方法的。譬如讲《红楼梦》，至少我对于研究《红楼梦》问题，我对它的态度的谨严，自己批评的严格，方法的自觉，同我考据研究《水经注》是一样的。我对于小说材料，看作同化学问题的药品材料一样，都是材料。我拿《水浒传》、《醒世姻缘》、《水经注》等书做学问的材料。拿一种人人都知道的材料用偷关漏税的方法，要人家不自觉的养成一种"大胆的假设，小心的求证"的方法。

假设是人人可以提的。譬如有人提出骇人听闻的假设也无妨。假设是愈大胆愈好。但是提出一个假设，要想法子证实它。因此我们有了大胆的假设以后，还不要忘了小心的求证。比如我考证《红楼梦》的时候，我得到许多朋友的帮助，我找到许多材料。我已经印出的本子，是已经改了多少次的本子。我先要考出曹雪芹于《红楼梦》以外有没有其他著作？他的朋友和同他同时代的人有没有什么关于他的著作？他的父亲、叔父们有没有什么关于他的记载？关于他一家四代五个人，尤其是关于他的祖父曹寅，有多少材料可以知道他那时候的地位？家里有多少钱，多么阔？是不是真正能够招待皇帝到四次？我把这些有关的证据都想法找了来，加以详密的分析，结果才得到一个比较认为满意的假设，认定曹雪芹写《红楼梦》，并不是什么微言大义，只是一部平淡无奇的自传——曹家的历史。我得到这一家四代五个人的历史，就可以帮助说明。当然，我的假设并不是说就完全正确；但至少可以在这里证明“小心”求证这个功夫是很重要的。

现在我再举一个例来说明。方才我说的先是发生问题，然后是解决问题。要真正证明一个东西，才做研究。要假设一个比较最能满意的假设，来解决当初引起的问题。譬如方才说的《红楼梦》，是比较复杂的。但是我认为经过这一番的研究，经过这一番材料的收集，经过这一番把普通人不知道的材料用有系统的方法来表现出来，叙述出来，我认为我这个假设在许多假设中，比较最能满意的解答“《红楼梦》说的是什么？有什么意思？”

方才我提到一部小说，恐怕是诸位没有看过的，叫作《醒世姻缘》，差不多有一百万字，比《红楼梦》还长，可以说是中国旧小说中最长的。这部书讲一个怕老婆的故事。他讨了一个最可怕的太太。这位太太用各种方法打丈夫的父母朋友。她对于丈夫，甚至于一看见就生气，不但是打，有一次用熨斗里的红炭从她丈夫的官服圆领口倒了进去，几乎把他烧死；有一次用洗衣的棒槌打了他六百下，也几乎打死他。把这样一个怕老婆的故事述叙了一百万字以上，结果还是没有办法解脱。为什么呢？说这是前世的姻缘。书中一小半，差不多有五分之一是写前世的事。后半部是讲第二世的故事。在前世被虐待的人，是这世的虐待者。婚姻问题是前世的姻缘，没有法子解脱的。想解脱也解脱不了。结果只能念经做好事。在现代摩登时代的眼光看，这是一个很迷信的故事。但是这部书是了不得的。用一种山东淄川的土话描写当时的人物有一种诙谐的风趣的；描写荒年的情形更是历历如绘。这可以说是世界上一部伟大的小说。我就提倡把这部书用新的标点符号标点出来，同书局商量翻印。写这本书的人是匿名，叫西周生。西周生究竟是什么人呢？于是我做了一个大胆的假设，这个假设可以说是大胆的。（方才说的，我对于《红楼梦》的假设，可以说是小胆的假设）我认为这部书就是《聊斋志异》的作者蒲松龄写的。我这个假设有什么根据呢？为什么引起我做这种假设呢？这个假设从哪里来的呢？平常的经验、知识、学问，都是给我们假设用的。我的证据是在《聊斋志异》上一篇题名为《江城》的小说。这个故事的内容结构与《醒世姻缘》一样。不过《江城》是一个文言的短篇小说；《醒世姻缘》是白话的长篇的小说。《醒世姻缘》所描写的男主角所以怕老婆，是因为他前世曾经杀过一个仙狐，下一世仙狐就转变为一个女人做他的太太，变得很凶狠可怕。《聊斋志异》里的短篇《江城》所描写的，也是因为男主角杀过一个长生鼠，长生鼠也就转世变为女人来做他的太太，以报复前世的冤仇。这两个故事的结构太一样了，又都同时出在淄川，所以我就假设西周生就是蒲松龄。我又用语言学的方法，把书里面许多方言找出来。运气很好，正巧那几年国内发现了蒲松龄的几部白话戏曲，尤其是长篇的戏曲，当中有一篇是将《江城》的故事编写成白话戏曲的。我将这部戏曲里的方言找出来，和《醒世姻缘》里面的方言详细比较，有许多特别的字集成为一个字典，最后就证明《醒世姻缘》和《江城》的白话戏曲的作者是同一个小区域里的人。再用别的方法来证明那个时代的荒年；后来从历史的记载里得到同样的结论。考证完了以后，就有书店来商量印行，并排好了版。我因为想更确实一点，要书局等一等；一等就等了五年。到了第五年才印出来。当时傅先生很高兴——因为他是作者的同乡，都是山东人。我举一个例，就是说明要大胆的假设，而单只假设还是不够的。后来我有一个在广西桂县的学生来了封信，告诉我说，这个话不但你说，从前已经有人说过了。乾隆时代的鲍廷博，他说留仙（蒲松龄）除了《聊斋志异》以外，还有一部《醒世姻缘》。因鲍廷博是刻书的，曾刻行《聊斋志异》。他说的话值得注意。我经过几年的间接证明，现在至少有个直接的方法帮助我证明了。

我所以举这些例，把这些小说当成待解决的问题看，目的不过是要拿这样人人都知道的材料，来灌输介绍一种做学问的方法。这个方法的要点，就是方才我说的两句话："大胆的假设，小心的求证。"如果一个有知识有学问有经验的人遇到一个问题，当然要提出假设，假定的解决方法。最要紧的是还要经过一番小心的证实，或者否证它。如果你认为证据不充分，就宁肯悬而不决，不去下判断，再去找材料。所以小心的求证很重要。

时间很短促，最后我要引用台大故校长傅先生的一句口号，来结束这次讲演。他这句口号是在民国十七年开办历史语言研究所时的两句名言，就是"上穷碧落下黄泉，动手动脚找东西"。这两句话前一句是白居易《长恨歌》中的一句，后一句是傅先生加上的。今天傅校长已经去逝，可是今天在座的教授李济之先生却还大为宣传这个口号，可见这的确是我们治学的人应该注意的。假设人人能提，最要紧的是能小心的求证；为了要小心的求证，就必须："上穷碧落下黄泉，动手动脚找东西。"今天讲得很浅近，尤其是在座有许多位文史系平常我最佩服的教授，还请他们多多指教。

（1952 年 12 月 1 日在台湾大学的演讲）

大学的生活（节选）（1958 年）

目前很多学生选择科系时，从师长的眼光看，都不免带有短见，倾向于功利主义方面。天才比较高的都跑到医工科去，而且只走入实用方面，而又不选择基本学科，譬如学医的，内科、外科、产科、妇科，有很多人选，而基本学科譬如生物化学、病理学，很少青年人去选读，这使我感到今日的青年不免短视，戴着近视眼镜去看自己的前途与将来。我今天头一项要讲的，就是根据我们老一辈的对选科系的经验，贡献给各位。我讲一段故事。

记得四十八年前，我考取了官费出洋，我的哥哥特地从东三省赶到上海为我送行，临行时对我说，我们的家早已破坏中落了，你出国要学些有用之学，帮助复兴家业，重振门楣，他要我学开矿或造铁路，因为这是比较容易找到工作的，千万不要学些没用的文学、哲学之类没饭吃的东西。我说好的，船就要开了。那时和我一起去美国的留学生共有七十人，分别进入各大学。在船上我就想，开矿没兴趣，造铁路也不感兴趣，于是只好采取调和折衷的办法，要学有用之学，当时康奈尔大学有全美国最好的农学院，于是就决定进去学科学的农学，也许对国家社会有点贡献吧！那时进康大的原因有二：一是康大有当时最好的农学院，且不收学费，而每个月又可获得八十元的津贴；我刚才说过，我家破了产，母亲待养，那时我还没结婚，一切从俭，所以可将部分的钱拿回养家。另一是我国有百分之八十的人是农民，将来学会了科学的农业，也许可以有益于国家。

入校后头一星期就突然接到农场实习部的信，叫我去报到。那时教授便问我："你有什么农场经验?"我答："没有。""难道一点都没有吗?""要有嘛，我的外公和外婆，都是道地的农夫。"教授说："这与你不相干。"我又说："就是因为没有，才要来学呀!"后来他又问："你洗过马没有?"我说："没有。"我就告诉他中国人种田是不用马的。于是老师就先教我洗马，他洗一面，我洗另一面。他又问我会套车吗，我说也不会。于是他又教我套车，老师套一边，我套一边，套好跳上去，兜一圈子。接着就到农场作选种的实习工作，手起了泡，但仍继续的忍耐下去。农复会的沈宗瀚先生写一本《克难苦学记》，要我和他作一篇序，我也就替他作一篇很长的序。我们那时学农的人很多，但只有沈宗瀚先生赤过脚下过田，是唯一确实有农场经验的人。学了一年，成绩还不错，功课都在八十五分以上。第二年我就可以多选两个学分，于是我选种果学，即种苹果学。分上午讲课与下午实习。上课倒没有什么，还甚感兴趣，下午实验，走入实习室，桌上有各色各样的苹果三十个，颜色有红的、有黄的、有青的……形状有圆的、有长的、有椭圆的、有四方的……要照着一本手册上的标准，去定每一苹果的学名，蒂有多长?花是什么颜色?肉是甜是酸?是软是硬?弄了两个小时。弄了半个小时一个都弄不了，满头大汗，真是冬天出大汗。抬头一看，呀!不对头，那些美国同学都做完跑光了，把苹果拿回去吃了。他们不需剖开，因为他们比较熟悉，查查册子后面的普通名词就可以定学名，在他们是很简单。我只弄了一半，一半又是错的。回去就自己问自己学这个有什么用？要是靠当时的活力与记性，用上一个晚上来强记，四百多个名字都可记下来应付考试。但试想有什么用呢？那些苹果在我国烟台也没有，青岛也没有，安徽也没有……我认为科学的农学无用了，于是决定改行，那时正是民国元年，国内正在革命的时候，也许学别的东西更有好处。

那么，转系要以什么为标准呢？依自己的兴趣呢？还是看社会的需要？我年轻时候《留学日记》有一首诗，现在我也背不出来了。我选课用什么做标准？听哥哥的话？看国家的需要？还是凭自己？只有两个标准：一个是“我”；一个是“社会”，看看社会需要什么？国家需要什么？中国现代需要什么？但这个标准——社会上三百六十行，行行都需要，现在可以说三千六百行，从诺贝尔得奖人到修理马桶的，社会都需要，所以社会的标准并不重要。因此，在定主意的时候，便要依着自我的兴趣了——即性之所近，力之所能。我的兴趣在什么地方？与我性质相近的是什么？问我能做什么？对什么感兴趣？我便照着这个标准转到文学院了。但又有一个困难，文科要缴费，而从康大中途退出，要赔出以前二年的学费，我也顾不得这些。经过四位朋友的帮忙，由八十元减到三十五元，终于达成愿望。在文学院以哲学为主，英国文学、经济、政治学之门为副。后又以哲学为主，经济理论、英国文学为副科。到哥伦比亚大学后，仍以哲学为主，以政治理论、英国文学为副。我现在六十八岁了，人家问我学什么？我自己也不知道学些什么？我对文学也感兴趣，白话文方面也曾经有过一点小贡献。在北大，我曾做过哲学系主任，外国文学系主任，英国文学系主任，中国文学系也做过四年的系主任，在北大文学院六个学系中，五系全做过主任。现在我自己也不知道学些什么，我刚才讲过现在的青年太倾向于现实了，不凭性之所近，力之所能去选课。譬如一位有作诗天才的人，不进中文系学作诗，而偏要去医学院学外科，那么文学院便失去了一个一流的诗人，而国内却添了一个三四流甚至五流的饭桶外科医生，这是国家的损失，也是你们自己的损失。

在一个头等、第一流的大学，当初日本筹划帝大的时候，真的计划远大，规模宏伟，单就医学院就比当初日本总督府还要大。科学的书籍都是从第一号编起。基础良好，我们接收已有十余年了，总算没有辜负当初的计划。今日台大可说是台湾唯一最完善的大学，各位不要有成见，戴着近视眼镜来看自己的前途，看自己的将来。听说入学考试时有七十二个志愿可填，这样七十二变，变到最后不知变成了什么，当初所填的志愿，不要当作最后的决定，只当作暂时的方向。要在大学一二年的时候，东摸摸西摸摸的瞎摸。不要有短见，十八九岁的青年仍没有能力决定自己的前途、职业。进大学后第一年到处去摸、去看，探险去，不知道的我偏要去学。如在中学时候的数学不好，现在我偏要去学，中学时不感兴趣，也许是老师不好。现在去听听最好的教授的讲课，也许会提起你的兴趣。好的先生会指导你走上一个好的方向，第一、二年甚至于第三年还来得及，只要依着自己“性之所近，力之所能”的做去，这是清代大儒章学诚的话。

现在我再说一个故事，不是我自己的，而是近代科学的开山大师——伽利略（Galileo），他是意大利人，父亲是一个有名的数学家，他的父亲叫他不要学他这一行，学这一行是没饭吃的，要他学医。他奉命而去。当时意大利正是文艺复兴的时候，他到大学以后曾被教授和同学捧誉为“天才的画家”，他也很得意。父亲要他学医，他却发现了美术的天才。他读书的佛劳伦斯地方是一工业区，当地的工业界首领希望在这大学多造就些科学的人才，鼓励学生研究几何，于是在这大学里特为官儿们开设了几何学一科，聘请一位叫 Ricci 氏当教授。有一天，他打从那个地方过，偶然的定脚在听讲，有的官儿们在打瞌睡，而这位年轻的伽利略却非常感兴趣。于是不断的一直继续下去，趣味横生，便改学数学，由于浓厚的兴趣与天才，就决心去东摸摸西摸摸，摸出一条兴趣之路，创造了新的天文学、新的物理学，终于成为一位近代科学的开山大师。

大学生选择学科就是选择职业。我现在六十八岁了，我也不知道所学的是什么？希望各位不要学我这样老不成器的人。勿以七十二志愿中所填的一愿就定了终身，还没有的，就是大学二三年也还没定。各位在此完备的大学里，目前更有这么多好的教授人才来指导，趁此机会加以利用。社会上需要什么，不要管它，家里的爸爸、妈妈、哥哥、朋友等，要你做律师、做医生，你也不要管他们，不要听他们的话，只要跟着自己的兴趣走。想起当初我哥哥要我学开矿、造铁路，我也没听他的话，自己变来变去变成一个老不成器的人。后来我哥哥也没说什么。只管我自己，别人不要管他。依着“性之所近，力之所能”学下去，其未来对国家的贡献也许比现在盲目所选的或被动选择的学科会大得多，将来前途也是无可限量的。

（1958 年 6 月 5 日在台湾大学法学院的演讲）

找书的快乐（节选）（1959年）

主席、诸位先生：

我不是藏书家，只不过是一个爱读书、能够用书的书生，自己买书的时候，总是先买工具书，然后才买本行书，换一行时，就得另外买一种书。今年我六十九岁了，还不知道自己的本行到底是哪一门？是中国哲学呢？还是中国思想史？抑或是中国文学史？或者是中国小说史？《水经注》？中国佛教思想史？中国禅宗史？我所说的“本行”，其实就是我的兴趣，兴趣愈多就愈不能不收书了。十一年前我离开北平时，已经有一百箱的书，大约有一二万册。离开北平以前的几小时，我曾经暗想着：我不是藏书家，但却是用书家。收集了这么多的书，舍弃了太可惜，带吧，因为坐飞机又带不了。结果只带了一些笔记，并且在那一二万册书中，挑选了一部书，作为对一二万册书的纪念，这一部书就是残本的《红楼梦》。四本只有十六回，这四本《红楼梦》可以说是世界上最老的抄本。收集了几十年的书，到末了只带了四本，等于当兵缴了械，我也变成一个没有棍子、没有猴子的变把戏的叫花子。

这十一年来，又蒙朋友送了我很多书，加上历年来自己新买的书，又把我现在住的地方堆满了，但是这都是些不相干的书，自己本行的书一本也没有。找资料还需要依靠中研院史语所的图书馆和别的图书馆如台湾大学图书馆、中央图书馆等救急。

找书有甘苦，真伪费推敲

我这个用书的旧书生，一生找书的快乐固然有，但是，找不到书的苦处也尝到过。民国九年（1920）七月，我开始写《水浒传考证》的时候，参考的材料只有金圣叹的七十一回本《水浒传》、《征四寇》及《水浒后传》等，至于《水浒传》的一百回本、一百一十回本、一百一十五回本、一百廿回本、一百廿四回本，还都没有看到。等我的《水浒传考证》问世的时候，日本才发现《水浒》的一百一十五回本及一百回本、一百一十回本及一百廿回本。同时我自己也找到了一百一十五回本及一百廿四回本。做考据工作，没有书是很可怜的。考证《红楼梦》的时候，大家知道的材料很多，普通所看到的《红楼梦》都是一百廿回本。这种一百廿回本并非真的《红楼梦》。曹雪芹四十多岁死去时，只写到八十回，后来由程伟元、高鹗合作，一个出钱，一个出力，完成了后四十回。乾隆五十六年的活字版排出了一百廿回的初版本，书前有程、高二人的序文说："世人都想看到《红楼梦》的全本，前八十回中黛玉未死，宝玉未娶，大家极想知道这本书的结局如何？但却无人找到全的《红楼梦》。近因程、高二人在一卖糖摊子上发现有一大卷旧书，细看之下，竟是世人遍寻无着的《红楼梦》后四十回，因此特加校订，与前八十回一并刊出。"可是天下这样巧的事很少，所以我猜想序文中的说法不可靠。

考证《红楼梦》，清查曹雪芹

三十年前我考证《红楼梦》时，曾经提出两个问题，这是研究红学的人值得研究的：一、《红楼梦》的作者是谁？作者是怎样一个人？他的家世如何？家世传记有没有可考的资料？曹雪芹所写的那些繁华世界是有根据的吗？还是关着门自己胡诌乱说？二、《红楼梦》的版本问题，是八十回？还是一百廿回？后四十回是哪里来的？那时候有七八种《红楼梦》的考证，俞平伯、顾颉刚都帮我找过材料。最初发现乾隆五十七年（1792）有程伟元序的乙本，其中并有高鹗的序文及引言七条，以后发现早一年出版的甲本，证明后四十回是高鹗所续，而由程伟元出钱活字刊印。又从其他许多材料里知道曹雪芹家为江南的织造世职，专为皇室纺织绸缎，供给宫内帝后、妃嫔及太子、王孙等穿戴，或者供皇帝赏赐臣下，后来在清理故宫时，从康熙皇帝一秘密抽屉内发现若干文件，知道曹雪芹的祖父曹寅，等于皇帝派出的特务，负责察看民心年成，或是退休丞相的动态，由此可知曹家为阔绰大户。《红楼梦》中有一段说到王熙凤和李嬷嬷谈皇帝南巡，下榻贾家，可知是真的事实。以后我又经河南的一位张先生指点，找到杨钟羲的《雪桥诗话》及《八旗文经》，以及有关爱新觉罗宗室敦诚、敦敏的记载，知道曹雪芹名霑，号雪芹，是曹寅的孙子，接着又找到了《八旗人诗钞》、《熙朝雅颂集》，找到敦诚、敦敏兄弟赠送曹雪芹的诗，又找到敦诚的《四松堂集》，是一本清钞未删底本，其中有挽曹雪芹的诗，内有“四十年华付杳冥”句，下款年月日为甲申（即乾隆甲申廿九年，西历 1764 年）。从这里可以知道曹雪芹去世的年代，他的年龄为四十岁左右。

险失好材料，再评《石头记》

民国十六年我从欧美返国，住在上海，有人写信告诉我，要卖一本《脂砚斋评石头记》给我，那时我以为自己的资料已经很多，未加理会。不久以后和徐志摩在上海办新月书店，那人又将书送来给我看，原来是甲戌年手抄再评本，虽然只有十六回，但却包括了很多重要史料。里面有“壬午除夕，书未成，芹为泪尽而逝。甲午八月泪笔”的句子，指出曹雪芹逝于乾隆廿七年冬，即西历一七六三年二月十二日。“字字看来皆是血，十年辛苦不寻常”的诗句，充分描绘出曹雪芹写《红楼梦》时的情态。脂砚斋则可能是曹雪芹的太太或朋友。自从民国十七年二月我发表了《考证（红楼梦）的新材料》之后，大家才注意到《脂砚斋评本石头记》。不过，我后来又在民国廿二年从徐星署先生处借来一部庚辰秋定本脂砚斋四阅评过的《石头记》，是乾隆甘五年本，八十回，其中缺六十四、六十七两回。

谈《儒林外史》，推赞吴敬梓

现在再谈谈我对《儒林外史》的考证。《儒林外史》是部骂当时教育制度的书，批评政治制度中的科举制度。我起初发现的只有吴敬梓的《文木山房集》中的赋一卷（4 篇），诗二卷（131 首），词一卷（47 首），拿这当作材料。但是在一百年前，我国的大诗人金和，他在跋《儒林外史》时，说他收有《文木山房集》，有文五卷。可是一般人都说《文木山房集》没有刻本，我不相信，便托人在北京的书店找，找了几年都没有结果，到了民国七年才在带经堂书店找到。我用这本集子参考安徽《全椒县志》，写成一本一万八千字的《吴敬梓年谱》，中国小说传记资料，没有一个能比这更多的，民国十四年我把这本书排印问世。

如果拿曹雪芹和吴敬梓二人做一个比较，我觉得曹雪芹的思想很平凡，而吴敬梓的思想则是超过当时的时代，有着强烈的反抗意识。吴敬梓在《儒林外史》里，严刻的批评教育制度，而且有他的较科学化的观念。

…………

最后，根据我个人几十年来找书的经验，发现我们过去的藏书的范围是偏狭的，过去收书的目标集于收藏古董，小说之类决不在藏书之列。但我们必须了解了解，真正收书的态度，是要无所不收的。

（1959 年 12 月 27 日在台湾“中国图书馆学会”年会上的演讲）

第二部分　做人

归国杂感（1918 年）

我在美国动身的时候，有许多朋友对我道："密斯忒胡，你和中国别了七个足年了，这七年之中，中国已经革了三次的命，朝代也换了几个了。真个是一日千里的进步。你回去时，恐怕要不认得那七年前的老大帝国了。"我笑着对他们说道："列位不用替我担忧。我们中国正恐怕进步太快，我们留学生回去要不认得他了，所以他走上几步，又退回几步。他正在那里回头等我们回去认旧相识呢。"

这话并不是戏言，乃是真话。我每每劝人回国时莫存大希望：希望越大，失望越大。所以我自己回国时，并不曾怀什么大希望。果然船到了横滨，便听得张勋复辟的消息。如今在中国已住了四个月了，所见所闻，果然不出我所料。七年没见面的中国还是七年前的老相识！到上海的时候，有一天，有一位朋友拉我到大舞台去看戏。我走进去坐了两点钟，出来的时候，对我的朋友说道："这个大舞台真正是中国的一个绝妙的缩本模型。你看这大舞台三个字岂不很新？外面的房屋岂不是洋房？里面的座位和戏台上的布景装潢又岂不是西洋新式？但是做戏的人都不过是赵如泉、沈韵秋、万盏灯、何家声、何金寿这些人。没有一个不是二十年前的旧古董！我十三岁到上海的时候，他们已成了老角色了。如今又隔了十三年了，却还是他们在台上撑场面。这十三年造出来的新角色都到哪里去了呢？你再看那台上作的《举鼎观画》。那祖先堂上的布景，岂不很完备？只是那小薛蛟拿了那老头儿的书信，就此跨马加鞭，却忘记了台上布的景是一座祖先堂！又看那出《四进士》，台上布景，明明有了门了，那宋士杰却还要做手势去关那没有的门！上公堂时，还要跨那没有的门槛！你看这二十年前的旧古董，在二十世纪的小舞台上做戏；装上了二十世纪的新布景，却偏要做那二十年前的旧手脚！这不是一幅绝妙的中国现势图吗？”

我在上海住了十二天，在内地住了一个月，在北京住了两个月，在路上走了二十天，看了两件大进步的事：第一件是“三炮台”的纸烟，居然行到我们徽州去了；第二件是“扑克”牌居然比麻雀牌还要时髦了。“三炮台”纸烟还不算希奇，只有那“扑克”牌何以会这样风行呢？有许多老先生向来学 A、B、C、D 是很不行的，如今打起“扑克”来，也会说“恩德”、“累死”、“接客倭彭”了！这些怪不好记的名词，何以会这样容易上口呢？他们学这些名词这样容易，何以学正经的 A、B、C、D 又那样蠢呢？我想这里面很有可以研究的道理。新思想行不到徽州，恐怕是因为新思想没有“三炮台”那样中吃罢？A、B、C、D，不容易教，恐怕是因为教的人不得其法罢？

我第一次走过四马路，就看见了三部教“扑克”的书。我心想“扑克”的书已有这许多了，那别种有用的书，自然更不少了，所以我就花了一天的工夫，专去调查上海的出版界。我是学哲学的，自然先寻哲学的书。不料这几年来，中国竟可以算得没有出过一部哲学书。找来找去，找到一部《中国哲学史》，内中王阳明占了四大页，《洪范》倒占了八页！还说了些“孔子既受天之命”，“与天地合德”的话。又看见一部《韩非子精华》，删去了《五蠹》和《显学》两篇，竟成了一部《韩非子》糟粕了。文学书内，只有一部王国维的《宋元戏曲史》是很好的。又看见一家书目上有翻译的莎士比亚剧本，找来一看，原来把会话体的戏剧，都改作了《聊斋志异》体的叙事古文！又看见一部《妇女文学史》，内中苏蕙的回文诗足足占了六十页！又看见《饮冰室丛著》内有《墨学微》一书，我是喜欢看看墨家的书的人，自然心中很高兴。不料抽出来一看，原来是任公先生十四年前的旧作，不曾改了一个字！此外只有一部《中国外交史》，可算是一部好书，如今居然到了三版了。这件事还可以使人乐观。此外那些新出版的小说，看来看去，实在找不出一部可看的。有人对我说，如今最风行的是一部《新华春梦记》，这也可想见中国小说界的程度了。

总而言之，上海的出版界——中国的出版界——这七年来简直没有两三部以上可看的书！不但高等学问的书一部都没有，就是要找一部轮船上火车上消遣的书，也找不出！（后来我寻来寻去，只寻得一部吴稚晖先生的《上下古今谈》，带到芜湖路上去看）我看了这个怪现状，真可以放声大哭。如今中国的人，肚子饿了，还有些施粥的厂把粥给他们吃。只是那些脑子叫饿的人可真没有东西吃了。难道可以把些《九尾龟》、《十尾龟》来充饥吗？

中文书籍既是如此，我又去调查现在市上最通行的英文书籍。看来看去，都是些什么莎士比亚的《威匿思商》、《麦克自传》，阿狄生的《文报选录》，戈司密的《威克斐牧师》，欧文的《见闻杂记》……大概都是些十七世纪十八世纪的书。内中有几部十九世纪的书，也不过是欧文、迭更司、司各脱、麦考来几个人的书，都是和现在欧美的新思潮毫无关系的。怪不得我后来问起一位有名的英文教习，竟连 Bernard Shaw 的名字也不曾听见过，不要说 Tchekoff 和 Andreyev 了。我想这都是现在一班教会学堂出身的英文教习的罪过。这些英文教习，只会用他们先生教过的课本。他们的先生又只会用他们先生的先生教过的课本。所以现在中国学堂所用的英文书籍，大概都是教会先生的太老师或太太老师们教过的课本！怪不得和现在的思想潮流绝无关系了。

有人说，思想是一件事，文学又是一件事，学英文的人何必要读与现代新思潮有关系的书呢？这话似乎有理，其实不然。我们中国人学英文，和英国、美国的小孩子学英文是两样的。我们学西洋文字，不单是要认得几个洋字，会说几句洋话，我们的目的在于输入西洋的学术思想。所以我以为中国学校教授西洋文字，应该用一种“一箭射双雕”的方法，把“思想”和“文字”同时并教。例如教散文，与其用欧文的《见闻杂记》，或阿狄生的《文报选录》，不如用赫胥黎的《进化杂论》。又如教戏曲，与其教莎士比亚的《威匿思商》，不如用 Bernard Shaw 的 Androcles and The Lion 或是 Galsworthy 的 Strife 或 lustice。又如教长篇的文字，与其教麦考来的《约翰生行述》，不如教弥尔的《群己权界论》……我写到这里，忽然想起日本东京丸善书店的英文书目。那书目上，凡英美两国一年前出版的新书，大概都有。我把这书目和商务印书馆与伊文思书馆的书目一比较，我几乎要羞死了。

我回中国所见的怪现状，最普通的是“时间不值钱”。中国人吃了饭没有事做，不是打麻雀，便是打“扑克”。有的人走上茶馆，泡了一碗茶，便是一天了。有的人拿一只鸟儿到处逛逛，也是一天了。更可笑的是朋友去看朋友，一坐下便生了根了，再也不肯走。有事商议，或是有话谈论，倒也罢了。其实并没有可议的事，可说的话。我有一天在一位朋友处有事，忽然来了两位客，是××馆的人员。我的朋友走出去会客，我因为事没有完，便在他房里等他。我以为这两位客一定是来商议这××馆中什么要事的。不料我听得他们开口道："××先生，今回是打津浦火车来的，还是坐轮船来的？"我的朋友说是坐轮船来的。这两位客接着便说轮船怎样不便，怎样迟缓。又从轮船上谈到铁路上，从铁路上又谈到现在中、交两银行的钞洋跌价。因此又谈到梁任公的财政本领，又谈到梁士诒的行踪去迹……谈了一点多钟，没有谈上一句要紧的话。后来我等得没法了，只好叫听差去请我的朋友。那两位客还不知趣，不肯就走。我不得已，只好跑了，让我的朋友去领教他们的"二梁优劣论"罢！

美国有一位大贤名弗兰克令（Benjamin Franlin）的，曾说道："时间乃是造成生命的东西。"时间不值钱，生命自然也不值钱了。上海那些拣茶叶的女工，一天拣到黑，至多不过得二百铜钱，少的不过得五六十钱！茶叶店的伙计，一天做十六七点钟的工，一个月平均只拿得两三块钱！还有那些工厂的工人，更不用说了。还有那些更下等，更苦痛的工作，更不用说了。人力那样不值钱，所以卫生也不讲究，医药也不讲究。我在北京、上海看那些小店铺里和穷人家里的种种不卫生，真是一种黑暗世界。至于道路的不洁净，瘟疫的流行，更不消说了。最可怪的是无论阿猫阿狗都可挂牌医病，医死了人，也没有人怨恨，也没有人干涉。人命的不值钱，真可算得到了极端了。

现今的人都说教育可以救种种的弊病。但是依我看来，中国的教育，不但不能救亡，简直可以亡国。我有十几年没到内地去了，这回回去，自然去看看那些学堂。学堂的课程表，看来何尝不完备？体操也有，图画也有，英文也有，那些国文、修身之类，更不用说了。但是学堂的弊病，却正在这课程完备上。例如我们家乡的小学堂，经费自然不充足了，却也要每年花六十块钱去请一个中学堂学生兼教英文唱歌。又花二十块钱买一架风琴。我心想，这六十块一年的英文教习，能教什么英文？教的英文，在我们山里的小地方，又有什么用处？至于那音乐一科，更无道理了。请问那种学堂的音乐，还是可以增进“美感”呢？还是可以增进音乐知识呢？若果然要教音乐，为什么不去村乡里找一个会吹笛子的唱昆腔的人来教？为什么一定要用那实在不中听的二十块钱的风琴呢？那些穷人的子弟学了音乐回家，能买得起一架风琴练习他所学的音乐知识吗？我真是莫名其妙了。所以我在内地常说：“列位办学堂，尽不必问教育部规程是什么，须先问这块地方上最需要的是什么。譬如我们这里最需要的是农家常识、蚕桑知识、商业学识、卫生常识，列位却把修身教科书去教他们做圣贤！又把二十块钱的风琴去教他们学音乐！又请一位六十块钱一年的教习教他们的英文！列位且自己想想看，这样的教育，造得出怎么样的人才？所以我奉劝列位办学堂，切莫注意课程的完备，须要注意课程的实用。尽不必去巴结视学员，且去巴结那些小百姓。视学员说这个学堂好，是没有用的。须要小百姓都肯把他们的子弟送来上学，那才是教育有成效了。”

以上说的是小学堂。至于那些中学堂的成绩，更可怕了。我遇见一位省立法政学堂的本科学生，谈了一会，他忽然问道：“听说东文是和英文差不多的，这话可真吗？”我已经大诧异了。后来他听我说日本人总有些岛国的习气，忽然问道：“原来日本也在海岛上吗？”这个固然是一个极端的例子。但是如今中学堂毕业的人才，高又高不得，低又低不得，竟成了一种无能的游民。这都由于学校里所教的功课，和社会上的需要毫无关涉。所以学校只管多，教育只管兴，社会上的工人、伙计、账房、警察、兵士、农夫……还只是用没有受过教育的人。社会所需要的是做事的人才，学堂所造成的是不会做事又不肯做事的人才，这种教育不是亡国的教育吗？

我说我的“归国杂感”，提起笔来，便写了三四千字。说的都是些很可以悲观的话。但是我却并不是悲观的人。我以为这二十年来中国并不是完全没有进步，不过惰性太大，向前三步又退回两步，所以到如今还是这个样子。我这回回家寻出了一部叶德辉的《翼教丛编》，读了一遍，才知道这二十年的中国实在已经有了许多大进步。不到二十年前，那些老先生们，如叶德辉、王益吾之流，出了死力去驳康有为，所以这书叫作《翼教丛编》。我们今日也痛骂康有为。但二十年前的中国，骂康有为太新；二十年后的中国，却骂康有为太旧。如今康有为没有皇帝可保了，很可以作一部《翼教续编》来骂陈独秀了。这两部“翼教”的书的不同之处，便是中国二十年来的进步了。

（1918 年 1 月）

贞操问题（1918 年）

一

周作人先生所译的日本人谢野晶子的《贞操论》，我读了很有感触。这个问题，在世界上受了几千年的无意识的迷信，到近几十年中，方才有些西洋学者正式讨论这问题的真意义。文学家如易卜生的《群鬼》和 Thomas Hordy（托马斯·哈代）的《苔丝》（Tess），都带着讨论这个问题。如今家庭专制最厉害的日本居然也有这样大胆的议论！这是东方文明史上一件极可贺的事。

当周先生翻译这篇文字的时候，北京一家很有价值的报纸登出一篇恰相反的文章。这篇文章是海宁朱尔迈的《会葬唐烈妇记》。上半篇写唐烈妇之死如下：

唐烈妇之死，所阅灰水，钱卤，投河，雉经者五，前后绝食者三；又益之以砒霜，则其亲试乎杀人之方者凡九。自除夕上溯其夫亡之夕，凡九十有八日。夫以九死之惨毒，又历九十八日之长，非所称百挫千折有进而无退者乎？

下文又借出一件“俞氏女守节”的事来替唐烈妇做陪衬：

女年十九，受海盐张氏聘，未于归，夫夭，女即绝食七日；家人劝之力，始进糜曰：“吾即生，必至张氏，宁服丧三年，然后归报地下。”

最妙的是朱尔迈的论断：

嗟乎，俞氏女盖闻烈妇之风而兴起者乎？……俞氏女果能死于绝食七日之内岂不甚幸？乃为家人阻之，俞氏女亦以三年为己任，余正恐三年之间，凡一千八十日有奇，非如烈妇之九十八日也。且绝食之后，其家人防之者百端……虽有死之志，而无死之间，可奈何？烈妇倘能阴相之以成其节，风化所关，猗欤甚矣！

这种议论简直是全无心肝的贞操论。俞氏女还不曾出嫁，不过因为信了那种荒谬的贞操迷信，想做那“青史上留名的事”，所以绝食寻死，想做烈女。这位朱先生要维持风化，所以忍心害理的巴望那位烈妇的英灵来帮助俞氏女赶快死了，“岂不甚幸”！这种议论可算得贞操迷信的极端代表。《儒林外史》里面的王玉辉看他女儿殉夫死了，不但不哀痛，反仰天大笑道：“死得好！死得好！”王玉辉的女儿殉已嫁之夫，尚在情理之中。王玉辉自己“生这女儿为伦纪生色”，他看他女儿死了反觉高兴，已不在情理之中了。至于这位朱先生巴望别人家的女儿替她未婚夫做烈女，说出那种“猗欤甚矣”的全无心肝的话，可不是贞操迷信的极端代表吗？

贞操问题之中，第一无道理的，便是这个替未婚夫守节和殉烈的风俗。在文明国里，男女用自由意志，由高尚的恋爱，订了婚约，有时男的或女的不幸死了，剩下的那一个因为生时爱情太深，故情愿不再婚嫁。这是合情理的事。若在婚姻不自由之国，男女订婚以后，女的还不知男的面长面短，有何情爱可言？不料竟有一种陋儒，用“青史上留名的事”来鼓励无知女儿做烈女，“为伦纪生色”，“风化所关，猗欤甚矣！”我以为我们今日若要作具体的贞操论，第一步就该反对这种忍心害理的烈女论，要渐渐养成一种舆论，不但永不把这种行为看作“猗欤甚矣”可旌表褒扬的事，还要公认这是不合人情，不合天理的罪恶；还要公认劝人做烈女，罪等于故意杀人。

这不过是贞操问题的一方面。这个问题的真相，已经与谢野晶子说得很明白了。他提出几个疑问，内中有一条是：“贞操是否单是女子必要的道德，还是男女都必要的呢？”这个疑问，在中国更为重要。中国的男子要他们的妻子替他们守贞守节，他们自己却公然嫖妓，公然纳妾，公然“吊膀子”。再嫁的妇人在社会上几乎没有社交的资格；再婚的男子，多妻的男子，却一毫不损失他们的身份。这不是最不平等的事吗？怪不得古人要请“周婆制礼”来补救“周公制礼”的不平等了。

我不是说，因为男子嫖妓，女子便该偷汉；也不是说，因为老爷有姨太太，太太便该有姨老爷。我说的是，男子嫖妓，与妇人偷汉，犯的是同等的罪恶；老爷纳妾，与太太偷人，犯的也是同等的罪恶。

为什么呢？因为贞操不是个人的事，乃是人对人的事；不是一方面的事，乃是双方面的事。女子尊重男子的爱情，心思专一，不肯再爱别人，这就是贞操。贞操是一个“人”对别一个“人”的一种态度。因为如此，男子对于女子，也该有同等的态度。若男子不能照样还敬，他就是不配受这种贞操的待遇。这并不是外国进口的妖言，这乃是孔丘说的“己所不欲，勿施于人”。孔丘说：

君子之道四，丘未能一焉：所求乎子以事父，未能也；所求乎臣以事君，未能也；所求乎弟以事兄，未能也；所求乎朋友，先施之，未能也。

孔丘“五伦”之中，只说了“四伦”，未免有点欠缺。他理该加上一句道：

所求乎吾妇，先施之，未能也。

这才是大公无私的圣人之道！

二

我这篇文字刚才做完，又在上海报上看见陈烈女殉夫的事。今先记此事大略如下：

陈烈女名宛珍，绍兴县人，三世居上海。年十七，字王远甫之子菁士。菁士于本年三月廿三日病死，年十八岁。陈女闻死耗，即沐浴更衣，潜自仰药。其家人觉察，仓皇施救，已无及。女乃泫然曰：“儿志早决，生虽未获见夫，殁或相从地下……”言讫，遂死，死时距其未婚夫之死仅三时而已。

过了两天，又见上海县知事呈江苏省长请予褒扬的呈文，中说：

呈为陈烈女行实可风，造册具书证明，请予按例褒扬事。……（事实略）……兹据呈称……并开具事实，附送褒扬费银六元前来。……知事复查无异。除先给予“贞烈可风”匾额，以资旌表外，谨援《褒扬条例》……之规定，造具清册，并附证明书，连同褒扬费，一并备文呈送；仰祈鉴核，俯赐咨行内务部将陈烈女按例褒扬，实为德便。

我读了这篇呈文，方才知道我们中华民国居然还有什么《褒扬条例》。于是我把那些条例寻来一看，只见第一条九种可褒扬的行谊的第二款便是“妇女节烈贞操可以风世者”；第七款是“著述书籍，制造器用，于学术技艺或发明或改良之功者”；第九款是“年逾百岁者”。一个人偶然活到了一百岁，居然也可以与学术技艺上的著作发明享受同等的褒扬！这已是不伦不类可笑得很了。再看那条例《施行细则》解释第一条第二款的“妇女节烈贞操可以风世者”如下：

第二条：《褒扬条例》第一条第二款所称之“节”妇，其守节年限自三十岁以前守节至五十岁以后者。但年未五十而身故，其守节已及六年者同。

第三条：同条款所称之“烈”妇“烈”女，凡遇强暴不从致死，或羞忿自尽，及夫亡殉节者，属之。

第四条：同条款所称之“贞”女，守贞年限与节妇同。其在夫家守贞身故，及未符年例而身故者，亦属之。

以上各条乃是中国贞操问题的中心点。第二条褒扬“自三十岁以前守节至五十岁以后”的节妇，是中国法律明明认三十岁以下的寡妇不该再嫁，再嫁为不道德。第三条褒扬“夫亡殉节”的烈妇烈女，是中国法律明明鼓励妇人自杀以殉夫，明明鼓励未嫁女子自杀以殉未嫁之夫。第四条褒扬未嫁女子替未婚亡夫守贞二十年以上，是中国法律明明说未嫁而丧夫的女子不该再嫁人，再嫁便是不道德。

这是中国法律对于贞操问题的规定。

依我个人的意思看来，这三种规定都没有成立的理由。

第一，寡妇再嫁问题。这全是一个个人问题。妇人若是对他已死的丈夫真有割不断的情义，她自己不忍再嫁；或是已有了孩子，不肯再嫁；或是年纪已大，不能再嫁；或是家道殷实，不愁衣食，不必再嫁——妇人处于这种境地，自然守节不嫁。还有一些妇人，对她丈夫，或有怨心，或无恩意，年纪又轻，不肯抛弃人生正当的家庭快乐；或是没有儿女，家又贫苦，不能度日——妇人处于这种境遇没有守节的理由，为个人计，为社会计，为人道计，都该劝她改嫁。贞操乃是夫妇相待的一种态度。夫妇之间爱情深了，恩谊厚了，无论谁生谁死，无论生时死后，都不忍把这爱情移于别人，这便是贞操。夫妻之间若没有爱情恩意，即没有贞操可说。若不问夫妇之间有无可以永久不变的爱情，若不问做丈夫的配不配受他妻子的贞操，只晓得主张做妻子的总该替他丈夫守节；这是一偏的贞操论，这是不合人情公理的伦理。再者，贞操的道德，“照各人境遇体质的不同，有时能守，有时不能守；在甲能守，在乙不能守”。若不问个人的境遇体质，只晓得说“忠臣不事二君，烈女不更二夫”；只晓得说“饿死事极小，失节事极大”；这是忍心害理，男子专制的贞操论。——以上所说，大旨只要指出寡妇应否再嫁全是个人问题，有个人恩情上、体质上、家计上种种不同的理由，不可偏于一方面主张不近情理的守节。因为如此，故我极端反对国家用法律的规定来褒扬守节不嫁的寡妇。褒扬守节的寡妇，即是说寡妇再嫁为不道德，即是主张一偏的贞操论。法律既不能断定寡妇再嫁为不道德，即不该褒扬不嫁的寡妇。

第二，烈妇殉夫问题。寡妇守节最正当的理由是夫妇间的爱情。妇人殉夫最正当的理由也是夫妇间的爱情。爱情深了，生离尚且不能堪，何况死别？再加以宗教的迷信，以为死后可以夫妇团圆。因此有许多妇人，夫死之后，情愿杀身从夫于地下。这个不属于贞操问题。但我以为无论如何，这也是个人恩爱问题，应由个人自由意志去决定。无论如何，法律总不该正式褒扬妇人自杀殉夫的举动。一来呢，殉夫既由于个人的恩爱，何须用法律来褒扬鼓励？二来呢，殉夫若由于死后团圆的迷信，更不该有法律的褒扬了。三来呢，若用法律来褒扬殉夫的烈妇，有一些好名的妇人，便要借此博一个“青史留名”；是法律的褒扬反发生一种沽名钓誉，作伪不诚的行为了！

第三，贞女烈女问题。未嫁而夫死的女子，守贞不嫁的，是“贞女”；杀身殉夫的，是“烈女”。我上文说过，夫妇之间若没有恩爱，即没有贞操可说。依此看来，那未嫁的女子，对于她丈夫有何恩爱？既无恩爱，更有何贞操可守？我说到这里，有个朋友驳我道，这话别人说了还可，胡适之可不该说这话。为什么呢？你自己曾作过一首诗，诗里有一段道：

我不认得她，她不认得我，
我却常念她，这是为什么？
岂不因我们，分定常相亲？
由分生情意，所以非路人。
海外土生子，生不识故里，
终有故乡情，其理亦如此。

依你这诗的理论看来，岂不是已订婚而未嫁娶的男女因为名分已定，也会有一种情意。既有了情意，自然发生贞操问题。你如今又说未婚嫁的男女没有恩爱，故也没有贞操可说，可不是自相矛盾吗？

我听了这段驳论，几乎开口不得。想了一想，我才回答道：我那首诗所说名分上发生的情意，自然是有的；若没有那种名分上的情意，中国的旧式婚姻决不能存在。如旧日女子听人说她未婚夫的事，即面红害羞，即留神注意，可见她对她未婚夫实有这种名分上所发生的情谊。但这种情谊完全属于理想的。这种理想的情谊往往因实际上的反证，遂完全消灭。如女子悬想一个可爱的丈夫，及到嫁时，只见一个极下流不堪的男子，她如何能坚持那从前理想中的情谊呢？我承认名分可以发生一种情谊，我并且希望一切名分都能发生相当的情谊。但这种理想的情谊，依我看来实在不够发生终身不嫁的贞操，更不够发生杀身殉夫的节烈。即使我更让一步，承认中国有些女子，例如吴趼人《恨海》里那个浪子的聘妻，深中了圣贤经传的毒，由名分上真能生出极浓挚的情谊，无论她未婚夫如何淫荡，人格如何堕落，依旧贞一不变。试问我们在这个文明时代，是否应该赞成提倡这种盲从的贞操？这种盲从的贞操，只值得一句“其愚不可及也”的评论，却不值得法律的褒扬。法律既许未嫁的女子夫死再嫁，便不该褒扬处女守贞。至于法律褒扬无辜女子自杀以殉不曾见面的丈夫，那更是男子专制时代的风俗，不该存在于现今的世界。

总而言之，我对于中国人的贞操问题，有三层意见。

第一，这个问题，从前的人都看作“天经地义”，一味盲从，全不研究“贞操”两字究竟有何意义。我们生在今日，无论提倡何种道德，总该想想那种道德的真意义是什么。《墨子》说得好：

> 子墨子问于儒者曰：“何故为乐？”曰：“乐以为乐也。”子墨子曰：“子未我应也。今我问曰：‘何故为室？’曰：‘冬避寒焉，夏避暑焉，室以为男女之别也’。则子告我为室之故矣。今我问曰：‘何故为乐？’曰：‘乐以为乐也。’是犹曰：‘何故为室？’曰：‘室以为室也。’”（《公孟篇》）

今试问人“贞操是什么？”或“为什么你褒扬贞操？”，他一定回答道：“贞操就是贞操。我因为这是贞操，故褒扬它。”这种“室以为室也”的论理，便是今日道德思想宣告破产的证据。故我作这篇文字的第一个主意只是要大家知道“贞操”这个问题并不是“天经地义”，是可以彻底研究，可以反复讨论的。

第二，我以为贞操是男女相待的一种态度，乃是双方交互的道德，不是偏于女子一方面的。由这个前提，便生出几条引申的意见：（一）男子对于女子，丈夫对于妻子，也应有贞操的态度；（二）男子做不贞操的行为，如嫖妓娶妾之类，社会上应该用对待不贞妇女的态度来对待他；（三）妇女对于无贞操的丈夫，没有守贞操的责任；（四）社会法律既不认嫖妓纳妾为不道德，便不该褒扬女子的“节烈贞操”。

第三，我绝对的反对褒扬贞操的法律。我的理由是：

（一）贞操既是个人男女双方对待的一种态度，诚意的贞操是完全自动的道德，不容有外部的干涉，不须有法律的提倡。

（二）若用法律的褒扬为提倡贞操的方法，势必至造成许多沽名钓誉，不诚不实，无意识的贞操举动。

（三）在现代社会，许多贞操问题，如寡妇再嫁、处女守贞等等问题的是非得失，却都还有讨论余地，法律不当以武断的态度制定褒贬的规条。

（四）法律既不奖励男子的贞操，又不惩男子的不贞操，便不该单独提倡女子的贞操。

（五）以近世人道主义的眼光看来，褒扬烈妇烈女杀身殉夫，都是野蛮残忍的法律，这种法律，在今日没有存在的地位。

（1918 年 7 月，选自《胡适文存》卷四）

不朽——我的宗教（1919年）

不朽有种种说法，但是总括看来，只有两种说法是真有区别的。一种是把“不朽”解作灵魂不灭的意思，一种就是《春秋左传》上说的“三不朽”。

一、神不灭论

宗教家往往说灵魂不灭，死后须受末日的裁判：做好事的享受天国天堂的快乐，做恶事的要受地狱的苦痛。这种说法，几千年来不但受了无数愚夫愚妇的迷信，居然还受了许多学者的信仰。但是古今来也有许多学者对于灵魂是否可离形体而存在的问题，不能不发生疑问。最重要的如南北朝人范缜的《神灭论》说：“形者神之质，神者形之用……神之于质，犹利之于刀；形之于用，犹刀之于利。……舍利无刀，舍刀无利。未闻刀没而利存，岂容形亡而神在？”宋朝的司马光也说：“形既朽灭，神亦飘散，虽有剿烧舂磨，亦无所施。”但是司马光说的“形既朽灭，神亦飘散”，还不免把形与神看作两件事，不如范缜说得更透切。范缜说人的神灵即是形体的作用，形体便是神灵的形质。正如刀子是形质，刀子的利钝是作用；有刀子方才有利钝，没有刀子便没有利钝。人有形体方才有作用：这个作用，我们叫作“灵魂”。若没有形体，便没有作用了，便没有灵魂了。范缜这篇《神灭论》出来的时候，惹起了无数人的反对。梁武帝叫了七十几个名士作论驳他，都没有什么真有价值的议论。其中只有沈约的《难神灭论》说："利若遍施四方，则利体无处复立；利之为用正存一边毫毛处耳。神之与形，举体若合，又安得同乎？若以此譬为尽耶，则不尽；若谓本不尽耶，则不可以为譬也。"这一段是说刀是无机体，人是有机体，故不能彼此相比。这话固然有理，但终不能推翻"神者形之用"的议论。近世唯物派的学者也说人的灵魂并不是什么无形体，独立存在的物事，不过是神经作用的总名；灵魂的种种作用都即是脑部各部分的机能作用；若有某部被损伤，某种作用即时废止；人幼年时脑部不曾完全发达，神灵作用也不能完全，老年人脑部渐渐衰耗，神灵作用也渐渐衰耗。这种议论的大旨，与范缜所说"神者形之用"正相同。但是有许多人总舍不得把灵魂打消了，所以咬住说灵魂另是一种神秘玄妙的物事，并不是神经的作用。这个"神秘玄妙"的物事究竟是什么，他们也说不出来，只觉得总应该有这么一件物事。既是"神秘玄妙"，自然不能用科学试验来证明他，也不能用科学试验来驳倒他。既然如此，我们只好用实验主义（Pragmatism）的方法，看这种学说的实际效果如何，以为评判的标准。依此标准看来，信神不灭论的固然也有好人，信神灭论的也未必全是坏人。即如司马光、范缜、赫胥黎一类的人，说不信灵魂不灭的话，何尝没有高尚的道德？更进一层说，有些人因为迷信天堂、天国、地狱、末日裁判，方才修德行善，这种修行全是自私自利的，也算不得真正道德。总而言之，灵魂灭不灭的问题，于人生行为上实在没有什么重大影响；既没有实际的影响，简直可说是不成问题了。

二、三不朽说

《左传》说的三种不朽是：（一）立德的不朽，（二）立功的不朽，（三）立言的不朽。“德”便是个人人格的价值，像墨翟、耶稣一类的人，一生刻意孤行，精诚勇猛，使当时的人敬爱信仰，使千百年后的人想念崇拜。这便是立德的不朽。“功”便是事业，像哥仑布发现美洲，像华盛顿造成美洲共和国，替当时的人开一新天地，替历史开一新纪元，替天下后世的人种下无量幸福的种子。这便是立功的不朽。“言”便是语言著作，像那《诗经》三百篇的许多无名诗人，又像陶潜、杜甫、莎士比亚、易卜生一类的文学家，又像柏拉图、卢梭、弥儿顿一类的文学家，又像牛顿、达尔文一类的科学家，或是作了几首好诗使千百年后的人欢喜感叹；或是作了几本好戏使当时的人鼓舞感动，使后世的人发愤兴起；或是创出一种新哲学，或是发明了一种新学说，或在当时发生思想的革命，或在后世影响无穷。这便是立言的不朽。总而言之，这种不朽说，不问人死后灵魂能不能存在，只问他的人格、他的事业、他的著作有没有永远存在的价值。即如基督教徒说耶稣是上帝的儿子，他的灵魂永远存在，我们正不用驳这种无凭据的神话，只说耶稣的人格、事业和教训都可以不朽，又何必说那些无谓的神话呢？又如孔教会的人到了孔丘的生日，一定要举行祭孔的典礼，还有些人学那“朝山进香”的法子，要赶到曲阜孔林去对孔丘的神灵表示敬意。其实孔丘的不朽全在他的人格与教训，不在他那“在天之灵”。大总统多行两次丁祭，孔教会多走两次“朝山进香”，就可以使孔丘格外不朽了吗？更进一步说，像那《三百篇》里的诗人，也没有姓名，也没有事实，但是他们都可说是立言的不朽。为什么呢？因为不朽全靠一个人的真价值，并不靠姓名事实的流传，也不靠灵魂的存在。试看古今来的多少大发明家，那发明火的，发明养蚕的，发明缫丝的，发明织布的，发明水车的，发明舂米的水碓的，发明规矩的，发明秤的……虽然姓名不传，事实湮没，但他们的功业永远存在，他们也就都不朽了。这种不朽比那个人的小小灵魂的存在，可不是更可宝贵，更可羡慕吗？况且那灵魂的有无还在不可知之中，这三种不朽——德、功、言——可是实在的。这三种不朽可不是比那灵魂的不灭更靠得住吗？

以上两种不朽论，依我个人看来，不消说得，那“三不朽说”是比那“神不灭说”好得多了。但是那“三不朽说”还有三层缺点，不可不知。第一，照平常的解说看来，那些真能不朽的人只不过那极少数有道德、有功业、有著述的人。还有那无量平常人难道就没有不朽的希望吗？世界上能有几个墨翟、耶稣，几个哥仑布、华盛顿，几个杜甫、陶潜，几个牛顿、达尔文呢？这岂不成了一种“寡头”的不朽论吗？第二，这种不朽论单从积极一方面着想，但没有消极的裁制。那种灵魂的不朽论既说有天国的快乐，又说有地狱的苦楚，是积极消极两方面都顾着的。如今单说立德可以不朽，不立德又怎样呢？立功可以不朽，有罪恶又怎样呢？第三，这种不朽论所说的“德、功、言”三件，范围都很含糊。究竟怎样的人格方才可算是“德”呢？怎样的事业方才可算是“功”呢？怎样的著作方才可算是“言”呢？我且举下个例。哥仑布发现美洲固然可算得立了不朽之功，但是他船上的水手火头又怎样呢？他那只船的造船工人又怎样呢？他船上用的罗盘器械的制造工人又怎样呢？他所读的书的著作者又怎样呢？……举这一条例，已可见“三不朽”的界限含糊不清了。

因为要补足这三层缺点，所以我想提出第三种不朽论来请大家讨论。我一时想不起别的好名字，姑且称他作“社会的不朽论”。

三、社会的不朽论

社会的生命，无论是看纵剖面，还是看横截面，都像一种有机的组织。从纵剖面看来，社会的历史是不断的；前人影响后人，后人又影响更后人；没有我们的祖宗和那无数的古人，又哪里有今日的我和你？没有今日的我和你，又哪里有将来的后人？没有那无量数的个人，便没有历史，但是没有历史，那无数的个人也决不是那个样子的个人；总而言之，个人造成历史，历史造成个人。从横截面看来，社会的生活是交互影响的：个人造成社会，社会造成个人；社会的生活全靠个人分工合作的生活，但个人的生活，无论如何不同，都脱不了社会的影响；若没有那样这样的社会，决不会有这样那样的我和你；若没有无数的我和你，社会也决不是这个样子。来勃尼慈（Leibnitz）说得好：

这个世界乃是一片大充实（Plenum 为真空 Vacuum 之对），其中一切物质都是接连着的。一个大充实里面有一点变动，全部的物质都要受影响，影响的程度与物体距离的远近成正比例。世界也是如此。每一个人不但直接受他身边亲近的人的影响，并且间接又间接的受距离很远的人的影响。所以世间的交互影响，无论距离远近，都受得着的。所以世界上的人，每人受着全世界一切动作的影响。如果他有周知万物的智慧，他可以在每人的身上看出世间一切施为，无论过去未来都可看得出，在这一个现在里面便有无穷时间空间的影子。

从这个交互影响的社会观和世界观上而，便生出我所说的“社会的不朽论”来。我这“社会的不朽论”的大旨是：

我这个“小我”不是独立存在的，是和无量数“小我”有直接或间接的交互关系的；是和社会的全体和世界的全体都有互为影响的关系的；是和社会世界的过去和未来都有因果关系的。种种从前的因，种种现在无数“小我”和无数他种势力所造成的因，都成了我这个“小我”的一部分。我这个“小我”，加上了种种从前的因，又加上了种种现在的因，传递下去，又要造成无数将来的“小我”。这种种过去的“小我”，和种种现在的“小我”，和种种将来无穷的“小我”，一代传一代，一点加一滴；一线相传，连绵不断；一水奔流，滔滔不绝——这便是一个“大我”。“小我”是会消灭的，“大我”是永远不灭的。“小我”是有死的，“大我”是永远不死，永远不朽的。“小我”虽然会死，但是每一个“小我”的一切作为，一切功德罪恶，一切语言行事，无论大小，无论是非，无论善恶，一一都永远留存在那个“大我”之中。那个“大我”，便是古往今来一切“小我”的纪功碑、彰善祠、罪状判决书、孝子慈孙百世不能改的恶谥法。这个“大我”是永远不朽的，故一切“小我”的事业，人格，一举一动，一言一笑，一个念头，一场功劳，一桩罪过，也都永远不朽。这便是社会的不朽，“大我”的不朽。

那边“一座低低的土墙，遮着一个弹三弦的人”。那三弦的声浪，在空间起了无数波澜；那被冲动的空气质点，直接间接冲动无数旁的空气质点；这种波澜，由近而远，至于无穷空间；由现在而将来，由此刹那以至于无量刹那，至于无穷时间——这已是不灭不朽了。那时间，那“低低的土墙”外边来了一位诗人，听见那三弦的声音，忽然起了一个念头；由这一个念头，就成了一首好诗；这首好诗传诵了许多人；人读了这诗，各起种种念头；由这种种念头，更发生无量数的念头，更发生无数的动作，以至于无穷。然而那“低低的土墙”里面那个弹三弦的人又如何知道他所发生的影响呢？

一个生肺病的人在路上偶然吐了一口痰。那口痰被太阳晒干了，化为微尘，被风吹起空中，东西飘散，渐吹渐远，至于无穷时间，至于无穷空间。偶然一部分的病菌被体弱的人呼吸进去，便发生肺病，由他一身传染一家，更由一家传染无数人家。如此辗转传染，至于无穷空间，至于无穷时间。然而那先前吐痰的人的骨头早已腐烂了，他又如何知道他所种的恶果呢？

一千五六百年前有一个叫作范缜的人说了几句话道："神之于形，犹利之于刀；未闻刀没而利存，岂容形亡而神在？"这几句话在当时受了无数人的攻击。到了宋朝有个司马光把这几句话记在他的《资治通鉴》里。一千五六百年之后，有一个十一岁的小孩子——就是我——看《通鉴》到这几句话，心里受了一大感动，后来便影响了他半生的思想行事。然而那说话的范缜早已死了一千五六百年了！

二千六七百年前，在印度地方有一个穷人病死了，没人收尸，尸首暴露在路上，已腐烂了。那边来了一辆车，车上坐着一个王太子，看见了这个腐烂发臭的死人，心中起了一念；由这一念，辗转发生无数念。后来那位王太子把王位也抛了，富贵也抛了，父母妻子也抛了，独自去寻思一个解脱生老病死的方法。后来这位王子便成了一个教主，创了一种哲学的宗教，感化了无数人。他的影响势力至今还在；将来即使他的宗教全灭了，他的影响势力终久还存在，以至于无穷。这可是那腐烂发臭的路毙所曾梦想到的吗？

以上不过是略举几件事，说明上文说的"社会的不朽"，"大我的不朽"。这种不朽论，总而言之，只是说个人的一切功德罪恶，一切言语行事，无论大小好坏，都留下一些影响在那个"大我”之中，都与这永远不朽的“大我”一同永远不朽。

上文我批评那“三不朽论”的三层缺点：（一）只限于极少数的人；（二）没有消极的裁制；（三）所说“功、德、言”的范围太含糊了。如今所说“社会的不朽”，其实只是把那“三不朽论”的范围更推广了。既然不论事业功德的大小，一切都可不朽，那第一第三两层短处都没有了。冠绝古今的道德功业固可以不朽，那极平常的“庸言庸行”、油盐柴米的琐屑、愚夫愚妇的细事、一言一笑的微细，也都永远不朽。那发现美洲的哥仑布固可以不朽，那些和他同行的水手火头，造船的工人，造罗盘器械的工人，供给他粮食衣服银钱的人，他所读的书的著作家，生他的父母，生他父母的父母祖宗，以及生育训练那些工人商人的父母祖宗，以及他以前和同时的社会……都永远不朽。社会是有机的组织，那英雄伟人可以不朽，那挑水的，烧饭的，甚至于浴堂里替你擦背的，甚至于每天替你家掏粪倒马桶的，也都永远不朽。至于那第二层缺点，也可免去。如今说立德不朽，行恶也不朽；立功不朽，犯罪也不朽；“流芳百世”不朽，“遗臭万年”也不朽；功德盖世因是不朽的善因，吐一口痰也有不朽的恶果。我的朋友李守常先生说得好：“稍一失脚，必致遗留层层罪恶种子于未来无量的人——即未来无量的我——永不能消除，永不能忏悔。”这就是消极的裁制了。

中国儒家的宗教提出一个父母的观念，和一个祖先的观念，来做人生一切行为的裁制力。所以说，“一出言而不敢忘父母，一举足而不敢忘父母。”父母死后，又用丧礼祭礼等等见神见鬼的方法，时刻提醒这种人生行为的裁制力。所以又说，“斋明盛服，以承祭祀，洋洋乎如在其上，如在其左右。”又说，“斋三日，则见其所为斋者；祭之日，入室，然必有见乎其位；周还出户，肃然必有闻乎其容声；出户而听，忾然必有闻乎其叹息之声。”这都是“神道设教”，见神见鬼的手段。这种宗教的手段在今日是不中用了。还有那种“默示”的宗教、神权的宗教、崇拜偶像的宗教，在我们心里也不能发生效力，不能裁制我们一生的行为。以我个人看来，这种“社会的不朽”观念很可以做我的宗教了。我的宗教的教旨是：

我这个现在的“小我”，对于那永远不朽的“大我”的无穷过去，须负重大的责任。对于那永远不朽的“大我”的无穷未来，也须负重大的责任。我须要时时想着，我应该如何努力利用现在的“小我”，方才可以不辜负了那“大我”的无穷过去，方才可以不遗害那“大我”的无穷未来！

（原载 1919 年 2 月 15 日《新青年》第 6 卷第 2 号）

少年中国之精神（1919年）

前番太炎先生，话里面说现在青年的四种弱点，都是很可使我们反省的。他的意思是要我们少年人：（一）不要把事情看得太容易了；（二）不要妄想凭借已成的势力；（三）不要虚慕文明；（四）不要好高骛远。这四条都是消极的忠告。我现在且从积极一方面提出几个观念，和各位同志商酌。

一、少年中国的逻辑

逻辑即思想、辩论、办事的方法。一般中国人现在最缺乏的就是一种正当的方法，因为方法缺乏，所以有下列的几种现象：（一）灵异鬼怪的迷信，如上海的盛德坛及各地的各种迷信；（二）谩骂无理的议论；（三）用诗云子曰做根据的议论；（四）把西洋古人当作无上真理的议论；还有一种平常人不很注意的怪状，我且称它为“目的热”，就是迷信一些空虚的大话，认为高尚的目的；全不问这种观念的意义究竟如何；今天有人说“我主张统一和平”，大家齐声喝彩，就请他做内阁总理；明天又有人说“我主张和平统一”，大家又齐声叫好，就举他做大总统；此外还有什么“爱国”哪，“护法”哪，“孔教”哪，“卫道”哪……许多空虚的名词，意义不曾确定，也都有许多人随声附和，认为天经地义。这便是我所说的“目的热”。以上所说各种现象都是缺乏方法的表示。我们既然自认为“少年中国”，不可不有一种新方法；这种新方法，应该是科学的方法；科学方法，不是我在这短促时间里所能详细讨论的，我且略说科学方法的要点：

第一注重事实。科学方法是用事实做起点的，不要问孔子怎么说，柏拉图怎么说，康德怎么说，我们须要先从研究事实下手，凡游历、调查、统计等事都属于此项。

第二注重假设。单研究事实，算不得科学方法。王阳明对着庭前的竹子做了七天的“格物”工夫，格不出什么道理来，反病倒了，这是笨伯的“格物”方法。科学家最重“假设”（Hypothesis）。观察事物之后，自说有几个假定的意思；我们应该把每一个假设所含的意义彻底想出，看那意义是否可以解释所观察的事实？是否可以解决所遇的疑难？所以要博学，正是因为博学方才可以有许多假设，学问只是供给我们种种假设的来源。

第三注重证实。许多假设之中，我们挑出一个，认为最合用的假设，但是这个假设是否真正合用？必须实地证明。有时候，证实是很容易的；有时候，必须用“试验”方才可以证实；证实了的假设，方可说是“真”的，方才可用；一切古人今人的主张、东哲西哲的学说，若不曾经过这一层证实的功夫，只可作为待证的假设，不配认作真理。

少年的中国，中国的少年，不可不时时刻刻保存这种科学的方法，实验的态度。

二、少年中国的人生观

现在中国有几种人生观都是“少年中国”的仇敌：第一种是醉生梦死的无意识生活，固然不消说了。第二种是退缩的人生观，如静坐会的人，如坐禅学佛的人，都只是消极的缩头主义；这些人没有生活的胆子，不敢冒险，只求平安，所以变成一班退缩懦夫。第三种是野心的投机主义，这种人虽不退缩，但为完全自己的私利起见，所以他们不惜利用他人做他们自己的器具，不惜牺牲别人的人格和自己的人格来满足自己的野心；到了紧要关头，不惜作伪，不惜作恶，不顾社会的公共幸福，以求达他们自己的目的。这三种人生观都是我们该反对的。少年中国的人生观，依我个人看来，该有下列的几种要素：

第一须有批评的精神。一切习惯、风俗、制度的改良，都起于一点批评的眼光。个人的行为和社会的习俗，都最容易陷入机械的习惯，到了“机械的习惯”的时代，样样事都不知不觉的做去，全不理会何以要这样做，只晓得人家都这样做故我也这样做，这样的个人便成了无意识的两脚机器，这样的社会便成了无生气的守旧社会。我们如果发愿要造成少年的中国，第一步便须有一种批评的精神；批评的精神不是别的，就是随时随地都要问：我为什么要这样做？为什么不那样做？

第二须有冒险进取的精神。我们须要认定这个世界是有很多危险的，定不太平的，是需要冒险的；世界的缺点很多，是要我们来补救的；世界的痛苦很多，是要我们来减少的；世界的危险很多，是要我们来冒险进取的。俗语说得好：“成人不自在，自在不成人。”我们要做一个人，岂可贪图自在？我们要想造一个“少年的中国”，岂可不冒险？这个世界是给我们活动的大舞台，我们既上了台，便应该老着面皮，拼着头皮，大着胆子，干将起来。那些缩进后台去静坐的人都是懦夫，那些袖着双手只会看戏的人，也都是懦夫：这个世界岂是给我们静坐旁观的吗？那些厌恶这个世界梦想超生别的世界的人，更是懦夫，不用说了。

第三须要有社会协进的观念。上条所说的冒险进取，并不是野心的，自私自利的；我们既认定这个世界是给我们活动的，又须认定人类的生活全是社会的生活，社会是有机的组织，全体影响个人，个人影响全体，社会的活动是互助的，你靠他帮忙，他靠你帮忙，我又靠你同他帮忙，你同他又靠我帮忙；你少说了一句话，我或者不是我现在的样子，我多尽了一份力，你或者也不是你现在这个样子，我和你多尽了一份力，或少做了一点事，社会的全体也许不是现在这个样子，这便是社会协进的观念。有这个观念，我们自然把人人都看作同力合作的伴侣，自然会尊重人人的人格了；有这个观念，我们自然觉得我们的一举一动都和社会有关，自然不肯为社会造恶因，自然要努力为社会种善果，自然不致变成自私自利的野心投机家了。

少年的中国，中国的少年，不可不时时刻刻保存这种批评的、冒险进取的、社会的人生观。

三、少年中国的精神

少年中国的精神并不是别的，就是上文所说的逻辑和人生观；我且说一件故事做我这番谈话的结论：诸君读过英国史的，一定知道英国前世纪有一种宗教革新的运动，历史上称为“牛津运动”（The oxford Movement）。这种运动的几个领袖如客白尔（Keble）、纽曼（Newman）、福鲁德（Froude）诸人，痛恨英国国教的腐败，想大大的改革一番；这个运动未起事之先，这几位领袖作了一些宗教性的诗歌写在一个册子上。纽曼摘了一句荷马的诗题在册子上，那句诗是：You shall see the difference now that we are back again！翻译出来即是“如今我们回来了，你们看便不同了”！

少年的中国，中国的少年，我们也该时时刻刻记着这句话：

如今我们回来了，
你们看便不同了！这便是少年中国的精神。

（1919年7月在北京少年中国学会上的演讲）

新生活——为《新生活》杂志第一期作的（1919 年）

哪样的生活可以叫作新生活呢？

我想来想去，只有一句话：新生活就是有意思的生活。

你听了必定要问我，有意思的生活又是什么样子的生活呢？

我且先说一两件实在的事情做个样子，你就明白我的意思了。

前天你没有事做，闲得不耐烦了，你跑到街上的一个小酒店里，打了四两白干，喝完了，又要四两，再添上四两。喝得大醉了，同张大哥吵了一回嘴，几乎打起架来。后来李四哥来把你拉开，你气忿忿的又要了四两白干，喝的人事不知，幸亏李四哥把你扶回去睡了。昨儿早上，你酒醒了，大嫂子把前天的事告诉你，你懊悔得很，自己埋怨自己："昨儿为什么要喝那么多酒呢？可不是糊涂吗？"

你赶快上张大哥家去，作了许多揖，赔了许多不是，自己怪自己糊涂，请张大哥大量包涵。正说时，李四哥也来了，王三哥也来了。他们"三缺一"，要你陪他们打牌。你坐下来，打了十二圈牌，输了一百多吊钱。你回得家来，大嫂子怪你不该赌博，你又懊悔得很，自己怪自己道："是呵，我为什么要陪他们打牌呢？可不是糊涂吗？"

诸位，像这样子的生活，叫作糊涂生活，糊涂生活便是没有意思的生活。你做完了这种生活，回头一想："我为什么要这样干呢?”你自己也回答不出究竟为什么。

诸位，凡是自己说不出“为什么这样做”的事，都是没有意思的生活。

反过来说，凡是自己说得出“为什么这样做”的事，都可以说是有意思的生活。

生活的“为什么”，就是生活的意思。

人同畜生的分别，就在这个“为什么”上。你到万牲园里去看那白熊一天到晚摆来摆去不肯歇，那就是没有意思的生活。我们做了人，应该不要学那些畜生的生活。畜生的生活只是糊涂，只是胡混，只是不晓得自己为什么如此做。一个人做的事应该件件事回答得出一个“为什么”。

我为什么要干这个？为什么不干那个？回答得出，方才可算是一个人的生活。

我们希望中国人都能做这种有意思的新生活。其实这种新生活并不十分难，只消时时刻刻问自己为什么这样做，为什么不那样做，就可以渐渐的做到我们所说的新生活了。

诸位，千万不要说“为什么”这三个字是很容易的小事。你打今天起，每做一件事，便问一个为什么——为什么不把辫子剪了？为什么不把大姑娘的小脚放了？为什么大嫂子脸上搽那么多的脂粉？为什么出棺材要用那么多叫花子？为什么娶媳妇也要用那么多叫花子？为什么骂人要骂他的爹妈？为什么这个？为什么那个？——你试办一两天，你就会觉得这三个字的趣味真是无穷无尽，这三个字的功用也无穷无尽。

诸位，我们恭恭敬敬的请你们来试试这种新生活。

（1919 年 8 月）

差不多先生传（1919年）

你知道中国最有名的人是谁？

提起此人，人人皆晓，处处闻名。他姓差，名不多，是各省各县各村人氏。你一定见过他，一定听过别人谈起他。差不多先生的名字天天挂在大家的口头，因为他是中国全国人的代表。

差不多先生的相貌和你和我都差不多。他有一双眼睛，但看得不很清楚；有两只耳朵，但听得不很分明；有鼻子和嘴，但他对于气味和口味都不很讲究。他的脑子也不小，但他的记性却不很精明，他的思想也不很细密。

他常常说："凡事只要差不多，就好了。何必太精明呢？"

他小的时候，他妈叫他去买红糖，他买了白糖回来。他妈骂他，他摇摇头说："红糖白糖不是差不多吗？"

他在学堂的时候，先生问他："直隶省的西边是哪一省？"他说是陕西。先生说："错了。是山西，不是陕西。"他说："陕西同山西，不是差不多吗？"

后来他在一个钱铺里做伙计；他也会写，也会算，只是总不会精细。十字常常写成千字，千字常常写成十字。掌柜的生气了，常常骂他。他只是笑嘻嘻的赔小心道："千字比十字只多一小撇，不是差不多吗？"

有一天，他为了一件要紧的事，要搭火车到上海去。他从从容容的走到火车站，迟了两分钟，火车已开走了。他白瞪着眼，望着远远的火车上的煤烟，摇摇头道："只好明天再走了，今天走同明天走，也还差不多。可是火车公司未免太认真了。8点30分开，同8点32分开，不是差不多吗?"他一面说，一面慢慢的走回家，心里总不明白为什么火车不肯等他两分钟。

有一天，他忽然得了急病，赶快叫家人去请东街的汪医生。那家人急急忙忙的跑去，一时寻不着东街的汪大夫，却把西街牛医王大夫请来了。差不多先生病在床上，知道寻错了人；但病急了，身上痛苦，心里焦急，等不得了，心里想道："好在王大夫同汪大夫也差不多，让他试试看罢。"于是这位牛医王大夫走近床前，用医牛的法子给差不多先生治病不上一点钟，差不多先生就一命呜呼了。

差不多先生差不多要死的时候，一口气断断续续的说道："活人同死人也差——差——差不多，凡事只要——差——差——不多——就——好了，何——何——必——太——太认真呢?"他说完了这句格言，方才绝气了。

他死后，大家都很称赞差不多先生样样事情看得破，想得通；大家都说他一生不肯认真，不肯算账，不肯计较，真是一位有德行的人。于是大家给他取个死后的法号，叫他作圆通大师。

他的名誉越传越远，越久越大。无数无数的人都学他的榜样。于是人人都成了一个差不多先生。——然而中国从此就成为一个懒人国了。

（写于1919年，1924年6月28日发表于《申报》第1期）

“我的儿子”（1919 年）

一、汪长禄先生来信

昨天上午我同太虚和尚访问先生，谈起许多佛教历史和宗派的话，耽搁了一点多钟的工夫，几乎超过先生平日见客时间的规则五倍以上，实在抱歉得很。后来我和太虚匆匆出门，各自分途去了。晚边回寓，我在桌子上偶然翻到最近《每周评论》的文艺那一栏，上面题目是“我的儿子”四个字，下面署了一个“适”字，大约是先生做的。这种议论我从前在《新潮》、《新青年》各报上面已经领教多次，不过昨日因为见了先生，加上“叔度汪汪”的印象，应该格外注意一番。我就不免有些意见，提起笔来写成一封白话信，送给先生，这求指教指教。

大作说，“树本无心结子，我也无恩于你。”这和孔融所说的“父之于子当有何亲……”、“子之于母亦复奚为……”差不多同一样的口气。我且不去管他。下文说的，“但是你既来了，我不能不养你教你，那是我对人道的义务，并不是待你的恩谊”。这就是做父母一方面的说法。换一方面说，做儿子的也可模仿同样口气说道：“但是我既来了，你不能不养我教我，那是你对人道的义务，并不是待我的恩谊。”那么两方面凑泊起来，简直是亲子的关系，一方面变成了跛形的义务者，他一方面变成了跛形的权利者，实在未免太不平等了。平心而论，旧时代的见解，好端端生在社会一个人，前途何等遥远，责任何等重大，为父母的单希望他做他俩的儿子，固然不对。但是照先生的主张，竟把一般做儿子的抬举起来，看作一个“白吃不回账”的主顾，那又未免太“矫枉过正”罢。

现在我且丢却亲子的关系不谈，先设一个譬喻来说。假如有位朋友留我在他家里住上若干年，并且供给我的衣食，后来又帮助我的学费，一直到我能够独立生活，他才放手。虽然这位朋友发了一个大愿，立心做个大施主，并不希望我些许报答，难道我自问良心能够就是这么拱拱手同他离开便算了吗？我以为亲子的关系，无论怎样改革，总比朋友较深一层。就是同朋友一样平等看待，果然有个鲍叔再世，把我看作管仲一般，也不能够说“不是待我的恩谊”罢。

大作结尾说道：“我要你做一个堂堂的人，不要你做我的孝顺儿子。”这话我倒并不十分反对。但是我以为应该加上一个字，可以这么说：“我要你做一个堂堂的人，不单要你做我的孝顺儿子。”为什么要加上这一个字呢？因为儿子孝顺父母，也是做人的一种信条，和那“悌弟”、“信友”、“爱群”等等是同样重要的。旧时代学说把一切善行都归纳在“孝”字里面，诚然流弊百出，但一定要把“孝”字“驱逐出境”，划在做人事业范围以外，好像人做了孝子，便不能够做一个堂堂的人。换一句话，就是人若要做一个堂堂的人，便非打定主意做一个不孝之子不可。总而言之，先生把“孝”字看得与做人的信条立在相反的地位。我以为“孝”字虽然没有“万能”的本领，但总还够得上和那做人的信条凑在一起，何必如此“雷厉风行”硬要把他“驱逐出境”呢？

前月我在一个地方谈起北京的新思潮，便联想到先生个人身上。有一位是先生的贵同乡，当时插嘴说道：“现在一般人都把胡适之看作洪水猛兽一样，其实适之这个人旧道德并不坏。”说罢，并且引起事实为证。我自然是很相信的。照这位贵同乡的说话推测起来，先生平日对于父母当然不肯做那“孝”字反面的行为，是绝无疑义了。我怕的是一般根底浅薄的青年，动辄抄袭名人一两句话，敢于扯起幌子，便“肆无忌惮”起来。打个比方，有人昨天看见《每周评论》上先生的大作，也便可以说道：“胡先生教我做一个堂堂的人，万不可做父母的孝顺儿子。”久而久之，社会上布满了这种议论，那么任凭父母老病冻饿以至于死，却可以不去管他了。我也知道先生的本意无非看见旧式家庭过于“束缚驰骤”，急急的要替他调换空气，不知不觉言之太过，那也难怪。从前朱晦庵说得好，“教学者如扶醉人”，现在的中国人真算是大多数醉倒了。先生可怜他们，当下告奋勇，使一股大劲，把他从东边扶起。我怕是用力太猛，保不住又要跌向西边去。那不是和没有扶起一样吗？万一不幸，连性命都要送掉，那又向谁叫冤呢？

我很盼望先生有空闲的时候，再把那“我的父母”四个字做个题目，细细的想一番。把做儿子的对于父母应该怎样报答的话（我以为一方面做父母的儿子，同时在他方面仍不妨做社会上一个人），也得咏叹几句，“恰如分际”，“彼此兼顾”，那才免得发生许多流弊。

二、我答汪先生的信

前天同太虚和尚谈论，我得益不少。别后又承先生给我这封很诚恳的信，感谢之至。

“父母于子无恩”的话，从王充、孔融以来，也很久了。从前有人说我曾提倡这话，我实在不能承认。直到今年我自己生了一个儿子，我才想到这个问题上去。我想这个孩子自己并不曾自由主张要生在我家，我们做父母的不曾得他同意，就糊里糊涂的给了他一条生命。况且我们也并不曾有意送给他这条生命。我们既无意，如何能居功，如何能自以为有恩于他？他既无意求生，我们生了他，我们对他只有抱歉，更不能“市恩”了。我们糊里糊涂的替社会上添了一个人，这个人将来一生的苦乐祸福，这个人将来在社会上的功罪，我们应该负一部分的责任。说得偏激一点，我们生一个儿子，就好比替他种下了祸根，又替社会种下了祸根。他也许养成坏习惯，做一个短命浪子；他也许更堕落下去，做一个军阀派的走狗。所以我们“教他养他”，只是我们自己减轻罪过的法子，只是我们种下祸根之后自己补过弥缝的法子。这可以说是恩典吗？

我所说的，是从做父母的一方面设想的，是从我个人对于我自己的儿子设想的，所以我的题目是《我的儿子》。我的意思是要我这个儿子晓得我对他只有抱歉，决不居功，决不市恩。至于我的儿子将来怎样待我，那是他自己的事。我决不期望他报答我的恩，因为我已宣言无恩于他。

先生说我把一般做儿子的抬举起来，看作一个“白吃不还账”的主顾。

这是先生误会我的地方。我的意思恰同这个相反。我想把一般做父母的抬高起来，叫他们不要把自己看作一种“放高利债”的债主。

先生又怪我把“孝”字驱逐出境。我要问先生，现在“孝子”两个字究竟还有什么意义？现在的人死了父母都称“孝子”。孝子就是居父母丧的儿子（古书称为“主人”），无论怎样忤逆不孝的人，一穿上麻衣，戴上高梁冠，拿着哭丧棒，人家就称他作“孝子”。

我的意思以为古人把一切做人的道理都包在“孝”字里，故战阵无勇，莅官不敬，等等都是不孝。这种学说，先生也承认他流弊百出。所以我要我的儿子做一个堂堂的人，不要他做我的孝顺儿子。我的意想以为“一个堂堂的人”决不致于做打爹骂娘的事，决不致于对他的父母毫无感情。

但是我不赞成把“儿子孝顺父母”列为一种“信条”。易卜生的《群鬼》里有一段话很可研究（《新潮》第五号页八五一）：

（孟代牧师）你忘了没有，一个孩子应该爱敬他的父母？

（阿尔文夫人）我们不要讲得这样宽泛。应该说：“欧士华应该爱敬阿尔文先生（欧士华之父）吗？”

这是说，“一个孩子应该爱敬他的父母”是耶教一种信条，但是有时未必适用。即如阿尔文一生纵淫，死于花柳毒，还把遗毒传给他的儿子欧士华，后来欧士华毒发而死。请问欧士华应该孝顺阿尔文吗？若照中国古代的伦理观念自然不成问题。但是在今日可不能不成问题了。假如我染着花柳毒，生下儿子又聋又瞎，终身残废，他应该爱敬我吗？又假如我把我的儿子应得的遗产都拿去赌输了，使他衣食不能完全，教育不能得着，他应该爱敬我吗？又假如我卖国卖主义，做了一国一世的大罪人，他应该爱敬我吗？

至于先生说的，恐怕有人扯起幌子，说，“胡先生教我做一个堂堂的人，万不可做父母的孝顺儿子。”这是他自己错了。我的诗是发表我生平第一次做老子的感想，我并不曾教训人家的儿子！

总之，我只说了我自己承认对儿子无恩，至于儿子将来对我作何感想，那是他自己的事，我不管了。

先生又要我做“我的父母”的诗。我对于这个题目，也曾有诗，载在本报（《每周评论》）第一期和《新潮》第二期里。

（原载 1919 年 8 月 10 日至 17 日《每周评论》第 34、35 号）

非个人主义的新生活（1920年）

这个题目是我在山东道上想着的，后来曾在天津学生联合会的学术讲演会讲过一次，又在唐山的学术讲演会讲过一次。唐山的演讲稿由一位刘赞清君记出，登在一月十五日《时事新报》上。我这一篇的大意是对于新村的运动贡献一点批评。这种批评是否合理，我也不敢说。但是我自信这一篇文字是研究考虑的结果，并不是根据于先有的成见的。

本篇有两层意思。一是表示我不赞成现在一般有志青年所提倡，我所认为"个人主义的"新生活。一是提出我所主张的"非个人主义的"新生活。就是"社会的"新生活。

先说什么叫作"个人主义"（individualism）。一月二日夜（就是我在天津讲演前一晚），杜威博士在天津青年会讲演"真的与假的个人主义"，他说，个人主义有两种：

（一）假的个人主义——就是为我主义（egoism），他的性质是自私自利：只顾自己的利益，不管群众的利益。

（二）真的个人主义——就是个性主义（individuality），他的特性有两种：一是独立思想，不肯把别人的耳朵当耳朵，不肯把别人的眼睛当眼睛，不肯把别人的脑力当自己的脑力；二是个人对于自己思想信仰的结果要负完全责任，不怕权威，不怕监禁杀身，只认得真理，不认得个人的利害。

杜威先生极力反对前一种假的个人主义，主张后一种真的个人主义。这是我们都赞成的。但是他反对的那种自私自利的个人主义的害处，是大家都明白的。因为人多明白这种主义的害处，故他的危险究竟不很大。例如东方现在实行这种极端为我主义的“财主督军”，无论他们眼前怎样横行，究竟逃不了公论的怨恨，究竟不会受多数有志青年的崇拜。所以我们可以说这种主义的危险是很有限的。但是我觉得“个人主义”还有第三派，是很受人崇敬的，是格外危险的。这一派是：

（三）独善的个人主义，他的共同性质是：不满意于现社会，却又无可如何，只想跳出这个社会去寻一种超出现社会的理想生活。

这个定义含有两部分：第一，承认这个现社会是没有法子挽救的了；第二，要想在现社会之外另寻一种独善的理想生活。自有人类以来，这种个人主义的表现也不知有多少次了。简括说来，共有四种：

（一）宗教家的极乐国　如佛家的净土，犹太人的伊丁园，别种宗教的天堂、天国，都属于这一派。这种理想的缘起，都由于对现社会不满意。因为厌恶现社会，故悬想那些无量寿、无量光的净土；不识不知，完全天趣的伊丁园；只有快乐，毫无痛苦的天国。这种极乐国里所没有的，都是他们所厌恨的；所有的，都是他们所梦想而不能得到的。

（二）神仙生活　神仙的生活也是一种悬想的超出现社会的生活。人世有疾病痛苦，神仙无病长生；人世愚昧无知，神仙能知过去未来；人生不自由，神仙乘云遨游，来去自由。

（三）山林隐逸的生活　前两种是完全出世的，他们的理想生活是悬想的渺茫的出世生活。山林隐逸的生活虽然不是完全出世的，也是不满意于现社会的表示。他们不满意于当时的社会政治，却又无能为力，只得隐姓埋名，逃出这个恶浊社会去做他们自己理想中的生活；他们不能“得君行道”，故对于功名利禄，表示藐视的态度；他们痛恨富贵的人骄奢淫佚，故说富贵如同天上的浮云，如同脚下的破草鞋；他们痛恨社会上有许多不耕而食、不劳而得的“吃白阶级”，故自己耕田锄地，自食其力；他们厌恶这污浊的社会，故实行他们理想中梅妻鹤子、渔蓑钓艇的洁净生活。

（四）近代的新村生活　近代的新村运动，如十九世纪法国美国的理想农村，如现在日本日向的新村，照我的见解看起来，实在同山林隐逸的生活是根本相同的。哪不同的地方，自然也有。山林隐逸是没有组织的，新村是有组织的；这是一种不同。隐遁的生活是同世事完全隔绝的，故有“不知有汉，遑论魏晋”的理想；现在的新村的人能有赏玩 Rodin 同 cézanne 的幸福，还能在村外著书出报：这又是一种不同。但是这两种不同都是时代造成的，是偶然的，不是根本的区别。从根本性质上看来，新村的运动都是对于现社会不满意的表示。即如日向的新村，他们对于现在“少数人在多数人的不幸上，筑起自己的幸福”的社会制度，表示不满意，自然是公认的事实。周作人先生说日向新村里有人把中国看作“最自然，最自在的国”。这是他们对于日本政制极不满意的一种牢骚话，很可玩味的。武者小路实笃先生一班人虽然极不满意于现社会，却又不赞成用“暴力”的改革。他们都是“真心仰慕着平和”的人。他们于无可如何之中，想出这个新村的计划来。周作人先生说：“新村的理想，要将历来非暴力不能做到的事，用和平方法得来。”这个和平方法就是离开现社会，去过一种模范的生活。“只要万人真希望这种的世界，这世界便能实现。”这句话不但是独善主义的精义，简直全是净土宗的口气了！所以我把新村来比山林隐逸，不算冤枉他；就是把他来比求净土天国的宗教运动，也不算玷辱他。不过他们的“净土”是在日向，不在西天罢了。

我这篇文章要批评的“个人主义的新生活”，就是指这一种跳出现社会的新村生活。这种生活，我认为是“独善的个人主义”的一种。“独善”两个字是从孟轲“穷则独善其身”一句话上来的。有人说：新村的根本主张是要人人“尽了对于人类的义务，却又完全发展自己个性”；如此看来，他们既承认“对于人类的义务”，如何还是独善的个人主义呢。我说：这正是个人主义的证据。试看古今来主张个人主义的思想家，从希腊的“狗派”（cvnic）以至十八九世纪的个人主义，那一个不是一方面崇拜个人，一方面崇拜那广漠的“人类”的？主张个人主义的人，只是否认那些切近的伦谊——或是家族，或是“社会”，或是国家——但是因为要推翻这些比较狭小逼人的伦谊，不得不捧出那广漠不逼人的“人类”。所以凡是个人主义的思想家，没有一个不承认这个双重关系的。

新村的人主张“完全发展自己个性”，故是一种个人主义。他们要想跳出现社会去发展自己个性，故是一种独善的个人主义。

这种新村的运动，因为恰合现在青年不满意于现社会的心理，故近来中国也有许多人欢迎、赞叹、崇拜。我也是敬仰武者先生一班人的，故也曾仔细考究这个问题。我考究的结果是不赞成这种运动。我以为中国的有志青年不应该仿行这种个人主义的新生活。

这种新村的运动有什么可以反对的地方呢？

第一，因为这种生活是避世的，是避开现社会的，这就是让步，这便不是奋斗。我们自然不应该提倡“暴力”，但是非暴力的奋斗是不可少的。我并不是说武者先生一班人没有奋斗的精神。他们在日本能提倡反对暴力的论调——如《一个青年的梦》——自然是有奋斗精神的。但是他们的新村计划想避开现社会里“奋斗的生活”，去寻那现社会外“生活的奋斗”，这便是一大让步。武者先生的《一个青年的梦》里的主人翁最后有几句话，很可玩昧。他说：

……请宽恕我的无力。——宽恕我的话的无力。但我心里所有的对于美丽的国的仰慕，却要请诸君体察的。

我们对于日向的新村应该做如此观察。

第二，在古代，这种独善主义还有存在的理由；在现代，我们就不该崇拜他了。古代的人不知道个人有多大的势力，故孟轲说：“穷则独善其身，达则兼善天下。”古人总想，改良社会是“达”了以后的事业——是得君行道以后的事业；故承认个人——穷的个人——只能做独善的事业，不配做兼善的事业。古人错了。现在我们承认个人有许多事业可做。人人都是一个无冠的帝王，个人都可以做一些改良社会的事。去年的“五四运动”和“六三运动”，何尝是“得君行道”的人做出来的？知道个人可以做事，知道有组织的个人更可以作事，便可以知道这种个人主义的独善生活是不值得模仿的。

第三，他们所信仰的“泛劳动主义”是很不经济的。他们主张：“一个人生存上必要的衣食住，论理应该用自己的力去得来，不该要别人代负这责任。”这话从消极一方面看——从反对那“游民贵族”的方面看——自然是有理的。但是从他们的积极实行方面看，他们要“人人尽劳动的义务，制造这生活的资料”——就是衣食住的资料——这便是“矫枉过正”了。人人要尽制造衣食住的资料的义务，就是人人要加入这生活的奋斗。（周作人先生再三说新村里平和幸福的空气，也许不承认“生活的奋斗”的话；但是我说的，并不是人同人争面包米饭的奋斗，乃是人在自然界谋生存的奋斗；周先生说新村的农作物至今还不够自用，便是一证。）现在文化进步的趋势，是要使人类渐渐减轻生活的奋斗至最低度，使人类能多分一些精力出来，做增加生活意味的事业。新村的生活使人人都要尽“制造衣食住的资料”的义务，根本上否认分功进化的道理，增加生活的奋斗，是很不经济的。

第四，这种独善的个人主义的根本观念就是周先生说的“改造社会，还要从改造个人做起”。我对于这个观念，根本上不能承认。这个观念的根本错误在于把“改造个人”与“改造社会”分作两截；在于把个人看作一个可以提到社会外去改造的东西。要知道个人是社会上种种势力的结果。我们吃的饭，穿的衣服，说的话，呼吸的空气，写的字，有的思想……没有一件不是社会的。我曾有几句诗，说：“此身非吾有：一半属父母，一半属朋友。”当时我以为把一半的我归功社会，总算很慷慨了。后来我才知道这点算学做错了！父母给我的真是极少的一部分。其余各种极重要的部分，如思想、信仰、知识、技术、习惯，等等，大都是社会给我的。我穿线袜的法子是一个徽州同乡教我的；我穿皮鞋打的结能不散开，是一个美国女朋友教我的。这两件极细碎的例，很可以说明这个“我”是社会上无数势力所造成的。社会上的“良好分子”并不是生成的，也不是个人修炼成的——都是因为造成他们的种种势力里面，良好的势力比不良的势力多些。反过来，不良的势力比良好的势力多，结果便是“恶劣分子”了。古代的社会哲学和政治哲学只为要妄想凭空改造个人，故主张正心、诚意、独善其身的办法，这种办法其实是没有办法，因为没有下手的地方。近代的人生哲学渐渐变了，渐渐打破了这种迷梦，渐渐觉悟：改造社会的下手方法在于改良那些造成社会的种种势力——制度、习惯、思想、教育，等等。那些势力改良了，人也改良了。所以我觉得“改造社会要从改造个人做起”还是脱不了旧思想的影响。我们的根本观念是：

> 个人是社会上无数势力遣成的。
> 改造社会须从改造这些造成社会，造成个人的种种势力做起。
> 改造社会即是改造个人。

新村的运动如果真是建筑在“改造社会要从改造个人做起”一个观念上，我觉得那是根本错误了。改造个人也是要一点一滴的改造那些造成个人的种种社会势力。不站在这个社会里来做这种一点一滴的社会改造，却跳出这个社会去“完全发展自己个性”，这便是放弃现社会，认为不能改造。这便是独善的个人主义。

以上说的是本篇的第一层意思。现在我且简单说明我所主张的“非个人主义的”新生活是什么。这种生活是一种“社会的新生活”，是站在这个现社会里奋斗的生活，是霸占住这个社会来改造这个社会的新生活。它的根本观念有三条：

（一）社会是种种势力造成的，改造社会须要改造社会的种种势力。这种改造一定是零碎的改造——一点一滴的改造，一尺一步的改造。无论你的志愿如何宏大，理想如何彻底，计划如何伟大，你总不能笼统的改造，你总不能不做这种"得寸进寸，得尺进尺"的功夫。所以我说：社会的改造是这种制度那种制度的改造，是这种思想那种思想的改造，是这个家庭那个家庭的改造，是这个学堂那个学堂的改造。

有人说："社会的种种势力是互相牵掣的，互相影响的。这种零碎的改造，是不中用的。因为你才动手改这一种制度，其余的种种势力便围拢来牵掣你了。如此看来，改造还是该做笼统的改造。"我说不然。正因为社会的势力是互相影响牵掣的，故一部分的改造自然会影响到别种势力上去。这种影响是最切实的，最有力的。近年来的文字改革，自然是局部的改革，但是他所影响的别种势力，竟有意想不到的多。这不是一个很明显的例吗？

（二）因为要做一点一滴的改造，故有志做改造事业的人必须要时时刻刻存研究的态度，做切实的调查，下精细的考虑，提出大胆的假设，寻出实验的证明。这种新生活是研究的生活，是随时随地解决具体问题的生活。具体的问题多解决了一个，便是社会的改造进了那么多一步。做这种生活的人要睁开眼睛，公开心胸；要手足灵敏，耳目聪明，心思活泼；要欢迎事实，要不怕事实；要爱问题，要不怕问题的逼人！

（三）这种生活是要奋斗的。那避世的独善主义是与人无忤，与世无争的，故不必奋斗。这种"淑世"的新生活，到处翻出不中听的事实，到处提出不中听的问题，自然是很讨人厌的，是一定要招起反对的。反对就是兴趣的表示，就是注意的表示。我们对于反对的旧势力，应该做正当的奋斗，不可退缩。我们的方针是：奋斗的结果，要使社会的旧势力不能不让我们；切不可先就偃旗息鼓退出现社会去，把这个社会双手让给旧势力。换句话说，应该使旧社会变成新社会，使旧村变为新村，使旧生活变为新生活。

我且举一个实际的例。英美近二三十年来，有一种运动，叫作“贫民区域居留地”（social settlements）的运动。这种运动的大意是：一班青年的男女——大都是大学的毕业生——在本城拣定一块极龌龊、极不堪的贫民区域，买一块地，造一所房屋。这一班人便终日在这里面做事。这屋里，凡是物质文明所赐的生活需要品——电灯、电话、热气、浴室、游水池、钢琴、话匣，等等——无一不有。他们把附近的小孩子——垢面的孩子，顽皮的孩子——都招拢来，教他们游水，教他们读书，教他们打球，教他们演说辩论，组成音乐队，组成演剧团，教他们演戏奏艺。还有女医生和看护妇，天天出去访问贫家，替他们医病，帮他们接生和看护产妇。病重的，由“居留地”的人送入公家医院。因为天下贫民都是最安本分的，他们眼见那高楼大屋的大医院心里以为这定是为有钱人家造的，决不是替贫民诊病的，所以必须有人打破他们这种见解，教他们知道医院不是专为富贵人家的。还有许多贫家的妇女每日早晨出门做工，家里小孩子无人看管，所以“居留地”的人教他们把小孩子每天寄在“居留地”里，有人替他洗浴，换洗衣服，喂他们饮食，领他们游戏。到了晚上，他们的母亲回来了，各人把小孩领回去。这种小孩子从小就在洁净慈爱的环境里长大，渐渐养成了良好习惯，回到家中，自然会把从前的种种污秽的环境改了。家中大人也因时时同这种新生活接触，渐渐的改良了。我在纽约时，曾常常去看亨利街上的一所居留地，是华德女士（Lilian wald）办的。有一晚我去看那条街上的贫家子弟演戏，演的是贝里（Barry）的名剧。我至今回想起来，他们演戏的程度比我们大学的新戏高得多咧！

这种生活是我所说的“非个人主义的新生活”！是我所说的“变旧社会为新社会，变旧村为新村”的生活！这也不是用“暴力”去得来的！我希望中国的青年要做这一类的新生活，不要去模仿那跳出现社会的独善生活，我们的新村就在我们自己的旧村里！我们所要的新村是要我们自己的旧村变成的新村！

可爱的男女少年！我们的旧村里我们可做的事业多得很咧！村上的鸦片烟灯还有多少？村上的吗啡针害死了多少人？村上缠脚的女子还有多少？村上的学堂成个什么样子？村上的绅士今年卖选票得了多少钱？村上的神庙香火还是怎么兴旺？村上的医生断送了几百条人命？村上的煤矿工人每日只拿到五个铜子，你知道吗？村上多少女工被贫穷逼去卖淫，你知道吗？村上的工厂没有避火的铁梯，昨天火起，烧死了一百多人，你知道吗？村上的童养媳妇被婆婆打断了一条腿，村上的绅士逼他的女儿饿死做烈女，你知道吗？

有志求新生活的男女少年！我们有什么权利，丢开这许多的事业去做那避世的新村生活！我们放着这个恶浊的旧村，有什么面孔，有什么良心，去寻那“和平幸福”的新村生活！

（1920 年 1 月 22 日，选自《胡适文存》）

我们对于学生的希望（1920年）

今天是五月四日。我们回想去年今日，我们两人都在上海欢迎杜威博士，直到五月六日方才知道北京五月四日的事。日子过得真快，匆匆又是一年了。

当去年的今日，我们心里只想留住杜威先生在中国讲演教育哲学，在思想一方面提倡实验的态度和科学的精神；在教育一方面而输入新鲜的教育学说，引起国人的觉悟，大家来做根本的教育改革。这是我们去年今日的希望，不料时势的变化大出我们意料之外。这一年以来，教育界的风潮几乎没有一个月平静的。整整的一年光阴就在风潮扰攘里过去了。

这一年的学生运动，从远大的观点看起来，自然是几十年来的一件大事。从这里面发出来的好效果，自然也不少：引起学生的自动的精神，是一件；引起学生对于社会国家的兴趣，是二件；引出学生的作文演说的能力、组织的能力、办事的能力，是三件；使学生增加团体生活的经验，是四件；引起许多学生求知识的欲望，是五件；这都是旧日的课堂生活所不能产生的，我们不能不认为学生运动的重要贡献。

社会若能保持一种水平线以上的清明，一切政治上的鼓吹和设施，制度上的评判和革新，都应该有成年的人去料理。未成年的一班人（学生时代之男女），应该有安心求学的权利，社会也用不着他们做学校生活之外的活动。但是，我们现在不幸生在这个变态的社会里，没有这种常态社会中人应该有的福气，社会上许多事，被一班成年的或老年的人弄坏了，别的阶级又都不肯出来干涉纠正，于是这种干涉纠正的责任，遂落在一般未成年的男女学生的肩膀上，这是变态的社会里一种不可免的现象。现在有许多人说学生不应该干预政治，其实并不是学生自己要这样干，这都是社会和政府硬逼出来。如果社会国家的行为没有受学生干涉纠正的必要，如果学生能享受安心求学的幸福而不受外界的强烈的刺激和良心上的督责，他们又何必甘心抛了宝贵的光阴，冒着生命的危险，来做这种学生运动呢?

简单一句话：在变态的社会国家里面，政府太卑劣腐败了，国民又没有正式的纠正机关（如代表民意的国会之类）。那时候干预政治的运动，一定是从青年的学生界发生的。汉末的太学生，宋代的太学生，明末的结社，戊戌政变以前的公车上书，辛亥以前的留学生革命党，俄国从前的革命党，德国革命前的学生运动，印度和朝鲜现在的独立运动，中国去年的“五四”运动与“六三”运动，都是同一个道理，都是有发生的理由的。

但是我们不要忘记，这种运动是非常的事，是变态的社会里不得已的事，但是他又是很不经济的不幸事，因为是不得已，故他的发生是可以原谅的。因为是很不经济的不幸事，故这种运动是暂时不得已的救急办法，却不可长期存在的。

荒唐的中年老年人闹下了乱子，却要未成年的学生抛弃学业，荒废光阴，来干涉纠正，这是天下最不经济的事。况且中国眼前的学生运动更是不经济。何以故呢？试看自汉末以来学生运动，试看俄国、德国、印度、朝鲜的学生运动，哪有一种用罢课做武器的？即如去年的“五四”与“六三”，这两次的成绩，可是单靠罢课做武器的吗？单靠用罢课做武器，是最不经济的方法，是下下策，屡用不已，是学生运动破产的表现。罢课于旁人无损，于自己却有大损失，这是人人共知的。但我们看来，用罢课做武器，还有精神上的很大损失：

（一）养成依赖群众的恶心理。现在的学生很像忘了个人自己有许多事可做，他们很像以为不全体罢课便无事可做。个人自己不肯牺牲，不敢做事，却要全体罢了课来呐喊助威，自己却躲在大众群里跟着呐喊，这种依赖群众的心理是懦夫的心理。

（二）养成逃学的恶习惯。现在罢课的学生，究竟有几个人出来认真做事？其余无数的学生，既不办事，又不自修，究竟为了什么事罢课？从前还可说是“激于义愤”的表示，大家都认作一种最重大的武器，不得已而用之。久而久之，学生竟把罢课的事看作很平常的事。我们要知道，多数学生把罢课看作很平常的事，这便是逃学习惯已养成的证据。

（三）养成无意识的行为的恶习惯。无意识的行为就是自己说不出为什么要做的行为。现在不但学生把罢课看作很平常的事，社会也把学生罢课看作很平常的事。一件很重大的事，变成了很平常的事，还有什么功效灵验？既然明知没有灵验功效，却偏要去做；一处无意识的做了，别处也无意识的盲从，这种心理的养成，实在是眼前和将来最可悲观的现象。

以上说的是我们对于现在学生运动的观察。

我们对于学生的希望，简单说来，只有一句话：“我们希望学生从今以后要注意课堂里，自修室里，操场上，课余时间里的学生活动：只有这种学生活动是能持久又最有功效的学生运动。”这种学生活动有三个重要部分：

（1）学问的生活。

（2）团体的生活。

（3）社会服务的生活。

第一，学问的生活。这一年以来，最可使人乐观的一种好现象，就是许多学生对于知识学问的兴趣渐渐增加了。新出的出版物的销数增加，可以估量学生求知识的兴趣增加。我们希望现在的学生充分发展这点新发生的兴趣，注重学问的生活，要知道社会国家的大问题，决不是没有学问的人能解决的。我们说的“学问的生活”并不限于从前的背书抄讲义的生活。我们希望学生（无论中学、大学）都能注重下列的几项细目。

（1）注重外国文。现在中文的出版物，实在不够满足我们求知的欲望。求新知识的门径在于外国文，每个学生至少须要能用一种外国语看书。学外国语须要经过查生字、记生字的第一难关，千万不要怕难，若是学堂里的外国文教员确是不好，千万不要让他敷衍你们，不妨赶跑他。

（2）注重观察事实与调查事实。这是科学训练的第一步，要求学校里用实验来教授科学。自己去采集标本，自去观察调查。观察调查须要有个目的（例如本地的人口、风俗、出产、植物、鸦片烟馆等项的调查），还要注重团体的互助，分工合作，做成有系统的报告。现在的学生天天谈“二十一条”，究竟“二十一条”是什么东西，有几个人说得出吗？天天谈“高徐济顺”，究竟有几个人指得出这条路在什么地方吗？这种不注重事实的习惯，是不可不打破的。打破这种习惯的唯一法子，就是养成观察调查的习惯。

（3）建设的促进学校的改良。现在的学校课程和教员，一定有许多不能满足学生求学的欲望的。我们希望学生不要专做破坏的攻击，须要用建设的精神，促进学校的改良。与其提倡考试的废止，不如提倡考试的改良；如其攻击校长不多买博物标本，不如提倡学生自己采集标本。这种建设的促进，比教育部和教育厅的命令的功效大得多咧。

（4）注重自修。灌进去的知识学问，没有多大用处的。真正可靠的学问，都是从自修得来。自修的能力，是求学问的唯一条件。不养成自修的能力，决不能求学问。自修应注重的事是：甲：看书的能力。乙：要求学校购备参考书报，如大字典、词典、重要的大部书之类。丙：结合同学多买书报，交换阅看。丁：要求教员指导自修的门径和自修的方法。

第二，团体的生活。“五四”运动以来，总算增加了许多学生的团体生活的经验，但是现在的学生团体有两大缺点：一是内容太偏枯了。二是组织大不完备了。内容偏枯的补救，应注意各方面的俱分并进：

（1）学术的团体生活。如学术研究会或讲演会之类。应该注重自动的调查、报告、试验、讲演。

（2）体育的团体生活。如足球、运动会、童子军、野外幕居、假期旅行等等。

（3）游艺的团体生活。如音乐、图书、戏剧等等。

（4）社交的团体生活。如同学茶话会、家人恳亲会、同乡会等等。

（5）组织的团体生活。如本校学生会、自治会、各校联合会、学生联合总会之类。

要补救组织的不完备，应注重议会法规（Parliamantary Law）的重要条件。简单说来，至少须有下列的几个条件：

（1）法定开会人数。这是防弊的要件。

（2）动议的手续与修正议案的手续。这是议会法规里最繁难又最重要的一项。

（3）发言的顺序。这是维持秩序的要件。

（4）表决的方法。甲：须规定某种议案必须全体几分之几的可决，某种必须到会人数几分之几的可决，某种仅须过半数的可决。乙：须规定某种重要议案必须用无记名投票，某种必须用有记名投票，某种可用举手的表决。

（5）凡是代表制的联合会，无论校内校外，皆须有复决制（Referendum）。遇重大的案件，代表会议的议决案，必须再经过会员的总膘。总会的议决案，必须再经过各分会的复决。

（6）议案提出后，应有规定的讨论时间，并须限制每人发言的时间与次数。现在许多学生会的章程，只注重职员的分配，却不注重这些最紧要的条件，这是学生团体失败的一个大原因。

此外还须注意团体生活最不可少的两种精神：

甲：容纳反对党的意见。现在学生会议的会场上，对于不肯迎合群众心理的言论，往往有许多威压的表示，这是暴民专制，不是民治精神。民治主义的第一个条件，就是要使各方面的意见都可以自由发表。

乙：人人要负责任。天下有许多事，都是不肯负责任的“好人”弄坏的。好人坐在家里叹气，坏人在议场上做戏，天下事所以败坏了。不肯出头负责任的人，便是团体的罪人，便不配做民治国家的国民。民治主义的第二个条件，是人人要负责任，要尊重自己的主张，要用正当的方法来传播自己的主张。

第三，社会服务的生活。学生运动是学生对于社会国家的利害发生兴趣的表示，所以各处都有平民夜学，平民讲演的发起。我们希望今后的学生继续推广这种社会服务的事业。这种事业，一来是救国的根本办法，二来是学生的能力做得到的，三来可以发展学生自己的学问与才干，四来可以训练学生待人接物的经验。我们希望学生注意以下几点：

（一）平民夜校。注重本地的需要，介绍卫生的常识，职业的常识，和公民的常识。

（二）通俗讲演。现在那些“同胞快醒，国要亡了”、“杀卖国贼”、“爱国是人生的义务”等等空话的讲演，是不能持久的，说了两三遍就没有了。我们希望学生注重科学常识的讲演，改良风俗的讲演，破除迷信的讲演。譬如你今天演说“下雨”，你不能不先研究雨是怎样来的，何以从天上下来，听的人也可以因此知道雨不是龙王菩萨洒下来的，也可以知道雨不是道士和尚求得下来的。又如你明天演说“种田何以须用石灰做肥料”，你就不能不研究石灰的化学，听的人也可以因此知道肥料的道理。这种讲演，不但于人有益，于自己也极有益。

（三）破除迷信的事业。我们希望学生不但用科学的道理来解释本地的种种迷信，并且还要实行破除迷信的事业。如求神合婚、求仙方、放焰口、风水等等迷信，都该破除。学生不来破除迷信，迷信是永远不会破除的。

（四）改良风俗的事业。我们希望学生用力去做改良风俗的事业。如女子缠足的，现在各处多有。学生应该组织天足会，相戒不娶小脚的女子，不能解放你的姊妹的小脚，他就不配谈“女子解放”。又如鸦片烟与吗啡，现在各处仍旧很销行。学生应该组织调查队，或报告官府，或自动的捣毁烟间与吗啡店；你不能干涉你村上的鸦片吗啡，你也不配干预国家的大事。

以上说的是我们对于学生的希望。

学生运动已发生了，是青年一种活动力的表现，是一种好现象，决不能压下去的，也决不可把它压下去的。我们对于办教育的人的忠告是："不要梦想压制学生运动。学潮的救济只有一个法子，就是引导学生向有益有用的路上去活动。"学生运动现在四面都受攻击，"五四"的后援也没有了，"六三"的后援也没有了。我们对于学生的忠告，是："单靠用罢课做武器是下下策，可一而再，再而三的么？学生运动如果要想保存'五四'和'六三'的荣誉，只有一个法子，就是改变活动的方向，把'五四'和'六三'的精神用到学校内外有益有用的学生活动上去。"

我们讲的话，是很直率，但这都是我们的老实话。

（原载1920年5月4日《晨报副刊》）

寄吴又陵先生书（1920 年）

前接先生三月二十一日手书，当时匆匆未及即时作答，现闻成都报纸因先生的女儿辟更女士的事竟攻击先生，我觉得我此时不能不写几句话来劝慰先生。春间辟更因留学的事来见我，我觉得她少年有志，冒险远来，胆识都不愧为名父之女，故很敬重她。她临行时，我给她几封介绍信，都很带有期望她的意思。后来忽然听见她和潘力山君结婚之事，我心里着实失望。我所以失望，倒并不是因为他们的恋爱关系——那另是一个问题——我最失望的是辟畺一腔志气不曾做到分毫，便自己甘心做一个人的妻子；将来家庭的担负，儿女的牵挂，都可以葬送她的前途。后来任叔永回国，告诉我他过卜克利见辟更时的情形，果然辟更躬自操作持家，努力做主妇了……

先生对于此事，不知感想如何？我怕外间纷纷的议论定已使先生心里不快。先生二十年来与恶社会宣战，恶社会现在借刀报复，自是意中之事。但此乃我们必不可免的牺牲——我们若怕社会的报复，决不来干这种与社会宣战的事了。乡间有人出来提倡毁寺观庙宇，改为学堂；过了几年，那人得暴病死了，乡下人都拍手称快，大家造出谣言，说那人是被菩萨捉去地狱里受罪去了！这是很平常的事。我们不能预料我们的儿女的将来，正如我们不能预料我们的房子不被“天火”烧，我们的“灵魂”不被菩萨“捉去地狱里受罪”。

况且我们既主张使儿女自由自动，我们便不能妄想一生过老太爷的太平日子。自由不是容易得来的。自由有时可以发生流弊，但我们决不因为自由有流弊便不主张自由。“因噎废食”一句套语，此时真用得着了。自由的流弊有时或发现于我们自己的家里，但我们不可因此便失望，不可因此便对于自由起怀疑的心。我们还要因此更希望人类能从这种流弊里学得自由的真意义，从此得着更纯粹的自由。

从前英国的高德温（Godwin）主张无政府主义，主张自由恋爱，后来他的女儿爱了诗人雪莱（shelley），跟他跑了。社会的守旧党遂借此攻击他老人家，但高德温的价值并不因此减损。当时那班借刀报复的人，现在谁也不提起了！

我是很敬重先生的奋斗精神的。年来所以不曾通一信寄一字者，正因为我们本是神交，不必拘泥形迹。此次我因此事第一次寄书给先生，固是我从前不曾预料到的，但此时我若再不寄此信，我就真对不起先生了。

（1920年9月3日，《胡适文存》）

学生与社会（1922年）

今天我同诸君所谈的题目是“学生与社会”。这个题目可以分两层讲：一，个人与社会；二，学生与社会。现在先说第一层。

一、个人与社会

（一）个人与社会有密切的关系，个人就是社会的出产品。我们虽然常说“人有个性”，并且提倡发展个性，其实个性于人，不过是千分之一，而千分之九百九十九全是社会的。我们的说话，是照社会的习惯发音；我们的衣服，是按社会的风尚为式样；就是我们的一举一动，无一不受社会的影响。

六年前我作过一首《朋友篇》，在这篇诗里我说：“清夜每自思，此身非吾有；一半属父母，一半属朋友。”如今想来，这百分之五十的比例算法是错了。此身至少有千分之九百九十九是属于广义的朋友的。我们现在虽在此地，而几千里外的人，不少的同我们发生关系。我们不能不穿衣，不能不点灯，这衣服与灯，不知经过多少人的手才造成功的。这许多为我们制衣造灯的人，都是我们不认识的朋友，这衣与灯就是这许多人不认识的朋友给予我们的。

再进一步说，我们的思想、习惯、信仰等等都是社会的出产品，社会上都说“吃饭”，我们不能改转来说“饭吃”。我们所以为我们，就是这些思想、信仰、习惯……这些既都是社会的，那么除开社会，还能有我吗？

这第一点内要义：我之所以为我，在物质方面，是无数认识与不认识的朋友的；在精神方面，是社会的，所谓“个人”差不多完全是社会的出产品。

（二）个人——我——虽仅是千分之一，但是这千分之一的“我”是很可宝贵的。普通一班的人，差不多千分之千都是社会的，思想、举动、语言、服食都是跟着社会跑。有一二特出者，有千分之一的我——个性，于跟着社会跑的时候，要另外创作，说人家未说的话，做人家不做的事。社会一班人就给他一个浑号，叫他“怪物”。

怪物原有两种：一种是发疯，一种是个性的表现。这种个性表现的怪物，是社会进化的种子，因为人类若是一代一代的互相仿造，不有变更，那就没有进化可言了。唯其有些怪物出世，特立独行，做人不做的事，说人未说的话，虽有人骂他打他，甚而逼他至死，他仍是不改他的怪言、怪行。久而久之，渐渐的就有人模仿他了，由少数的怪，变为多数，更变而为大多数，社会的风尚从此改变，把先前所怪的反视为常了。

宗教中的人物，大都是些怪物，耶稣就是一个大怪物。当时的人都以为有人打我一掌，我就应该还他一掌。耶稣偏要说：“有人打我左脸一掌，我应该把右边的脸转送给他。”他的言语、行为，处处与当时的习尚相反，所以当时的人就以为他是一个怪物，把他钉死在十字架上。但是他虽死不改其言行，所以他死后就有人尊敬他，爱慕、模仿他的言行，成为一个大宗教。

怪事往往可以轰动一时，凡轰动一时的事，起先无不是可怪异的。比如缠足，当初一定是很可怪异的，而后来风行了几百年。近来把缠小的足放为天足，起先社会上同样以为可怪，而现在也渐风行了。可见不是可怪，就不能轰动一时。社会的进化，纯是千分之一的怪物，可以牺牲名誉、性命，而做可怪的事，说可怪的话以演成的。

社会的习尚，本来是革不尽，也不能够革尽的，但是改革一次，虽不能达完全目的，至少也可改革一部分的弊习。譬如辛亥革命，本是一个大改革，以现在的政治社会情况看，固不能说是完全成功，而社会的弊习——如北京的男风，官家厅的公门等等——附带革除的，实在不少。所以在实际上说，总算是进化的多了。

这第二点的要义：个人的成分，虽仅占千分之一，而这千分之一的个人，就是社会进化的原因。人类的一切发明，都是由个人一点一点改良而成功的。唯有个人可以改良社会，社会的进化全靠个人。

二、学生与社会

由上一层推到这一层，其关系已很明白。不过在文明的国家，学生与社会的特殊关系，当不大显明，而学生所负的责任，也不大很重。唯有在文明程度很低的国家，如像现在的中国，学生与社会的关系特深，所负的改良的责任也特重。这是因为学生是受过教育的人，中国现在受过完全教育的学生，真不足千分之一，这千分之一受过完全教育的学生，在社会上所负的改良责任，岂不是比全数受过教育的国家的学生，特别重大吗？

教育是给人戴一副有光的眼镜，能明白观察；不是给人穿一件锦绣的衣服，在人前夸耀。未受教育的人是近视眼，没有明白的认识，远大的视力；受了教育，就是近视眼戴了一副近视镜，眼光变了，可以看明清楚远大。学生读了书，造下学问，不是为要到他的爸爸面前，要吃肉菜，穿绸缎；是要认他爸爸认不得的，替他爸爸说明，来帮他爸爸的忙。他爸爸不知道肥料的用法，土壤的选择，他能知道，告诉他爸爸，给他爸爸制肥料，选土壤，那他家中的收获，就可以比别人家多出许多了。

从前的学生都喜欢戴平光的眼镜，那种平光的眼镜戴如不戴，不是教育的结果。教育是要人戴能看从前看不见，并能看人家看不见的眼镜。我说社会的改良，全靠个人，其实就是靠这些戴近视镜，能看人所看不见的个人。

从前眼镜铺不发达，配眼镜的机会少，所以近视眼，老是近视看不远。

现在不然了，戴眼镜的机会容易得多了，差不多是送上门来，让你去戴。若是我们不配一副眼镜戴，那不是自弃吗？若是仅戴一副看不清、看不远的平光镜，那也是可耻的事呀。

这是一个比喻，眼镜就是知识，学生应当求知识，并应当求其所要的知识。

戴上眼镜，往往容易招人家厌恶。从前是近视眼，看不见人家脸上的麻子，戴上眼镜，看见人家脸上有麻子，就要说："你是个麻子脸。"有麻子的人，多不愿意别人说他的麻子。要听见你说他是麻子，他一定要骂你，甚而或许打你。这一改意思，就是说受过教育，就认识清社会的恶习，而发不满意的批评。这种不满意社会的批评，最容易引起社会的反感。但是人受教育，求知识，原是为发现社会的弊端，若是受了教育，而对于社会仍是处处觉得满意，那就是你的眼镜配错了光了，应该返回去审查一下，重配一副光度合适的才好。

从前格里林因人家造的望远镜不适用，他自己造了一个扩大几百倍的望远镜，能看木星现象。他请人来看，而社会上的人反以为他是魔术迷人，骂他为怪物，革命党，几乎把他弄死。他唯其不屈不挠，不可抛弃他的学说，停止他的研究，而望远镜竟成为今日学问上、社会上重要的东西了。

总之，第一要有知识，第二要有图书。若是没有骨子便在社会上站不住。有骨子就是有奋斗精神，认为是真理，虽死不畏，都要去说去做。不以我看见我知道而已，还要使一班人都认识，都知道。由少数变为多数，由多数变成大多数，使一班人都承认这个真理。譬如现在有人反对修铁路，铁路是便利交通，有益社会的，你们应该站在房上喊叫宣传，使人人都知道修铁路的好处。若是有人厌恶你们，阻挡你们，你们就要拿出奋斗的精神，与他抵抗，非把你们的目的达到。不止你们的喊叫宣传，这种奋斗的精神，是改造社会绝不可少的。

二十年前的革命家，现在哪里去了？他们的消灭不外两个原因：（一）眼镜不适用了。二十年前的康有为是一个出风头的革命家，不怕死的好汉子。现在人都笑他为守旧，老古董，都是由他不去把不适用的眼镜换一换的缘故。（二）无骨子。有一班革命家，骨子软了，人家给他些钱，或给他一个差事，教他不要干，他就不敢干了。没有一种奋斗精神，不能拿出“你不要我干，我偏要干”的决心，所以都消灭了。

我们学生应当注意的就是这两点，眼镜的光若是不对了，就去换一副对的来戴；摸着脊骨软了，要吃一点硬骨药。

我的话讲完了，现在讲一个故事来做结，易卜生所作的《国家公敌》一剧，写一个医生司铎门发现了本地浴场的水里有传染病菌，他还不敢自信，请一位大学教授代为化验，果然不错。他就想要去改良它。不料浴场董事和一般股东因为改造浴池要耗费资本，拼死反对，他的老大哥与他的老丈人也都多方的以情感利诱，但他总是不可软化。他于万分困难之下设法开了一个公民会议，报告他的发明。会场中的人不但不听他的老实话，还把他赶出场去，裤子撕破，宣告他为国民公敌。他气愤不过，说："出去争真理，不要穿好裤子。"他是真有奋斗精神，能够特立独行的人，于这种逼迫之下还是不少退缩。他说："世界最有强力的人就是那最孤立的人。"我们要改良社会，就要学这"争真理不穿好裤子"的态度，相信这"最孤立的人是最有强力的人"的名言。

（1922 年 2 月 19 日在平民中学的演讲）

我对于运动会的感想（1922 年）

我到美国入大学校后，第一次去看我们大学和别的大学的足球竞争（Football，此系另一种很激烈的足球，与中国现行的不同）。入场券卖每人美金二元，但看的人竟有几千人之多。每到紧要关头，几千人同声喊着本校的“呼声”（yell）以鼓励场中的武士。有受伤的球员，扶下场时，大家也喊着“呼声”祝贺他，安慰他。我第一次观场，看见那野蛮的奋斗，听着那震耳的“呼声”，实在不惯；心里常想：这真是罗马时代的角抵和斗兽的遗风，很不人道的。

但是场中叫喊的人，不但是少年男女，还有许多白发的老教授——我的植物教习罗里教授就坐在我的附近——也拼命的喊着助威的“呼声”！我心里更不明白了！

但是我以后还去看过几次，看到第三次，我也不知不觉的站起来，跟着我们的同学们拼命的喊那助威的“呼声”！

难道我被那野蛮的遗风同化了吗？不是的；我渐渐把我从中国带去的“老人意态”丢开了；我也变少年了！

我在北京大学住了五年，不知不觉的又被中国学生的“斯文样子”同化了，我的“老人意态”又差不多全回来了。

今天忽然听说北京大学要开一个运动会，这个消息使我很高兴。我的记忆力使我回到十二年前跟着大家大呼大喊的时候，我很想再有同样的机会使我弹去一点“老态”。我希望许多同学都来这运动会场上尝尝少年的高兴——把那斯文的老景暂时丢在讲堂上或寄宿舍里！

（1922 年 4 月 21 日于北大）

哲学与人生（1923 年）

前次承贵会邀我演讲关于佛学的问题，我因为对于佛学没有充分的研究，拿浅薄的学识来演讲这一类的问题，未免不配；所以现在讲“哲学与人生”，希望对于佛学也许可以贡献点参考。不过我所讲的许多地方和佛家意见不合，佛学会的诸君态度很公开，大约能够容纳我的意见的！讲到“哲学与人生”，我们必先研究它的定义：什么叫哲学？什么叫人生？然后才知道他们的关系。

我们先说人生。这六月来，国内思想界，不是有玄学与科学的笔战么？国内思想界的老将吴稚晖先生，就在《太平洋杂志》上发表一篇《一个新信仰的宇宙观及人生观》。其中下了一个人生定义。他说：“人是哺乳动物中的有二手二足用脑的动物。”人生即是这种动物所演的戏剧，这种动物在演时，就有人生；停演时就没人生。所谓人生观，就是演时对于所演之态度，譬如：有的喜唱花面，有的喜唱老生，有的喜唱小生，有的喜摇旗呐喊；凡此种种两脚两手在演戏的态度，就是人生观。不过单是登台演剧，红进绿出，有何意义？想到这层，就发生哲学问题。哲学的定义，我们常在各种哲学书籍上见到，不过我们尚有再找一个定义的必要。我在《中国哲学史大纲》上卷上所下的哲学定义说：“哲学是研究人生切要的问题，从根本上着想，去找根本的解决。”但是根本两字意义欠明，现在略加修改，重新下了一个定义说：“哲学是研究人生切要的问题，从意义上着想，去找一个比较可普遍适用的意义。”现在举两个例来说明它，要晓得哲学的起点是由于人生切要的问题，哲学的结果，是对于人生的适用。人生离开哲学，是无意义的人生；哲学离了人生，是想入非非的哲学。现在哲学家多凭空臆说，离得人生问题太远，真是上穷碧落，愈闹愈糟！

现在且说第一个例。二千五百年前在喜马拉雅山南部有一个小国——迦叶——里，街上倒卧着一个病势垂危的老丐，当时有一个王太子经过，在别人看到，将这老丐赶开，或是毫不经意的走过去了；但是那王太子是赋有哲学的天才的人，他就想人为什么逃不出老、病、死，这三个大关头，因此他就弃了他的太子爵位、妻孥、便嬖、皇宫、财货，遁迹入山，去静想人生的意义。后来忽然在树下想到一个解决：就是将人生一切问题拿主观去看，假定一切多是空的，那么，老、病、死，就不成问题了。这种哲学的合理与否，姑不具论，但是那太子的确是研究人生切要的问题，从意义上着想去找他以为比较普遍适用的意义。

我们再举一个例。譬如我们睡到夜半醒来，听见贼来偷东西，我那就将他捉住，送县究办。假如我们没有哲性，就这么了事，再想不到“人为什么要做贼”等等的问题，或者那贼竟苦苦哀求起来，说他所以做贼的缘故，因为母老、妻病、子女待哺，无处谋生，迫于不得已而为之，假如没哲性的人，对于这种吁求，也不见有甚良心上的反动。至于富于哲性的人就要问了，为什么不得已而为之？天下不得已而为之的事有多少？为什么社会没得给他做工？为什么子女这样多？为什么老病死？这种偷窃的行为，是由于社会的驱策，还是由于个人的堕落？为什么不给穷人偷？为什么他没有我有？他没有我有是否应该？拿这种问题，逐一推思下去，就成为哲学。由此看来，哲学是由小事放大，从意义着想而得来的，并非空说高谈能够了解的。推论到宗教哲学、政治哲学、社会哲学等，也无非多从活的人生问题推衍阐明出来的。

我们既晓得什么叫人生，什么叫哲学，而且略会看到两者的关系，现在再去看意义在人生占的什么地位？现在一般的人饱食终日，无所用心。思想差不多是社会的奢侈品。他们看人生种种事实，和乡下人到城里未看见五光十色的电灯一样。只看到事实的表面，而不了解事实的意义。因为不能了解意义的缘故，所以连事实也不能了解了。这样说来，人生对于意义，极有需要，不知道意义，人生是不能了解的。宋朝朱子这班人，终日对物格物，终于找不到着落，就是不从意义上着想的缘故。又如平常人看见病人种种病象，他单看见那些事实而不知道那些事实的意义，所以莫名其妙。至于这些病象一到医生眼里，就能对症下药，因为医生不单看病象，还要晓得病象的意义的缘故。因此，了解人生不单靠事实，还要知道意义！

那么，意义又从何来呢？有人说：意义有两种来源，一种是从积累得来，是愚人取得意义的方法；一种是由直觉得来，是大智取得意义的方法。积累的方法，是走笨路；用直觉的方法是走捷径。据我看来，欲求意义唯一的方法，只有走笨路，就是日积月累的去做刻苦的功夫，直觉不过是熟能生巧的结果，所以直觉是积累最后的境界，而不是豁然贯通的。大发明家爱迪生有一次演说，他说：天才百分之九十九是汗，百分之一是神。可见得天才是下了番苦功才能得来，不出汗决不会出神的。所以有人应付环境觉得难，有人觉得易，就是日积月累的意义多寡而已。哲学家并不是什么，只是对人生所得的意义多点罢了。

欲得人生的意义，自然要研究哲学，去参考已往的死的哲理。不过还有比较更重要的，是注意现在的活的人生问题，这就是做人应有的态度。现在我举两个模范的大哲学家来做我的结论，这两大哲学家一个是古代的苏格拉底，一个是现代的笛卡尔。

苏格拉底是希腊的穷人，他觉得人生醉生梦死，毫无意义，因此到公共市场，见人就盘问，想借此得到人生的解决。有一次，他碰到一个人去打官司，他就问他，为什么要打官司？那人答道，为公理。他复问道，什么叫公理？那人便瞠目结舌不能作答。苏氏笑道：我知道我不知，却不知道你不知呵！后来又有一个人告他的父亲不信国教，他又去盘问，那人又被问住了。因此希腊人多恨他，告他两大罪，说他不信国教，带坏少年，政府就判他的死刑。他走出来的时候，对告他的人说："未经考察过的生活，是不值得活的。你们走你们的路，我走我的路罢！"后来他就从容就刑，为找寻人生的意义而牺牲他的生命。

笛卡尔旅行的结果，觉到在此国以为神圣的事，在他国却视为下贱；在此国以为大逆不道的事，在别国却奉为天经地义，因此他觉悟到贵贱善恶是因时因地而不同的。他以为从前积下来的许多观念知识是不可靠的，因为他们多是趁他思想幼稚的时候侵入来的。如若欲过理性的生活，必得将从前积得的知识，一件一件用怀疑的态度去评估它们的价值，重新建设一个理性的是非。这怀疑的态度，就是他对于人生与哲学的贡献。

现在诸君研究佛学，也应当用怀疑的态度去找出它的意义，是否真正比较得普遍适用？诸君不要怕，真有价值的东西，决不为怀疑所毁，而能被怀疑所毁的东西，决不会真有价值。我希望诸君实行笛卡尔的怀疑态度，牢记苏格拉底所说的"未经考察过的生活，是不值得活的"这句话。那么，诸君对于明阐哲学，了解人生，不觉其难了。

（1923 年 11 月在上海商科大学佛学研究会的演讲）

爱国运动与求学（1925年）

当五月七日北京学生包围章士钊宅，警察拘捕学生的事件发生以后，北京各学校的学生团体即有罢课的提议。有些学校的学生因为北大学生会不曾参加五七的事，竟在北大第一院前辱骂北大学生不爱国。北大学生也有很愤激的，有些人竟贴出布告攻击北大代理校长蒋梦麟媚章媚外。然而几日之内，北大学生会举行总投票表决罢课问题，共投一千一百多票。反对罢课者八百余票，这件事真使一班留心教育问题的人心里欢喜。可喜的不在罢课案的被否决，而在（一）投票之多，（二）手续的有秩序，（三）学生态度的镇静。我的朋友高梦旦在上海读了这段新闻，写了一封长信给我，讨论此事，说，这样做去，便是在求学的范围以内做救国的事业，可算是在近年学生运动史上开一个新纪元——只可惜我还没有回高先生的信，上海五卅的事件已发生了，前二十天的秩序与镇静都无法维持了。于是六月三日以后，全国学校遂都罢课了。

这也是很自然的。在这个时候，国事糟到这步田地，外间的刺激这么强：上海的事件未了，汉口的事件又来了，接着广州南京的事件又来了：在这个时候，许多中年以上的人尚且忍耐不住，许多六十老翁尚且要出来慷慨激昂的主张宣战，何况这无数的少年男女学生呢？

我们观察这七年来的“学潮”，不能不算民国八年的“五四”事件与今年的“五卅”事件为最有价值。这两次都不是有什么作用，事前预备好了然后发动的；这两次都只是一般青年学生的爱国血诚，遇着国家的大耻辱，自然爆发，纯然是烂漫的天真，不顾利害的干将去，这种“无所为而为”的表示是真实的，可敬爱的。许多学生都是不愿意牺牲求学的时间的；只因为临时发生的问题太大了，刺激太强烈了，爱国的感情一时迸发，所以什么都顾不得了：功课也不顾了，秩序也不顾了，辛苦也不顾了。所以北大学生总投票表决不罢课之后，不到二十天，也就不能不罢课了。二十日前不罢课的表决可以表示学生不愿意牺牲功课的诚意；二十日后毫无勉强的罢课参加救国运动，可以证明此次学生运动的牺牲的精神。这并非前后矛盾：有了前回的不愿牺牲，方才更显出后来的牺牲之难能而可贵。岂但北大一校如此？国中无数学校都有这样的情形。

但群众的运动总是不能持久的。这并非中国人的“虎头蛇尾”、“五分钟的热度”。这是世界人类的通病。所谓“民气”，所谓“群众运动”，都只是一时的大问题刺激起来的一种感情上的反应。感情的冲动是没有持久性的；无组织又无领袖的群众行动是最容易松散的。我们不看见北京大街的墙上大书着“打倒英日”、“不要五分钟的热度”吗？其实写那些大字的人，写成之后，自己看着很满意，他的“热度”早已消除大半了；他回到家里，坐也坐得下了，睡也睡得着了。所谓“民气”，无论在中国在欧美，都是这样：突然而来，悠然而去。几天一次的公民大会，几天一次的示威游行，虽然可以勉强多维持一会儿，然而那回天安门打架之后，国民大会也就不容易召集了。

我们要知道，凡关于外交的问题，民气可以督促政府，政府可以利用民气：民气与政府相为声援方才可以收效。没有一个像样的政府，虽有民气，终不能单独成功。因为外国政府决不能直接和我们的群众办交涉；民众运动的影响（无论是一时的示威或是较有组织的经济抵制）终是间接的。一个健全的政府可以利用民气做后盾，在外交上可以多得胜利，至少也可以少吃点亏。若没有一个能运用民气的政府，我们可以断定民众运动的牺牲的大部分是白白的糟蹋了的。

倘使外交部于六月二十四日同时送出沪案及修改条约两照会之后即行负责交涉，那时民气最盛，海员罢工的声势正大，沪案的交涉至少可以得一个比较满人意的结果。但这个政府太不像样了：外交部不敢自当交涉之冲，却要三个委员来代捎末梢；三个委员都是很聪明的人，也就乐得三揖三让，延搁下去。他们不但不能用民气，反惧怕民气了！况且某方面的官僚想借这风潮延长现政府的寿命，某方面的政客也想借这问题延缓东北势力的侵逼。他们不运用民气来对付外人，只会利用民气来便利他们自己的私图！于是一误，再误，至于今日，沪案及其他关联之各案丝毫不曾解决，而民气却早已成了强弩之末了！

上海的罢工本是对英日的，现在却是对邮政当局、商务印书馆、中华书局了。北京的学生运动一变而为对付杨荫榆，又变而为对付章士钊了。广州对英的事件全未了结，而广州城却早已成为共产与反共产的血战场了。三个月的“爱国运动”的变相竟致如此！

这时候有一件差强人意的事，就是全国学生总会议决秋季开学后各地学生应一律到校上课，上课后应努力于巩固学生会的组织，为民众运动的中心。北京学联会也决议北京各校同学于开学前务必到校，一面上课，一面仍继续进行。

这是很可喜的消息。全国学生总会的通告里并且有“五卅运动并非短时间所可解决”的话。我们要为全国学生下一转语：救国事业更非短时间所能解决，帝国主义不是赤手空拳打得倒的，“英日强盗”也不是几千万人的喊声咒得死的。救国是一件顶大的事业：排队游街，高喊着“打倒英日强盗”，算不得救国事业；甚至于砍下手指写血书，甚至于蹈海投江，杀身殉国，都算不得救国的事业。救国的事业须要有各色各样的人才，真正的救国的预备在于把自己造成一个有用的人才。

易卜生说得好：

> 真正的个人主义在于把你自己这块材料铸造成个东西。

他又说：

> 有时候我觉得这个世界就好像大海上翻了船，最要紧的是救出我自己。

在这个高唱国家主义的时期，我们要很诚恳的指出：易卜生说的“真正的个人主义”正是到国家主义的唯一大路。救国须从救出你自己下手！

学校固然不是造人才的唯一地方，但在学生时代的青年却应该充分的利用学校的环境与设备来把自己铸造成个东西。我们须要明白了解：

救国千万事，
何一不当为？
而吾性所适，
仅有一二宜。

认清了你“性之所近，而力之所能勉”的方向，努力求发展，这便是你对国家应尽的责任，这便是你的救国事业的预备功夫。国家的纷扰，外间的刺激，只应该增加你求学的热心与兴趣，而不应该引诱你跟着大家去呐喊，呐喊救不了国家。即使呐喊也算是救国运动的一部分，你也不可忘记你的事业有比呐喊重要十倍百倍的。你的事业是要把你自己造成一个有眼光有能力的人才。

你忍不住吗？你受不住外面的刺激吗？你的同学都出去呐喊了，你受不了他们的引诱与讥笑吗？你独坐在图书馆里觉得难为情吗？你心里不安吗？——这也是人情之常，我们不怪你，我们都有忍不住的时候。但我们可以告诉你一两个故事，也许可以给你一点鼓舞：德国大文豪哥德（Goethe）在他的年谱里曾说，他每遇着国家政治上有大纷扰的时候，他便用心去研究一种绝不关系时局的学问，使他的心思不致受外界的扰乱。所以拿破仑的兵威逼迫德国最厉害的时期里，哥德天天用功研究中国的文物。又当利俾瑟之战的那一天，哥德正关着门，做他的名著 Essex 的“尾声”。

德国大哲学家费希特（Fichte）是近代国家主义的一个创始者。然而他当普鲁士被拿破仑践破之后的第二年（1807）回到柏林，便着手计划一个新的大学——即今日之柏林大学。那时候，柏林还在敌国驻兵的掌握里。费希特在柏林继续讲学，在很危险的环境里发表他的《告德意志民族》（R. eden an die deutsche nation)。往往在他讲学的堂上听得见敌人驻兵操演回来的笳声。他这一套讲演——《告德意志民族》——忠告德国人不要灰心丧志，不要惊慌失措；他说，德意志民族是不会亡国的；这个民族有一种天赋的使命，就是要在世间建立一个精神的文明——德意志的文明，他说：这个民族的国家是不会亡的。

后来费希特计划的柏林大学变成了世界的一个最有名的学府；他那部《告德意志民族》不但变成了德意志帝国建国的一个动力，并且成了十九世纪全世界的国家主义的一种经典。

上边的两段故事是我愿意介绍给全国的青年男女学生的。我们不期望人人都做哥德与费希特。我们只希望大家知道：在一个扰攘纷乱的时期里跟着人家乱跑乱喊，不能就算是尽了爱国的责任，此外还有更难更可贵的任务：在纷乱的喊声里，能立定脚跟，打定主意，救出你自己，努力把你这块材料铸造成个有用的东西！

（1925 年 8 月 31 日夜，在天津脱稿）

一个问题（1926年）

我到北京不到两个月。这一天我在中央公园里吃冰，几位同来的朋友先散了；我独自坐着，翻开几张报纸看看，只见满纸都是讨伐西南和召集新国会的话。我懒得看那些疯话，丢开报纸，抬起头来，看见前面来了一男一女，男的抱着一个小孩子，女的手里牵着一个三四岁的孩子。我觉得那男的好生面善，仔细打量他，见他穿一件很旧的官纱长衫，面上很有老态，背脊微有点弯，因为抱着孩子，更显出曲背的样子。他看见我，也仔细打量。我不敢招呼，他们就过去了。走过去几步，他把小孩子交给那女的，他重又回来，问我道："你不是小山吗？"我说，"正是。你不是朱子平吗？我几乎不敢认你了！"他说，"我是子平，我们八九年不见，你还是壮年，我竟成了老人了，怪不得你不敢招呼我。"

我招呼他坐下，他不肯坐，说他一家人都在后面坐久了，要回去预备晚饭了。我说，"你现在是儿女满前的福人了。怪不得要自称老人了。"他叹口气，说，"你看我狼狈到这个样子，还要取笑我？我上个月见着伯安仲实弟兄们，才知道你今年回国。你是学哲学的人，我有个问题要来请教你。我问过多少人，他们都说我有神经病，不大理会我。你把住址告诉我，我明天来看你。今天来不及谈了。"

我把住址告诉了他，他匆匆的赶上他的妻子，接过小孩子，一同出去了。

我望着他们出去，心里想道：朱子平当初在我们同学里面，要算一个很有豪气的人，怎么现在弄得这样潦倒？看他见了一个多年不见的老同学，一开口就有什么问题请教，怪不得人说他有神经病。但不知他因为潦倒了才有神经病呢？还是因为有了神经病所以潦倒呢？……

第二天一大早，他果然来了。他比我只大得一岁，今年三十岁。但是他头上已有许多白发了。外面人看来，他至少要比我大十几岁。

他还没有坐定，就说，“小山，我要请教你一个问题。”

我问他什么问题。他说，“我这几年以来，差不多没有一天不问自己道：人生在世，究竟是为什么的？我想了几年，越想越想不通。朋友之中也没有人能回答这个问题。起先他们给我一个‘哲学家’的绰号，后来他们竟叫我作朱疯子了！小山，你是见多识广的人，请你告诉我，人生在世，究竟是为什么的？”

我说，“子平，这个问题是没有答案的。现在的人最怕的是有人问他这个问题。得意的人听着这个问题就要扫兴，不得意的人想着这个问题就要发狂。他们是聪明人，不愿意扫兴，更不愿意发狂，所以给你一个疯子的绰号，就算完了。——我要问你，你为什么想到这个问题上去呢？”

他说，“这话说来很长，只怕你不爱听。”

我说我最爱听。他叹了一口气，点着一根纸烟，慢慢的说。以下都是他的话。

“我们离开高等学堂那一年，你到英国去了，我回到家乡，生了一场大病，足足的病了十八个月。病好了，便是辛亥革命，把我家在汉口的店业就光复掉了。家里生计渐渐困难，我不能不出来谋事。那时伯安石生一班老同学都在北京，我写信给他们，托他们寻点事做。后来他们写信给我，说从前高等学堂的老师陈老先生答应要我去教他的孙子。我到了北京，就住在陈家。陈老先生在大学堂教书，又担任女子师范的国文，一个月拿得钱很多，但是他的两个儿子都不成器，老头子气得很，发愤要教育他几个孙子成人。但是他一个人教两处书，哪有工夫教小孩子？你知道我同伯安都是他的得意学生，所以他叫我去，给我二十块钱一个月，住的房子，吃的饭，都是他的，总算他老先生的一番好意。

“过了半年，他对我说，要替我做媒。说的是他一位同年的女儿，现在女子师范读书，快要毕业了。那女子我也见过一两次，人倒很朴素稳重。但是我一个月拿人家二十块钱，如何养得起家小？我把这个意思回复他，谢他的好意。老先生有点不高兴，当时也没说什么。过了几天，他请了伯安仲实弟兄到他家，要他们劝我就这门亲事。他说，‘子平的家事，我是晓得的。他家三代单传，嗣续的事不能再缓了。二十多岁的少年，哪里怕没有事做？还怕养不活老婆吗？我替他做媒的这头亲事是再好也没有的。女的今年就毕业，毕业后还可在本京蒙养院教书，我已经替她介绍好了。蒙养院的钱虽不多，也可以贴补一点家用。他再要怕不够时，我把女学堂的三十块钱让他去教。我老了，大学堂一处也够我忙了。你们看我这个媒人总可算是竭力报效了。’

“伯安弟兄把这番话对我说，你想我如何能再推辞。我只好写信告诉家母。家母回信，也说了许多‘三代单传，不孝有三，无后为大’的话。又说，‘陈老师这番好意，你稍有人心，应该感激图报，岂可不识抬举？’

“我看了信，晓得家母这几年因为我不肯娶亲，心里很不高兴，这一次不过是借题发点牢骚。我仔细一想，觉得做了中国人，老婆是不能不讨的，只好将就点罢。

“我去找到伯安仲实，说我答应订定这头亲事，但是我现在没有积蓄，须过一两年再结婚。

“他们去见老先生，老先生说，‘女孩子今年二十三岁了，她父亲很想早点嫁了女儿，好替他小儿子娶媳妇。你们去对子平说，叫他等女的毕业了就结婚。仪节简单一点，不费什么钱。他要用木器家具，我这里有用不着的，他可去搬去用。我们再替他邀一个公份，也就可以够用了。’

“他们来对我说，我没有话可驳回，只好答应了。过了三个月，我租了一所小屋，预备成亲。老先生果然送了一些破烂家具，我自己添置了一点。伯安石生一些人发起一个公份，送了我六十多块钱的贺仪，只够我替女家做了两套衣服，就完了。结婚的时候，我还借了好几十块钱，才勉强把婚事办了。

“结婚的生活，你还不曾经过。我老实对你说，新婚的第一年，的确是很有乐趣的生活。我的内人，人极温和，她晓得我的艰苦，我们从不肯乱花一个钱。我们只用一个老妈，白天我上陈家教书，下午到女师范教书，她到蒙养院教书。晚上回家，我们自己做两样家乡小菜，吃了晚饭，闲谈一会，我改我的卷子，她陪我坐着做点针线。我有时做点文字卖给报馆，有时写到夜深才睡。她怕我身体过劳，每晚到了十二点钟，她把我的墨盒纸笔都收了去，吹灭了灯，不许我再写了。

“小山，这种生活，确有一种乐趣。但是不到七八个月，我的内人就病了，呕吐得很厉害。我们猜是喜信，请医生来看，医生说八成是有喜。我连忙写信回家，好叫家母欢喜。老人家果然欢喜得很，托人写信来说了许多孕妇保重身体的法子，还做了许多小孩的衣服小帽寄来。

“产期将近了。她不能上课，请了一位同学代她。我添雇了一个老妈子，还要准备许多临产的需要品。好容易生下一个男孩子来。产后内人身体不好，乳水不够，不能不雇奶妈。一家平空减少了每月十几块钱的进账，倒添上了几口人吃饭拿工钱。家庭的担负就很不容易了。

“过了几个月，内人身体复原了，依旧去上课，但是记挂着小孩子，觉得很不方便。看十几块钱的面上，只得忍着心肠做去。

“不料陈老先生忽然得了中风的病，一起病就不能说话，不久就死了。他那两个宝贝儿子，把老头子的一点存款都瓜分了，还要赶回家去分田产，把我的三个小学生都带回去了。

“我少了二十块钱的进款，正想寻事做，忽然女学堂的校长又换了人，第二年开学时，他不曾送聘书来，我托熟人去说，他说我的议论太偏僻了，不便在女学堂教书。我生了气，也不屑再去求他了。

“伯安那时做众议院的议员，在国会里颇出点风头。我托他设法。他托陈老先生的朋友把我荐到大学堂去当一个事务员，一个月拿三十块钱。

“我们只好自己刻苦一点，把奶妈和那添雇的老妈子辞了。每月只吃三四次肉，有人请我吃酒，我都辞了不去，因为吃了人的，不能不回请。戏园里是四年多不曾去过了。

“但是无论我们怎样节省，总是不够用。过了一年又添了一个孩子。这回我的内人自己给他奶吃，不雇奶妈了。但是自己的乳水不够，我们用开成公司的豆腐浆代它，小孩子不肯吃，不到一岁就殇掉了。内人哭的什么似的。我想起孩子之死全系因为雇不起奶妈，内人又过于省俭，不肯吃点滋养的东西，所以乳水更不够。我看见内人伤心，我心里实在难过。

“后来时局一年坏似一年，我的光景也一年更紧似一年。内人因为身体不好，辍课太多，蒙养院的当局颇说嫌话，内人也有点拗性，索性辞职出来。想找别的事做，一时竟寻不着。北京这个地方，你想寻一个三百五百的阔差使，反不费力。要是你想寻二三十块钱一个月的小事，那就比登天还难。到了中交两行停止兑现的时候，我那每月三十块钱的票子更不够用了。票子的价值越缩下去，我的大孩子吃饭的本事越大起来。去年冬天，又生了一个女孩子，就是昨天你看见我抱着的。我托了伯安去见大学校长，请他加我的薪水，校长晓得我做事认真，加了我十块钱票子，共是四十块，打个七折，四七二十八，你替我算算，房租每月六块，伙食十五块，老妈工钱两块，已是二十三块钱了。剩下五块大钱，每天只派着一角六分大洋做零用钱。做衣服的钱都没有，不要说看报买书了。大学图书馆里虽然有书有报，但是我一天忙到晚，公事一完，又要赶回家来帮内人照应小孩子，哪里有工夫看书阅报？晚上我腾出一点工夫做点小说，想赚几个钱。我的内人向来不许我写过十二点钟的，于今也不来管我了。她晓得我们现在所处的境地，非寻两个外快钱不能过日子，所以只好由我写到两三点钟才睡。但是现在卖文的人多了，我又没有工夫看书，全靠绞脑子，挖心血，没有接济思想的来源，作的东西又都是百忙里偷闲潦草作的，哪里会有好东西？所以往往卖不起价钱，有时原稿退回，我又修改一点，寄给别家。前天好容易卖了一篇小说，拿着五块钱，所以昨天全家去逛中央公园，去年我们竟不曾去过。

“我每天五点钟起来——冬天六点半起来——午饭后靠着桌子偷睡半个钟头，一直忙到夜深半夜后。忙的是什么呢？我要吃饭，老婆要吃饭，还要喂小孩子吃饭——所忙的不过为了这一件事！

“我每天上大学去，从大学回来，都是步行。这就是我的体操，不但可以省钱，还可给我一点用思想的时间，使我可以想小说的布局，可以想到人生的问题。有一天，我的内人的姐夫从南边来，我想请他上一回馆子，家里恰没有钱，我去问同事借，那几位同事也都是和我不相上下的穷鬼，哪有钱借人？我空着手走回家，路上自思自想，忽然想到一个大问题，就是‘人生在世，究竟是为什么的？’……我一头想，一头走，想入了迷，就站在北河沿一棵柳树下，望着水里的树影子，足足站了两个钟头。等到我醒过来走回家时，天已黑了，客人已走了半天了！

“自从那一天到现在，几乎没有一天我不想到这个问题。有时候，我从睡梦里喊着‘人生在世，究竟是为什么的？’

“小山，你是学哲学的人。像我这样养老婆，喂小孩子，就算做了一世的人吗？”……

（1926年8月，选自《胡适文存》卷四）

人生有何意义？（1928、1929年）

一、答某君书

……我细读来书，终觉得你不免作茧自缚。你自己去寻出一个本不成问题的问题，“人生有何意义?”其实这个问题是容易解答的。人生的意义全是各人自己寻出来、造出来的：高尚、卑劣、清贵、污浊、有用、无用……全靠自己的作为。生命本身不过是一件生物学的事实，有什么意义可说？生一个人与一只猫，一只狗，有什么分别？人生的意义不在于何以有生，而在于自己怎样生活。你若情愿把这六尺之躯葬送在白昼做梦之上，那就是你这一生的意义。你若发愤振作起来，决心去寻求生命的意义，去创造自己的生命的意义，那么，你活一日便有一日的意义，做一事便添一事的意义，生命无穷，生命的意义也无穷了。

总之，生命本没有意义，你要能给他什么意义，他就有什么意义。与其终日冥想人生有何意义，不如试用此生做点有意义的事……

（1928年1月27日，原载1928年8月5日
《生活》周刊第3卷第38期）

二、为人写扇子的话

知世如梦无所求，无所求心普空寂。
还似梦中随梦境，成就河沙梦功德。

王荆公小诗一首，真是有得于佛法的话。认得人生如梦，故无所求。但无所求不是无为。人生固然不过一梦，但一生只有这一场做梦的机会，岂可不努力做一个轰轰烈烈像个样子的梦？岂可糊糊涂涂懵懵懂懂混过这几十年吗？

（1929 年 5 月 13 日）

名教（1928年）

中国是个没有宗教的国家，中国人是个不迷信宗教的民族。——这是近年来几个学者的结论。有些人听了很扬扬得意，因为他们觉得不迷信宗教是一件光荣的事。有些人听了要愁眉苦脸，因为他们觉得一个民族没有宗教是要堕落的。

于今好了，得意的也不可大得意了，懊恼的也不必懊恼了。因为我们新发现中国不是没有宗教的：我们中国有一个很伟大的宗教。

孔教早倒霉了，佛教早衰亡了，道教也早冷落了。然而我们却还有我们的宗教。

这个宗教是什么教呢？提起此教，大大有名，他就叫作“名教”。

名教信仰什么？信仰“名”。

名教崇拜什么？崇拜“名”。

名教的信条只有一条：“信仰名的万能。”

“名”是什么？这一问似乎要做点考据。《论语》里孔子说，“必也正名乎”，郑玄注：正名，谓正书字也。古者曰名，今世曰字。

《仪礼·聘礼》注：名，书文也。今谓之字。

《周礼·大行人》下注：书名，书文字也。古曰名。

《周礼·外史》下注：古曰名，今曰字。

《仪礼·聘礼》的释文说：名，谓文字也。

总括起来“名”即是文字，即是写的字。

“名教”便是崇拜写的文字的宗教；便是信仰写的字有神力，有魔力的宗教。

这个宗教，我们信仰了几千年，却不自觉我们有这样一个伟大宗教。不自觉的缘故正是因为这个宗教太伟大了，无往不在，无所不包，就如同空气一样，我们日日夜夜在空气里生活，竟不觉得空气的存在了。

现在科学进步了，便有好事的科学家去分析空气是什么，便也有好事的学者去分析这个伟大的名教。

民国十五年有位冯友兰先生发表一篇很精辟的《名教之分析》。冯先生指出“名教”便是崇拜名词的宗教，是崇拜名词所代表的概念的宗教。

冯先生所分析的还只是上流社会和知识阶级所奉的“名教”，它的势力虽然也很伟大，还算不得“名教”的最重要部分。

这两年来，有位江绍原先生在他的“礼部”职司的范围内，发现了不少有趣味的材料，陆续在《语丝》《贡献》几种杂志上发表。他同他的朋友们收的材料是细大不捐，雅俗无别的；所以他们的材料使我们渐渐明白我们中国民族崇奉的“名教”是个什么样子。

究竟我们这个贵教是个什么样子呢？且听我慢慢道来。

先从一个小孩生下地说起。古时小孩生下地之后，要请一位专门术家来听小孩的哭声，声中某律，然后取名字。现在的民间变简单了，只请一个算命的，排排八字，看他缺少五行之中的哪一行。若缺水，便取个水旁的名字；若缺金，便取个金旁的名字。若缺火又缺土的，我们徽州人便取个“灶”字。名字可以补气禀的缺陷。

小孩命若不好，便把他“寄名”在观音菩萨的座前，取个和尚式的“法名”，便可以无灾无难了。

小孩若爱啼啼哭哭，睡不安宁，便写一张字贴，贴在行人小便的处所，上写着：

天皇皇，地皇皇，我家有个夜啼郎。
过路君子念一遍，一夜睡到大天光。

文字的神力真不少。

小孩跌了一跤，受了惊骇，那是骇掉了“魂”了，须得“叫魂”。魂怎么叫呢？到那跌跤的地方，撒把米，高叫小孩子的名字，一路叫回家。叫名便是叫魂了。

小孩渐渐长大了，在村学堂同人打架，打输了，心里恨不过，便拿一条柴炭，在墙上写着诅咒他的仇人的标语：“王阿三热病打死”。他写了几遍，心上的气便平了。

他的母亲也是这样。她受了隔壁王七嫂的气，便拿一把菜刀，在刀板上剁，一面剁，一面喊“王七老婆”的名字，这便等于乱剁王七嫂了。

他的父亲也是“名教”的信徒。他受了王七哥的气，打又打他不过，只好破口骂他，骂他的爹妈，骂他的妹子，骂他的祖宗十八代。骂了便算出了气了。

据江绍原先生的考察，现在这一家人都大进步了。小孩在墙上会写“打倒阿毛”了。他妈也会喊“打倒周小妹”了。他爸爸也会贴“打倒王庆来”了。

他家里人口不平安，有病的，有死的，这也有好法子。请个道士来，画几道符，大门上贴一张，房门上贴一张，毛厕上也贴一张，病鬼便都跑掉了，再不敢进门了。画符自然是“名教”的重要方法。

死了的人又怎么办呢？请一班和尚来，念几卷经，便可以超度死者了。念经自然也是“名教”的重要方法。符是文字，经是文字，都有不可思议的神力。死了人，要“点主”。把神主牌写好，把那“主”字上头的一点空着。请一位乡绅来点主。把一只雄鸡头上的鸡冠切破，那位赵乡绅把朱笔蘸饱了鸡冠血，点上“主”字。从此死者的灵魂遂凭依在神主牌上了。

吊丧须用挽联，贺婚贺寿须用贺联；讲究的送幛子，更讲究的送祭文寿序。都是文字，都是“名教”的一部分。

豆腐店的老板梦想发大财，也有法子。请村口王老师写副门联：“生意兴隆通四海，财源茂盛达三江”。这也可以过发财的瘾了。

赵乡绅也有他的梦想，所以他也写副门联：“总集福荫，备致嘉祥”。

王老师虽是不通，虽是下流，但他也得写一副门联：“文章华国，忠孝传家。”豆腐店老板心里还不很满足，又去请王老师替他写一个大红春帖：“对我生财。”贴在对面墙上，于是他的宝号就发财的样子十足了。

王老师去年的家运不大好，所以他今年元旦起来，拜了天地，洗净手，拿起笔来，写个红帖子：“戊辰发笔，添丁进财。”他今年一定时运大来了。

父母祖先的名字是要避讳的。古时候，父名晋，儿子不得应进士考试。现在宽得多了，但避讳的风俗还存在一般社会里。皇帝的名字现在不避讳了。但孙中山死后，“中山”尽管可用作学校地方或货品的名称，“孙文”便很少人用了；忠实同志都应该称他为“先总理”。

南京有一个大学，为了改校名，闹了好几次大风潮，有一次竟把校名牌子抬了送到大学院去。

北京下来之后，“名教”的信徒又大忙了。北京已改作“北平”了；今天又有人提议改南京作“中京”了。还有人郑重提议“故宫博物院”应该改作“废宫博物院”。将来这样大改革的事业正多呢。

前不多时，南京的《京报附刊》的画报上有一张照片，标题是“军事委员会政治训练部宣传处艺术科写标语之忙碌”。图上是五六个穿中山装的青年忙着写标语，桌上、椅背上、地板上，满铺着写好了的标语，有大字，有小字，有长句，有短句。这不过是“写”的一部分工作；还有拟标语的，有讨论审定标语的，还有贴标语的。

五月初济南事件发生以后，我时时往来淞沪铁路上，每一次四十分钟的旅行所见的标语总在一千张以上；出标语的机关至少总在七八十个以上。有写着“枪毙田中义一”的，有写着“活埋田中义一”的，有写着“杀尽倭贼”而把“倭贼”两字倒转来写，如报纸上寻人广告倒写的“人”字一样。“人”字倒写，人就会回来了；“倭贼”倒写，倭贼也就算打倒了。

现在我们中国已成了口号标语的世界。有人说，这是从苏俄学来的法子。这是很冤枉的。我前年在莫斯科住了三天，就没有看见墙上有一张标语。标语是道地的国货，是“名教”国家的祖传法宝。

试问墙上贴一张“打倒帝国主义”，同墙上贴一张“对我生财”或“抬头见喜”，有什么分别？是不是一个师父传授的衣钵？

试问墙上贴一张“活埋田中义一”，同小孩子贴一张“雷打王阿毛”，有什么分别？是不是一个师父传授的法宝？

试问“打倒唐生智”、“打倒汪精卫”，同王阿毛贴的“阿发黄病打死”，有什么分别？王阿毛尽够做老师了，何须远学莫斯科呢？

自然，在党国领袖的心目中，口号标语是一种宣传的方法，政治的武器。但在中小学生的心里，在第九十九师十五连第三排的政治部人员的心里，口号标语便不过是一种出气泄愤的法子罢了。如果“打倒帝国主义”是标语，那么，第十区的第七小学为什么不可贴“杀尽倭贼”的标语呢？如果“打倒汪精卫”是正当的标语，那么“活埋田中义一”为什么不是正当的标语呢？

如果多贴几张“打倒汪精卫”可以有效果，那么，你何以见得多贴几张“活埋田中义一”不会使田中义一打个寒噤呢？

故从历史考据的眼光看来，口号标语正是“名教”的正传嫡派。因为在绝大多数人的心里，墙上贴一张“国民政府是为全民谋幸福的政府”正等于门上写一条“姜太公在此”，有灵则两者都应该有灵，无效则两者同为废纸而已。

我们试问，为什么豆腐店的张老板要在对门墙上贴一张“对我生财”？岂不是因为他天天对着那张纸可以过一点发财的瘾吗？为什么他元旦开门时嘴里要念“元宝滚进来”？岂不是因为他念这句话时心里感觉舒服吗？

要不然，只有另一个说法，只可说是盲从习俗，毫无意义。张老板的祖宗下来每年都贴一张“对我生财”，况且隔壁剃头店门口也贴了一张，所以他不能不照办。

现在大多数喊口号，贴标语的，也不外这两种理由：一是心理上的过瘾，一是无意义的盲从。

少年人抱着一腔热沸的血，无处发泄，只好在墙上大书“打倒卖国贼”，或“打倒日本帝国主义”。写完之后，那二尺见方的大字，那颜鲁公的书法，个个挺出来，好生威武，他自己看着，血也不沸了，气也稍稍平了，心里觉得舒服得多，可以坦然回去休息了。于是他的一腔义愤，不曾收敛回去，在他的行为上与人格上发生有益的影响，却轻轻的发泄在墙头的标语上面了。

这样的发泄情感，比什么都容易，既痛快；又有面子，谁不爱做呢？一回生，二回熟，便成了惯例了，于是“五一”“五三”“五四”“五七”“五九”“六三”……都照样做去：放一天假，开个纪念会，贴无数标语，喊几句口号，就算做了纪念了！

于是月月有纪念，周周做纪念周，墙上处处是标语，人人嘴上有的是口号。于是老祖宗几千年相传的“名教”之道遂大行于今日，而中国遂成了一个“名教”的国家。

我们试进一步，试问，为什么贴一张“雷打王阿毛”或“枪毙田中义一”可以发泄我们的感情，可以出气泄愤呢？这一问便问到“名教”的哲学上去了。这里面的奥妙无穷，我们现在只能指出几个有趣味的要点。

第一，我们的古代老祖宗深信“名”就是魂，我们至今不知不觉的还逃不了这种古老迷信的影响。“名就是魂”的迷信是世界人类在幼稚时代同有的。埃及人的第八魂就是“名魂”。我们中国古今都有此迷信。《封神演义》上有个张桂芳能够“呼名落马”；他只叫一声“黄飞虎还不下马，更待何时”！黄飞虎就滚下五色神牛了。不幸张桂芳遇见了哪吒，喊来喊去，哪吒立在风火轮上不滚下来，因为哪吒是莲花化身，没有魂的。《西游记》上有个银角大王，他用一个红葫芦，叫一声“孙行者”，孙行者答应一声，就被装进去了。后来孙行者逃出来，又来挑战，改名作“行者孙”，答应了一声，也就被装了进去！因为有名就有魂了。民间“叫魂”，只是叫名字，因为叫名字就是叫魂了，因为如此，所以小孩在墙上写“鬼捉王阿毛”，便相信鬼真能把阿毛的魂捉去。党部中人制定“打倒汪精卫”的标语，虽未必相信“千夫所指，无病自死”；但那位贴“枪毙田中”的小学生却难保不知不觉的相信他有咒死田中的功用。

第二，我们的古代老祖宗深信“名”（文字）有不可思议的神力，我们也免不了这种迷信的影响。这也是幼稚民族的普通迷信，高等民族也往往不能免除。《西游记》上如来佛写了“崦嘛呢叭咪畔”六个字，便把孙猴子压住了一千年。观音菩萨念一个“唵”字咒语，便有诸神来见。他在孙行者手心写一个“咪”字，就可以引红孩儿去受擒。小说上的神仙妖道作法，总得“口中念念有词”。一切符咒，都是有神力的文字。现在有许多人似乎真相信多贴几张“打倒军阀”的标语便可以打倒张作霖了。他们若不信这种神力，何以不到前线去打仗，却到吴淞镇的公共厕所墙上张贴“打倒张作霖”的标语呢？

第三，我们的古代圣贤也曾提倡一种“理智化”了的“名”的迷信，几千年来深入人心，也是造成“名教”的一种大势力。卫君要请孔子去治国，孔老先生却先要“正名”，他恨极了当时的乱臣贼子，却又“手无斧柯，奈龟山何”！所以他只好作一部《春秋》来褒贬他们，“一字之贬，严于斧钺；一字之褒，荣于华衮”。这种思想便是古代所谓“名分”的观念。尹文子说：

善名命善，恶名命恶。故善有善名，恶有恶名。……今亲贤而疏不肖，赏善而罚恶。贤不肖，善恶之名宜在彼；亲疏赏罚之称宜属我。……“名”宜属彼，“分”宜属我。我爱白而憎黑，韵商而舍徵，好膻而恶焦，嗜甘而逆苦。白黑商徵，膻焦甘苦，彼之“名”也；爱憎韵舍，好恶嗜逆，我之“分”也。定此名分，则万事不乱也。

“名”是表物性的，“分”是表我的态度的。善名便引起我爱敬的态度，恶名便引起我厌恨的态度。这叫作“名分”的哲学。“名教”、“礼教”便建筑在这种哲学的基础之上。一块石头，变作了贞节牌坊，便可以引无数青年妇女牺牲她们的青春与生命去博礼教先生的一篇铭赞，或志书“列女”门里的一个名字。“贞节”是“名”，羡慕而情愿牺牲，便是“分”。女子的脚裹小了，男子赞为“美”，诗人说是“三寸金莲”，于是几万万的妇女便拼命裹小脚了。“美”与“金莲”是“名”，羡慕而情愿吃苦牺牲，便是“分”。现在人说小脚“不美”，又“不人道”，名变了，分也变了，于是小脚的女子也得塞棉花，充天脚了。——现在的许多标语，大都有个褒贬的用意：宣传便是宣传这褒贬的用意。说某人是“忠实同志”，便是教人“拥护”他。说某人是“军阀”“土豪劣绅”“反动”“反革命”“老朽昏庸”，便是教人“打倒”他。故“忠实同志”“总理信徒”的名，要引起“拥护”的分。“反动分子”的名，要引起“打倒”的分。故今日墙上的无数“打倒”与“拥护”，其实都是要寓褒贬，定名分。不幸标语用的太滥了，今天要打倒的，明天却又在拥护之列了；今天的忠实同志，明天又变为反革命了。于是打倒不足为辱，而反革命有人竟以为荣。于是“名教”失其作用，只成为墙上的符箓而已。

两千年前，有个九十岁的老头子对汉武帝说：“为治不在多言，顾力行何如耳。”

两千年后，我们也要对现在的治国者说：

治国不在口号标语，顾力行何如耳。

一千多年前，有个庞居士，临死时留下两句名言：

但愿空诸所有。
慎勿实诸所无。

“实诸所无”，如“鬼”本是没有的，不幸古代的浑人造出“鬼”名，更造出“无常鬼”“大头鬼”“吊死鬼”等等名，于是人的心里便像煞真有鬼了。我们对于现在的治国者，也想说：

但愿实诸所有。
慎勿实诸所无。

末了，我们也学时髦，编两句口号：

打倒名教！
名教扫地，中国有望！

（1928年7月2日，选自《胡适文存》三集）

做人与读书——致胡祖望（1929年）

祖望：

你这么小小年纪，就离开家庭，你妈和我都很难过。但我们为你想，离开家庭是最好办法。第一使你操练独立的生活；第二使你操练合群的生活，第三使你自己感觉用功的必要。

自己能照应自己，服事自己，这是独立的生活。饮食要自己照管，冷暖要自己知道。最要紧的是做事要自己负责任。你功课做得好，是你自己的光荣；你做错了事，学堂记你的过，惩罚你，是你自己的羞耻。做得好，是你自己负责任。做得不好，也是你自己负责任。这是你自己独立做人的第一天，你要凡事小心。

你现在要和几百人同学了，不能不想想怎么样才可以同别人合得来。人同人相处，这是合群的生活。你要做自己的事，但不可妨害别人做事。你要爱护自己，但不可妨害别人。能帮助别人，须要尽力帮助人，但不可帮助别人做坏事。如帮人作弊，帮人犯规则，都是帮人做坏事，千万不可做。

合群有一条基本规则，就是时时要替别人想想，时时要想想"假使我做了他，我应该怎样？""我受不了的，他受得了吗？我不愿意的，他愿意吗？"你能这样想，便是好孩子。

你不是笨人，功课应该做得好。但你要知道世上比你聪明的人多得很。你若不用功，成绩一定落后。功课及格，那算什么？在一班要赶上一班的最高一排。在一校要赶在一校的最高一排。功课要考最优等，品行要列最优等，做人要做最上等的人，这才是有志气的孩子。但志气要放在心里，要放在功夫里，千万不可放在嘴上，千万不可摆在脸上。无论你志气怎样高，对人切不可骄傲。无论成绩怎么好，待人总要谦虚和气。你越谦虚和气，人家越敬你爱你。你越骄傲，人家越恨你，越瞧不起你。

儿子，你不在家中，我们时时想念你，你自己要保重身体。你是徽州人，要记得“徽州朝奉，自己保重”。

你要记得下面的几件事：

（一）不要买摊头上的食物，微生物可怕！

（二不要喝生水冷水，微生物可怕！

（三不要贪凉。身体受了寒冷，如同水冰了不流，如同汽车上汽油冻住了汽车便开不动。许多病是这样来的。

（四有病赶快寻医生。头痛是发热的表示，赶快试验温度表（寒暑表），看看有无热度。

（五）两脚走路觉得吃力时，赶陕请医生验看，怕是脚气病。脚气病是学堂里常有的，最可怕，最危险。

（六）学校饮食里的滋养料不够，故每日早起须吃麦精一匙。可试用麦精代替糖浆，涂在面包上吃吃看。

这几条都是很要紧的，千万不要忘记。

你寄信给我们，也须编号数，用一本簿子记上，如下式：

家信　苏州第一号　0 月 00 日寄

　　　苏州第二号　0 月 00 日寄

你收的家信，也记在簿上：

爸爸苏州第一号　八月廿七日收

爸爸苏州第二号　×月××日收

妈妈苏州第三号　×月××日收

儿子，不要忘记我们，我们不会忘记你。努力做一个好孩子。

爸爸十八年八月廿六夜

编者注：这是胡适1929年写给大儿子胡祖望的信。胡祖望时年10岁，准备离家去苏州读书。

漫游的感想——麻将（1930 年）

前几年，麻将牌忽然行到海外，成为出口货的一宗。欧洲与美洲的社会里，很有许多人学打麻将的；后来日本也传染到了。有一个时期，麻将竟成了西洋社会里最时髦的一种游戏：俱乐部里差不多桌桌都是麻将；书店里出了许多种研究麻将的小册子，中国留学生没有钱的可以靠教麻将吃饭挣钱。欧美人竟发了麻将狂热了。

谁也梦想不到东方文明征服西洋的先锋队却是那一百三十六个麻将军！

这回我从西伯利亚到欧洲，从欧洲到美洲，从美洲到日本，十个月之中，只有一次在日本京都的一个俱乐部里看见有人打麻将牌。在欧美简直看不见麻将了。我曾问过欧洲和美国的朋友，他们说："妇女俱乐部里，偶然还可以看见一桌两桌打麻将的，但那是很少的事了。"我在美国人家里，也常看见麻将牌的盒子——雕刻装潢很精致的——陈列在室内，有时一家竟有两三副的。但从不见主人主妇谈起麻将，他们从不向我这位麻将国的代表请教此中的玄妙！麻将在西洋已成了架上的古玩了，麻将的狂势已退凉了。

我问一个美国朋友，为什么麻将的狂势过去得这样快？他说：

“女太太们喜欢麻将，男子们却很反对，终于是男子们战胜了。”

这是我们意想得到的。西洋的勤劳奋斗的民族决不会做麻将的信徒，决不会受麻将的征服。麻将只是我们这些好闲爱荡、不爱惜光阴的“精神文明”的中华民族的专利品。

当明朝晚年，民间盛行一种纸牌，名为“马吊”。马吊中有四十张牌，有一文至九文，一千至九千，一万至九万等，等于麻将牌的筒子、索子、万子。还有一张“零”，即是“白板”的祖宗。还有一张“千万”，即是徽州纸牌的“千万”。马吊牌上每张上画有《水浒传》的人物。徽州纸牌上的“王英”即是矮脚虎王英的遗迹。乾隆、嘉庆间人汪师韩的全集里收有几种名人的马吊牌（在《丛睦汪氏丛书》内）。

马吊在当日风行一时，士大夫整日整夜的打马吊，把正事都荒废了。所以明亡之后，吴梅村作《绥寇纪略》说，明之亡是亡于马吊。

三百年来，四十张的马吊逐渐演变，变成每样五张的纸牌，近七八十年中又变为每样四张的麻将牌。（马吊三人对一人，故名“马吊脚”，省称“马吊”；“麻将”称“麻雀”的音变，“麻雀”为“马脚”的音变。）越变越繁复巧妙了，所以更能迷惑人心，使国中的男男女女，无论富贵贫贱，不分日夜寒暑，把精力和光阴葬送在这一百三十六张牌上。

英国的“国戏”是Cricket，美国的“国戏”是Baseball，日本的“国戏”是角抵，中国呢？中国的“国戏”是麻将。

麻将平均每四圈费时约两点钟。少说一点，全国每日只有一百万桌麻将，每桌只打八圈，就得费四百万点钟，就是损失十六万七千日的光阴，金钱的输赢，精力的消磨，都还在外。

我们走遍世界，可曾看见哪一个长进的民族、文明的国家，肯这样荒时废业的吗？一个留学日本的朋友对我说：“日本人的勤苦真不可及！到了晚上，登高一望，家家板屋里都是灯光；灯光之下，不是少年人跳着读书，便是老人跪着翻书，或是老妇人跪着做活计。到了天明，满街上，满电车上都是上学去的儿童。单只这一点勤苦就可以征服我们了。”

其实何止日本？凡是长进的民族都是这样的。只有咱们这种不长进的民族以“闲”为幸福，以“消闲”为急务，男人以打麻将为消闲，女人以打麻将为家常，老太婆以打麻将为下半生的大事业！

从前革新家说中国有三害：鸦片、八股、小脚。鸦片虽然没禁绝，总算是犯法的了。虽然还有做“洋八股”与更时髦的“党八股”的，但八股的四书文是过去的了。小脚也差不多没有了。只有这第四害麻将，还是日兴月盛，没有一点衰歇的样子，没有人说它是可以亡国的大害。新近麻将先生居然大摇大摆的跑到西洋去招摇一次，几乎做了鸦片与杨梅疮的还敬礼物。但如今他仍旧缩回来了，仍旧回来做东方精神文明的国家的“国粹”、“国戏”！

（1930 年 3 月 10 日，选自《胡适文存三集》）

科学的人生观（1930年）

今天讲的题目，就是“科学的人生观”，研究人是什么东西？在宇宙中占据什么地位？人生究竟有何意味？因为少年人近来觉得很烦闷，自杀、颓废的都有，我比较至少多吃了几斤盐、几担米，所以来计划计划，研究自身人的问题。至于人生观，各人不同，都随环境而改变，不可以一个人的人生观去统理一切；因为公有公理，婆有婆理，我们至少要以科学的立场，去研究它，解决它。“科学的人生观”有两个意思：第一拿科学做人生观的基础；第二拿科学的态度、精神、方法，做我们生活的态度、生活的方法。

现在先讲第一点，就是人生是什么？人生是啥物事？拿科学的研究结果来讲，我在民国十二年发表了十条，这十条就是武昌有一个主教，称为新的“十诫”，说我是中华基督教的危险物的。十条内容如下：

一、知道空间的大。拿天文、物理考察，得着宇宙之大；从前孙行者翻筋斗，一翻翻到南天门，一翻翻到下界，天的观念，何等的小？现在从地球到银河中间的最近的一个星，中间距离，照孙行者一秒钟翻十万八千里的速率计算，恐怕翻一万万年也翻不到，宇宙是何等的大？地球是宇宙间的沧海之一粟，九牛之一毛；我们人类，更是小，真是不成东西的东西！以前看得人的地位太重了，以为是万物之灵，同大地并行，凡是政治不良，就有彗星、地震的征象，这是错的。从前王充很能见得到，说："一个虱子不能改变那裤子里的空气，和那人类不能改变皇天一样。"所以我们眼光要大。

二、时间是无穷的长。从地质学、生物学的研究，晓得时间是无穷的长，以前开口五千年，闭口五千年，以为目空一切；不料世界太阳系的存在，有几万万年的历史，地球也有几万万年，生物至少有几千万年，人类也有二三百万年，所以五千年占很小的地位。明白了时间之长，就可以看见各种进步的演变，不是上帝一刻可以造成的。

三、宇宙间自然的行动。根据了一切科学，知道宇宙、万物都有一定不变的自然行动。"自然自己，也是如此"，就是自己自然如此，各物自己如此的行动，并没有一种背后的指示，或是一个主宰去规范他们。明白了这点，对于月食是月亮被天狗所吞的种种迷信，可以打破了。

四、竞天择的原理。从生物学的知识，可以看到"物竞天择"的原理。鲫鱼下卵有几百万个，但是变鱼的只有几个；否则就要变成"鱼世界"了！大的吃小的，小的又吃更小的，人类都是如此。从此晓得人生不受安排，是自己如此的行动；否则要安排起来，为什么不安排一个完善的世界呢？

五、是什么东西。从社会学、生理学、心理学方面去看，人是什么东西？吴稚晖先生说："人是两手一个大脑的动物，与其他的不同，只在程度上的区别罢了。"人类的手，与鸡、鸭的掌差不多，实是他们的弟兄辈。

六、人类是演进的。根据了人种学来看，人类是演进的；因为要应付环境，所以要慢慢的变；不变不能生存，要灭亡了。所以从下等的动物，慢慢演进到高等的动物，现在还是演进。

七、心理受因果律的支配。根据了心理学、生物学来讲，心理现状是有因果律的。思想、做梦，都受因果律的支配，是心理、生理的现象，和头痛一般；所以人的心理说是超过一切，是不对的。

八、道德、礼教的变迁。照生理学、社会学来讲，人类道德、礼教也变迁的。以前以为脚小是美观，但是现在脚小要装大了。所以道德、礼教的观念，正在改进。以二十年、二百年或二千年以前的标准，来判断二十年、二百年。二千年后的状况，是格格不相入的。

九、各物都有反应。照物理、化学来讲，物质是活的，原子分为电子，是动的。石头倘然加了化学品，就有反应，像人打了一记，就有反动一样。不同的，只在程度不同罢了。

十、人的不朽。根据一切科学知识，人是要死的，物质上的腐败，和猫死狗死一般，但是个人不朽的工作，是功德：在立德，立功，立言。善恶都是不朽。一块痰中，有微生物，这菌能散布到空间，使空气都恶化了；人的言语，也是一样。凡是功业、思想，都能传之无穷；匹夫匹妇，都有其不朽的存在。

我们要看破人世间、时间之伟大，历史的无穷，人是最小的动物，处处都在演进，要去掉那“小我”的主张，但是那小小的人类，居然现在对于制度、政治各种都有进步。

以前都是拿科学去答复一切，现在要用什么方法去解决人生，就是哪样生活？各人有各人的方法，但是，至少要有那科学的方法、精神、态度去做。分四点来讲：

一、怀疑。三个弗相信的态度，人生问题就很多。有了怀疑的态度，就不会上当。以前我们幼时的智识，都从阿金、阿狗、阿毛等黄包车夫、娘姨处学来；但是现在自己要反省，问问以前的知识是否靠得住？

二、事实。我们要实事求是，现在像贴贴标语，什么打倒田中义一等，都仅务虚名，像豆腐店里生意不好，看看“对我生财”泄闷一样。又像是以前的画符，一画符病就好的思想。贴了打倒帝国主义，帝国主义就真个打倒了么？这不对，我们应做切实的工作，奋力的做去。

三、证据。怀疑以后，相信总要相信，但是相信的条件，就是拿凭据来。有了这一句，论理学诸书，都可以不读。赫胥黎的儿子死了以后，宗教家去劝他信教，但是他很坚决的说：“拿有上帝的证据来。”有了这种态度，就不会上当。

四、真理。朝夕的去求真理，不一定要成功，因为真理无穷，宇宙无穷；我们去寻求，是尽一点责任，希望在总分上，加上万万分之一。胜固是可喜，败也不足忧。明知赛跑，只有一个人第一，我们还要跑去，不是为我为私，是为大家。发明不是为发财，是为人类。英国有一个医生，发明了一种治肺的药，但是因为自秘，就被医学会开除了。

所以科学家是为求真理。庄子虽有“吾生也有涯，而知也无涯，以有涯逐无涯，殆已”的话头，但是我们还要向上做去，得一分就是一分，一寸就是一寸，可以有阿基米德氏发现浮力时叫Eureka的快活。有了这种精神，做人就不会失望。所以人生的意味，全靠你自己的工作；你要它圆就圆，方就方，是有意味；因为真理无穷，趣味无穷，进步快活也无穷尽。

（1930年在苏州青年会的讲演）

赠言北京大学哲学系毕业纪念（1931 年）

一个大学里，哲学系应该是最不时髦的一系，人数应该最少。但北大的哲学系向来有不少的学生，这是我常常诧异的事。我常常想，这许多学生，毕业之后，应该做些什么事？能够做些什么事？

现在你们都快毕业了。你们自然也在想："我们应该做些什么？我们能够做些什么？"

依我的愚见，一个哲学系的目的应该不是叫你们死读哲学书，也不是教你们接受某派某人的哲学。

禅宗有个和尚曾说："达摩东来，只是要寻求一个不受人惑的人。"我想借用这句话来说："哲学教授的目的也只是要造出几个不受人惑的人。"

你们应该做些什么？你们应该努力做个不受人惑的人。

你们能做个不受人惑的人吗？这个全凭自己的努力。

如果你们不敢十分自信，我这里有一件小小的法宝，送给你们带去做一件防身工具。这件小法宝只有四个字："拿证据来！"

这里还有一只小小锦囊，装着这件小法宝的用法："没有证据，只可悬而不断；证据不够，只可假设，不可武断；必须等到证实之后，方才可以算作定论。"

必须自己能够不受人惑，方才可以希望指引别人不受人惑。

朋友们，大家珍重！

（1931 年 5 月 5 日）

赠与今年的大学毕业生（1932年）

这一两个星期里，各地的大学都有毕业的班次，都有很多的毕业生离开学校去开始他们的成人事业。学生的生活是一种享有特殊优待的生活，不妨幼稚一点，不妨吵吵闹闹，社会都能纵容他们，不肯严格的要他们负行为的责任。现在他们要撑起自己的肩膀来挑他们自己的担子了。在这个国难最紧急的年头，他们的担子真不轻！我们祝他们的成功，同时也不忍不依据我们自己的经验，赠与他们几句送行的赠言——虽未必是救命毫毛，也许做个防身的锦囊罢！

你们毕业之后，可走的路不出这几条：绝少数的人还可以在国内或国外的研究院继续做学术研究；少数的人可以寻着相当的职业；此外还有做官，办党，革命三条路；此外就是在家享福或者失业闲居了。第一条继续求学之路，我们可以不讨论。走其余几条路的人，都不能没有堕落的危险。堕落的方式很多，总括起来，约有这两大类：

第一是容易抛弃学生时代的求知识的欲望。你们到了实际社会里，往往所用非所学，往往所学全无用处，往往可以完全用不着学问，而一样可以胡乱混饭吃，混官做。在这种环境里，即使向来抱有求知识学问的决心的人，也不免心灰意懒，把求知的欲望渐渐冷淡下去。况且学问是要有相当的设备的；书籍，试验室，师友的切磋指导，闲暇的工夫，都不是一个平常要糊口养家的人所能容易办到的。没有做学问的环境，又谁能怪我们抛弃学问呢？

第二是容易抛弃学生时代的理想的人生的追求。少年人初次与冷酷的社会接触，容易感觉理想与事实相去太远，容易发生悲观和失望。多年怀抱的人生理想，改造的热诚，奋斗的勇气，到此时候，好像全不是那么一回事。渺小的个人在那强烈的社会炉火里，往往经不起长时期的烤炼就熔化了，一点高尚的理想不久就幻灭了。抱着改造社会的梦想而来，往往是弃甲曳兵而走，或者做了恶势力的俘虏。你在那俘虏牢狱里，回想那少年气壮时代的种种理想主义，好像都成了自误误人的迷梦！从此以后，你就甘心放弃理想人生的追求，甘心做现成社会的顺民了。

要防御这两方面的堕落，一面要保持我们求知识的欲望，一面要保持我们对于理想人生的追求。有什么好法子呢？依我个人的观察和经验，有三种防身的药方是值得一试的。

第一个方子只有一句话："总得时时寻一两个值得研究的问题！"问题是知识学问的老祖宗；古往今来一切知识的产生与积聚，都是因为要解答问题——要解答实用上的困难或理论上的疑难。所谓"为知识而求知识"，其实也只是一种好奇心追求某种问题的解答，不过因为那种问题的性质不必是直接应用的，人们就觉得这是"无所为"的求知识了。我们出学校之后，离开了做学问的环境，如果没有一个两个值得解答的疑难问题在脑子里盘旋，就很难继续保持追求学问的热心。可是，如果你有了一个真有趣的问题天天逗你去想他，天天引诱你去解决他，天天对你挑衅笑你无可奈何他——这时候，你就会同恋爱一个女子发了疯一样，坐也坐不下，睡也睡不安，没工夫也得偷出工夫去陪她；没钱也得撙衣节食去巴结她。没有书，你自会变卖家私去买书；没有仪器，你自会典押衣服去置办仪器；没有师友，你自会不远千里去寻师访友。你只要能时时有疑难问题来逼你用脑子，你自然会保持发展你对学问的兴趣，即使在最贫乏的知识环境中，你也会慢慢的聚起一个小图书馆来，或者设置起一所小试验室来。所以我说：第一要寻问题。脑子里没有问题之日，就是你的知识生活寿终正寝之时！古人说，“待文王而兴者，凡民也。若夫豪杰之士，虽无文王犹兴。”试想伽利略（Galileo）和牛顿（Newton）有多少藏书？有多少仪器？他们不过是有问题而已。有了问题而后，他们自会造出仪器来解答他们的问题。没有问题的人们，关在图书馆里也不会用书，锁在试验室里也不会有什么发现。

第二个方子也只有一句话：“总得多发展一点非职业的兴趣。”离开学校之后，大家总得寻个吃饭的职业。可是你寻得的职业未必就是你所学的，或者未必是你所心喜的，或者是你所学而实在和你的性情不相近的。在这种状况之下，工作就往往成了苦工，就不感觉兴趣了。为糊口而做那种“非性之所近而力之所能勉”的工作，就很难保持求知的兴趣和生活的思想主义。最好的救济方法只有多多发展职业以外的正当兴趣与活动。一个人应该有他的职业，又应该有他的非职业的玩艺儿，可以叫作业余活动。凡一个人用他的闲暇来做的事业，都是他的业余活动。往往他的业余活动比他的职业还更重要，因为一个人的前程往往全靠他怎样用他的闲暇时间。他用他的闲暇来打麻将，他就成个赌徒；你用你的闲暇来做社会服务，你也许成个社会改革者；或者你用你的闲暇去研究历史，你也许成个史学家。你的闲暇往往定你的终身。英国十九世纪的两个哲人，弥尔（J. s. Mill）终身做东印度公司的秘书，然而他的业余工作使他在哲学上、经济学上、政治思想史上都占一个很高的位置；斯宾塞（spencer）是一个测量工程师，然而他的业余工作使他成为前世纪晚期世界思想界的一个重镇。古来成大学问的人，几乎没有一个不是善用他的闲暇时间的。特别在这个组织不健全的中国社会，职业不容易适合我们性情，我们要想生活不苦痛或不堕落，只有多方发展业余的兴趣，使我们的精神有所寄托，使我们的剩余精力有所施展。有了这种心爱的玩艺儿，你就做六个钟头的抹桌子工夫也不会感觉烦闷了，因为你知道，抹了六点钟的桌子之后，你可以回家去做你的化学研究，或画完你的大幅山水，或写你的小说戏曲，或继续你的历史考据，或做你的社会改革事业。你有了这种称心如意的活动，生活就不枯寂了，精神也就不会烦闷了。

第三个方子也只有一句话："你总得有一点信心。"我们生当这个不幸的时代，眼中所见，耳中所闻，无非是叫我们悲观失望的。特别是在这个年头毕业的你们，眼见自己的国家民族沉沦到这步田地，眼看世界只是强权的世界，望极天边好像看不见一线的光明——在这个年头不发狂自杀，已算是万幸了，怎么还能够希望保持一点内心的镇定和理想的信任呢？我要对你们说：这时候正是我们要培养我们的信心的时候！只要我们有信心，我们还有救。古人说："信心（Faith）可以移山。"又说："只要功夫深，生铁磨成绣花针。"你不信吗？当拿破仑的军队征服普鲁士占据柏林的时候，有一位穷教授叫作菲希特（Fichte）的，天天在讲堂上劝他的国人要有信心，要信仰他们的民族是有世界的特殊使命的，是必定要复兴的。菲希特死的时候（1814），谁也不能预料德意志统一帝国何时可以实现。然而不满五十年，新的统一的德意志帝国居然实现了。

一个国家的强弱盛衰，都不是偶然的，都不能逃出因果的铁律的。我们今日所受的苦痛和耻辱，都只是过去种种恶因种下的恶果。我们要收将来的善果，必须努力种现在的新因。

一粒一粒的种，必有满仓满屋的收，这是我们今日应该有的信心。

我们要深信：今日的失败，都由于过去的不努力。

我们要深信：今日的努力，必定有将来的大收成。

佛典里有一句话："福不唐捐。"唐捐就是白白的丢了。我们也应该说："功不唐捐！"没有一点努力是会白白地丢了的。在我们看不见想不到的时候，在我们看不见想不到的方向，你瞧！你下的种子早已生根发叶开花结果了！

你不信吗？法国被普鲁士打败之后，割了两省地，赔了五十万万佛郎的赔款。

这时候有一位刻苦的科学家巴斯德（Pasteur）终日埋头在他的试验室里做他的化学试验和微菌学研究。他是一个最爱国的人，然而他深信只有科学可以救国。他用一生的精力证明了三个科学问题：（一）每一种发酵作用都是由于一种微菌的发展；（二）每一种传染病都是由于一种微菌在生物体中的发展；（三）传染病的微菌，在特殊的培养之下，可以减轻毒力，使它从病菌变成防病的药苗。——这三个问题，在表面上似乎都和救国大事业没有多大的关系。然而从第一个问题的证明，巴斯德定出做醋酿酒的新法，使全国的酒醋业每年减除极大的损失。从第二个问题的证明，巴斯德教全国的蚕丝业怎样选种防病，教全国的畜牧农家怎样防止牛羊瘟疫，又教全世界的医学界怎样注重消毒以减除外科手术的死亡率。从第三个问题的证明，巴斯德发明了牲畜的脾热瘟的疗治药苗，每年替法国农家减除了二千万佛郎的大损失；又发明了疯狗咬毒的治疗法，救济了无数的生命。所以英国的科学家赫胥黎（Huxlev）在皇家学会里称颂巴斯德的功绩道："法国给了德国五十万万佛郎的赔款，巴斯德先生一个人研究科学的成绩足够还清这一笔赔款了。"

巴斯德对于科学有绝大的信心，所以他在国家蒙奇辱大难的时候，终不肯抛弃他的显微镜与试验室。他绝不想他的显微镜底下能偿还五十万万佛郎的赔款，然而在他看不见想不到的时候，他已收获了科学救国的奇迹了。

朋友们，在你最悲观最失望的时候，那正是你必须鼓起坚强的信心的时候。你要深信：天下没有白费的努力。成功不必在我，而功力必不唐捐。

（1932 年 6 月给北京大学毕业生的讲话）

信心与反省（1934年）

这一期《独立》里有寿生先生的一篇文章，题为“我们要有信心”。在这文里，他提出一个大问题：中华民族真不行吗？他自己的答案是：我们是还有生存权的。

我很高兴我们的青年在这种恶劣空气里还能保持他们对于国家民族前途的绝大信心。这种信心是一个民族生存的基础，我们当然是完全同情的。

可是我们要补充一点：这种信心本身要建筑在稳固的基础之上，不可站在散沙之上。如果信仰的根据不稳固，一朝根基动摇了，信仰也就完了。

寿生先生不赞成那些旧人“拿什么五千年的古国哟，精神文明哟，地大物博哟，来遮丑”。这是不错的。然而他自己提出的民族信心的根据，依我看来，文字上虽然和他们不同，实质上还是和他们同样的站在散沙之上，同样的挡不住风吹雨打。例如他说：

> 我们今日之改进不如日本之速者，就是因为我们的固有文化太丰富了。富于创造性的人，个性必强，接受性就较缓。

这种思想在实质上和那五千年古国精神文明的迷梦是同样的

无稽的夸大。第一，他的原则“富于创造性的人，个性必强，接受性就较缓”，这个大前提就是完全无稽之谈，就是懒惰的中国士大夫捏造出来替自己遮丑的胡说。事实上恰是相反的：凡富于创造性的人必敏于模仿，凡不善模仿的人决不能创造。创造是一个最误人的名词，其实创造只是模仿到十足时的一点点新花样。古人说得最好：“太阳之下，没有新的东西。”一切所谓创造都从模仿出来。我们不要被新名词骗了。新名词的模仿就是旧名词的“学”字：“学之为言效也”是一句不磨的老话。例如学琴，必须先模仿琴师弹琴；学画必须先模仿画师作画；就是画自然界的景物，也是模仿。模仿熟了，就是学会了，工具用得熟了，方法练得细密了，有天才的人自然会“熟能生巧”，这一点功夫到时的奇巧新花样就叫作创造。凡不肯模仿，就是不肯学人的长处。不肯学如何能创造？伽利略（Galileo）听说荷兰有个磨镜匠人做成了一座望远镜，他就依他听说的造法，自己制造了一座望远镜。这就是模仿，也就是创造。从十七世纪初年到如今，望远镜和显微镜都年年有进步，可是这三百年的进步，步步是模仿，也步步是创造。一切进步都是如此：没有一件创造不是先从模仿下手的。孔子说得好：

三人行，必有我师焉：择其善者而从之，其不善者而改之。

这就是一个圣人的模仿。懒人不肯模仿，所以决不会创造。一个民族也和个人一样，最肯学人的时代就是那个民族最伟大的时代；等到他不肯学人的时候，他的盛世已过去了，他已走上衰老僵化的时期了，我们中国民族最伟大的时代，正是我们最肯模仿四邻的时代：从汉到唐宋，一切建筑、绘画、雕刻、音乐、宗教、思想、算学、天文、工艺，哪一件里没有模仿外国的重要成分？佛教和他带来的美术建筑，不用说了。从汉朝到今日，我们的历法改革，无一次不是采用外国的新法；最近三百年的历法是完全学西洋的，更不用说了。到了我们不肯学人家的好处的时候，我们的文化也就不进步了。我们到了民族中衰的时代，只有懒劲学印度人的吸食鸦片，却没有精力学满洲人的不缠脚，那就是我们自杀的法门了。

第二，我们不可轻视日本人的模仿。寿生先生也犯了一般人轻视日本的恶习惯，抹杀日本人善于模仿的绝大长处。日本的成功，正可以证明我在上文说的“一切创造都从模仿出来”的原则。寿生说：

从唐以至日本明治维新，千数百年间，日本有一件事足为中国取镜者吗？中国的学术思想在她手里去发展改进过吗？我们实无法说有。

这又是无稽的诬告了。三百年前，朱舜水到日本，他居留久了，能了解那个岛国民族的优点，所以他写信给中国的朋友说，日本的政治虽不能上比唐虞，可以说比得上三代盛世。这是一个中国大学者在长期寄居之后下的考语，是值得我们的注意的。日本民族的长处全在他们肯一心一意的学别人的好处。他们学了中国的无数好处，但始终不曾学我们的小脚、八股文、鸦片烟。这不够“为中国取镜”吗？他们学别国的文化，无论在哪一方面，凡是学到家的，都能有创造的贡献。这是必然的道理。浅见的人都说日本的山水人物画是模仿中国的；其实日本画自有他的特点，在人物方面的成绩远胜过中国画，在山水方面也没有走上“四王”

的笨路；在文学方面，他们也有很大的创造。近年已有人赏识日本的小诗了。我且举一个大家不甚留意的例子。文学史家往往说日本的《源氏物语》等作品是模仿中国唐人的小说《游仙窟》等书的。现今《游仙窟》已从日本翻印回中国来了，《源氏物语》也有了英国人卫来先生（Arthur waley）的五巨册的译本。我们若比较这两部书，就不能不惊叹日本人创造力的伟大。如果“源氏”真是从模仿《游仙窟》出来的，那真是徒弟胜过师傅千万倍了！寿生先生原文里批评日本的工商业，也是中了成见的毒。日本今日工商业的长脚发展，虽然也受了生活程度比人低和货币低落的恩惠，但他的根基实在是全靠科学与工商业的进步。今日大阪与兰肯歇的竞争，骨子里还是新式工业与旧式工业的竞争。日本今日自造的纺织器是世界各国公认为最新最良的。今日英国纺织业也不能不购买日本的新机器了。这是从模仿到创造的最好的例子。不然，我们工人的工资比日本更低，货币平常也比日本钱更贱，为什么我们不能“与他国资本家抢商场”呢？我们到了今日，若还要抹煞事实，笑人模仿，而自居于“富于创造性者”的不屑模仿，那真是盲目的夸大狂了。

第三，再看看“我们的固有文化”是不是真的“太丰富了”。寿生和其他夸大本国固有文化的人们，如果真肯平心想想，必然也会明白这句话也是无根的乱谈。这个问题太大，不是这篇短文里所能详细讨论的，我只能指出几个比较重要之点，使人明白我们的固有文化实在是很贫乏的，谈不到“太丰富”的梦话。近代的科学文化，工业文化，我们可以撇开不谈，因为在那些方面，我们的贫乏未免太丢人了。我们且谈谈老远的过去时代罢。我们的周、秦时代当然可以和希腊、罗马相提并论，然而我们如果平心研究希腊、罗马的文学、雕刻、科学、政治，单是这四项就不能不使我们感觉我们的文化的贫乏了。尤其是造型美术与算学的两方面，我们真不能不低头愧汗。我们试想想，《几何原本》的作者欧几里得正和孟子先后同时；在那么早的时代，在二千多年前，我们在科学上早已大落后了！（少年爱国的人何不试拿《墨子》“经上篇”里的三五条几何学界说来比较《几何原本》?）从此以后，我们所有的，欧洲也都有；我们所没有的，人家所独有的，人家都比我们强。试举一个例子：欧洲有三个一千年的大学，有许多个五百年以上的大学，至今继续存在，继续发展，我们有没有？至于我们所独有的宝贝，骈文，律诗，八股，小脚，太监，姨太太，五世同居的大家庭，贞节牌坊，地狱活现的监狱，廷杖，板子夹棍的法庭……虽然“丰富”，虽然“在这世界无不足以单独成一系统”，究竟都是使我们抬不起头来的文物制度。即如寿生先生指出的“那更光辉万丈”的宋明理学，说起来也真正可怜！讲了七八百年的理学，没有一个理学圣贤起来指出裹小脚是不人道的野蛮行为，只见大家崇信“饿死事极小，失节事极大”的吃人礼教：请问那万丈光辉究竟照耀到哪里去了？

以上说的，都只是略略指出寿生先生代表的民族信心是建筑在散沙上面，经不起风吹草动，就会倒塌下来的。信心是我们需要的，但无根据的信心是没有力量的。

可靠的民族信心，必须建筑在一个坚固的基础之上，祖宗的光荣自是祖宗之光荣，不能救我们的痛苦羞辱。何况祖宗所建的基业不全是光荣呢？我们要指出：我们的民族信心必须站在“反省”的唯一基础之上。反省就是要闭门思过，要诚心诚意的想，我们祖宗的罪孽深重，我们自己的罪孽深重；要认清了罪孽所在，然后我们可以用全副精力去消灾灭罪。寿生先生引了一句“中国不亡是无天理”的悲叹词句，他也许不知道这句伤心的话是我十三四年前在中央公园后面柏树下对孙伏园先生说的，第二天被他记在《晨报》上，就流传至今。我说出那句话的目的，不是要人消极，是要人反省；不是要人灰心，是要人起信心，发下大弘誓来忏悔，来替祖宗忏悔，替我们自己忏悔；要发愿造新因来替代旧日种下的恶因。

今日的大患在于全国人不知耻，所以不知耻者，只是因为不曾反省。一个国家兵力不如人，被人打败了，被人抢夺了一大块土地去，这不算是最大的耻辱。一个国家在今日还容许整个的省份遍种鸦片烟，一个政府在今日还要依靠鸦片烟的税收——公卖税，吸户税，烟苗税，过境税——来做政府的收入的一部分，这是最大的耻辱。一个现代民族在今日还容许他们的最高官吏公然提倡什么“时轮金刚法会”、“息灾利民法会”，这是最大的耻辱。一个国家有五千年的历史，而没有一个四十年的大学，甚至于没有一个真正完备的大学，这是最大的耻辱。一个国家能养三百万不能捍卫国家的兵，而至今不肯计划任何区域的国民义务教育，这是最大的耻辱。

真诚的反省自然发生真诚的愧耻。孟子说得好：“不耻不若人，何若人有?”真诚的愧耻自然引起向上的努力，要发弘愿努力学人家的好处，铲除自家的罪恶。经过这种反省与忏悔之后，然后可以起新的信心：要信仰我们自己正是拨乱反正的人，这个担子必须我们自己来挑起。三四十年的天足运动已经差不多完全铲除了小脚的风气：从前大脚的女人要装小脚，现在小脚的女人要装大脚了。风气转移得这样快，这不够坚定我们的自信心吗?

历史的反省自然使我们明了今日的失败都是因为过去的不努力，同时也可以使我们格外明了“种瓜得瓜，种豆得豆”的因果铁律。铲除过去的罪孽只是割断已往种下的果。我们要收新果，必须努力造新因。祖宗生在过去的时代，他们没有我们今日的新工具，也居然能给我们留下了不少的遗产。我们今日有了祖宗不曾梦见的种种新工具，当然应该有比祖宗高明千百倍的成绩，才对得起这个新鲜的世界。日本一个小岛国，那么贫瘠的土地，那么少的人民，只因为伊藤博文、大久保利通、西乡隆盛等几十个人的努力，只因为他们肯拼命的学人家，肯拼命的用这个世界的新工具，居然在半个世纪之内一跃而为世界三五大强国之一。这不够鼓舞我们的信心吗？

反省的结果应该使我们明白那五千年的精神文明，那“光辉万丈”的宋明理学，那并不太丰富的固有文化，都是无济于事的银样蜡枪头。我们的前途在我们自己的手里。我们的信心应该望在我们的将来。我们的将来全靠我们下什么种，出多少力。“播了种一定会有收获，用了力决不至于白费。”——这是翁文灏先生要我们有的信心。

（1934 年 5 月 28 日，选自《胡适文存四集》）

再论信心与反省（1934年）

在《独立》第一零三期，我写了一篇《信心与反省》，指出我们对国家民族的信心不能建筑在歌颂过去上，只可以建筑在“反省”的唯一基础之上。在那篇讨论里，我曾指出我们的固有文化是很贫乏的，决不能说是“太丰富了”的。我们的文化，比起欧洲一系的文化来，“我们所有的，人家也都有；我们所没有的，人家所独有的，人家都比我们强。至于我们所独有的宝贝，骈文，律诗，八股，小脚……又都是使我们抬不起头来的文物制度。”所以我们应该反省：认清了我们的祖宗和我们自己的罪孽深重，然后肯用全力去消灾灭罪；认清了自己百事不如人，然后肯死心塌地的去学人家的长处。

我知道这种论调在今日是很不合时宜的，是触犯忌讳的，是至少要引起严厉的抗议的。可是我心里要说的话，不能因为人不爱听就不说了。正因为人不爱听，所以我更觉得有不能不说的责任。

果然，那篇文章引起了一位读者子固先生的悲愤，害他终夜不能睡眠，害他半夜起来写他的抗议，直写到天明。他的文章，《怎样才能建立起民族的信心》是一篇很诚恳的、很沉痛的反省。我很尊敬他的悲愤，所以我很愿意讨论他提出的论点，很诚恳的指出他那“一半不同”正是全部不同。

子固先生的主要论点是：

我们民族这七八十年以来，与欧美文化接触，许多新奇的现象炫盲了我们的眼睛，在这炫盲当中，我们一方面没出息的丢了我们固有的维系并且引导我们向上的文化，另一方面我们又没有能够抓住外来文化之中那种能够帮助我们民族更为强盛的一部分。结果我们走入迷途，堕落下去！

忠孝仁爱信义和平是维系并且引导我们民族向上的固有文化，

科学是外来文化中能够帮助我们民族更为强盛的一部分。

子固先生的论调，其实还是三四十年前的老辈的论调。他们认得了富强的需要，所以不反对西方的科学工业；但他们心里很坚决的相信一切伦纪道德是我们所固有而不须外求的。老辈之中，一位最伟大的孙中山先生，在他的通俗讲演里，也不免要敷衍一般夸大狂的中国人，说：“中国先前的忠孝仁爱信义种种的旧道德”都是“驾乎外国人”之上。中山先生这种议论在今日往往被一般人利用来做复古运动的典故，所以有些人就说“中国本来是一个由美德筑成的黄金世界”了（这是民国十八年叶楚伧先生的名言）！

子固先生也特别提出孙中山先生的伟大，特别颂扬他能“在当时一班知识阶级盲目崇拜欧美文化的狂流中，巍然不动的指示我们救国必须恢复我们固有文化，同时学习欧美科学”。但他如果留心细读中山先生的讲演，就可以看出他当时说那话时是很费力的，很不容易自圆其说的。例如讲“修身”，中山先生很明白的说：

但是从修身一方面来看，我们中国人对于这些功夫是很缺乏的。中国人一举一动都欠检点，只要和中国人来往过一次，便看得很清楚。(《三民主义》六)

他还对我们说：

所以今天讲到修身，诸位新青年，便应该学外国人的新文化。(《三民主义》六)

可是他一会儿又回过去颂扬固有的旧道德了。本来有保守性的读者只记得中山先生颂扬旧道德的话，却不曾细想他所颂扬的旧道德都只是几个人类共有的理想，并不是我们这个民族实行最力的道德。例如他说的“忠孝仁爱信义和平”，哪一件不是东西哲人共同提倡的理想？除了割股治病，卧冰求鲤，一类不近人情的行动之外，哪一件不是世界文明人类公有的理想？孙中山先生也曾说过：

照这样实行一方面讲起来，仁爱的好道德，中国人现在似乎远不如外国。……但是仁爱还是中国的旧道德。我们要学外国，只要学他们那样实行，把仁爱恢复起来，再去发扬光大，便是中国固有的精神。(同上书)

在这短短一段话里，我们可以看出中山先生未尝不明白在仁爱的“实行”上，我们实在远不如人。所谓“仁爱还是中国的旧道德”者，只是那个道德的名称罢了。中山先生很明白的教人：

修身应该学外国人的新文化，仁爱也“要学外国”。但这些话中的话都是一般人不注意的。

在这些方面，吴稚晖先生比孙中山先生彻底多了。吴先生在他的《一个新信仰的宇宙观及人生观》里，很大胆的说中国民族的“总和道德是低浅的”；同时他又指出西洋民族：

> 什么仁义道德，孝悌忠信，吃饭睡觉，无一不较上三族（阿拉伯，印度，中国）的人较有作法，较有热心……讲他们的总和道德叫作高明。

这是很公允的评判。忠孝信义仁爱和平，都是有文化的民族共有的理想；在文字理论上，犹太人，印度人，阿拉伯人，希腊人，以至近世各文明民族，都讲得头头是道。所不同者，全在吴先生说的“有作法，有热心”两点。若没有切实的办法，没有真挚的热心，虽然有整千万册的理学书，终无救于道德的低浅。宋明的理学圣贤，谈性谈心，谈居敬，谈致良知，终因为没有作法，只能走上“终日端坐，如泥塑人”的死路上去。

我所以要特别提出子固先生的论点，只因为他的悲愤是可敬的，而他的解决方案还是无补于他的悲愤。他的方案，一面学科学，一面恢复我们固有的文化，还只是张之洞一辈人说的“中学为体，西学为用”的方案。老实说，这条路是走不通的。如果过去的文化是值得恢复的，我们今天不至糟到这步田地了。况且没有那科学工业的现代文化基础，是无法发扬什么文化的“伟大精神”的。忠孝仁爱信义和平是永远存在书本子里的；但是因为我们的祖宗只会把这些好听的名词都写作八股文章，画作太极图，编作理学语录，所以那些好听的名词都不能变成有作法有热心的事实。西洋人跳出了经院时代之后，努力做征服自然的事业，征服了海洋，征服了大地，征服了空气电气，征服了不少的原质，征服了不少的微生物——这都不是什么“保存国粹”、“发扬固有文化”的口号所能包括的工作，然而科学与工业发达的自然结果是提高了人民的生活，提高了人类的幸福，提高了各个参加国家的文化。结果就是吴稚晖先生说的“总和道德叫作高明”。

世间讲“仁爱”的书，莫过于《华严经》的“净行品”，那一篇妙文教人时时刻刻不可忘了人类的痛苦与缺陷，甚至于大便小便时都要发愿不忘众生：

> 左右便利，当愿众生，蠲除污秽，无淫怒痴。
> 已而就水，当愿众生，向无上道，得出世法。
> 以水涤秽，当愿众生，具足净忍，毕竟无垢。
> 以水盥掌，当愿众生，得上妙手，受持佛法。
> ……

但是一个和尚的弘愿，究竟能做到多少实际的“仁爱”？回头看看那一心想征服自然的科学救世者，他们发现了一种病菌，制成了一种血清，可以救活无量数的人类，其为“仁爱”岂不是千万倍的伟大？

以上的讨论，好像全不曾顾到“民族的信心”的一个原来问题。这是因为子固先生的来论，剥除了一些动了感情的话，实在只说了一个“中学为体，西学为用”的老方案，所以我要指出这个方案的“一半”是行不通的：忠孝仁爱信义和平等等并不是“维系并且引导我们民族向上的固有文化”，他们不过是人类共有的几个理想，如果没有作法，没有热力，只是一些空名词而已。

这些好名词的存在并不曾挽救或阻止“八股，小脚，太监，姨太太，贞节牌坊，地狱的监牢，夹棍板子的法庭”的存在。这些八股，小脚……等等“固有文化”的崩溃，也全不是程颢，朱熹，顾亭林，戴东原……等等圣贤的功绩，乃是“与欧美文化接触”之后，那科学工业造成的新文化叫我们相形之下太难堪了，这些东方文明的罪孽方才逐渐崩溃的。我要指出：我们民族这七八十年来与欧美文化接触的结果，虽然还不曾学到那个整个的科学工业的文明（可怜丁文江，翁文灏，颜任光诸位先生都还是四十多岁的少年，他们的工作刚开始哩!），究竟已替我们的祖宗消除了无数的罪孽，打倒了“小脚，八股，太监，五世同居的大家庭，贞节牌坊，地狱活现的监狱，夹棍板子的法庭”的一大部分或一小部分。这都是我们的“数不清的圣贤天才”从来不曾指摘讥弹的；这都是“忠孝仁爱信义和平”的固有文化从来不曾“引导向上”的。这些祖宗罪孽的崩溃，固然大部分是欧美文明的恩赐，同时也可以表示我们在这七八十年中至少也还做到了这些消极的进步。子固先生说我们在这七八十年中“走入迷途，堕落下去”，这真是无稽的诬告！中国民族在这七八十年中何尝“堕落”？在几十年之中，废除了三千年的太监，一千年的小脚，六百年的八股，五千年的酷刑，这是“向上”，不是堕落!

不过我们的“向上”还不够，努力还不够。八股废止至今不过三十年，八股的训练还存在大多数老而不死的人的心灵里，还间接直接的传授到我们的无数的青年人的脑筋里。今日还是一个大家作八股的中国，虽然题目换了。小脚逐渐绝迹了，夹棍板子，砍头碎剐废止了，但裹小脚的残酷心理，上夹棍打屁股的野蛮心理，都还存在无数老少人们的心灵里。今日还是一个残忍野蛮的中国，所以始终还不曾走上法治的路，更谈不到仁爱和平了。

所以我十分诚挚的对全国人说：我们今日还要反省，还要闭门思过，还要认清祖宗和我们自己的罪孽深重，决不是这样浅薄的“与欧美文化接触”就可以脱胎换骨的。我们要认清那个容忍拥戴“小脚，八股，太监，姨太太，骈文，律诗，五世同居的大家庭，贞节牌坊，地狱的监牢，夹棍板子的法庭”到几千几百年之久的固有文化，是不足迷恋的，是不能引我们向上的。那里面浮沉着的几个圣贤豪杰，其中当然有值得我们崇敬的人，但那几十颗星儿终究照不亮那满天的黑暗。我们的光荣的文化不在过去，是在将来，是在那扫清了祖宗的罪孽之后重新改造出来的文化。替祖国消除罪孽，替子孙建立文明，这是我们人人的责任。古代哲人曾参说得最好：

士不可以不弘毅，任重而道远。

先明白了“任重而道远”的艰难，自然不轻易灰心失望了。凡是轻易灰心失望的人，都只是不曾认清他挑的是一个百斤的重担，走的是一条万里的长路。今天挑不动，努力磨炼了总有挑得起的一天。今天走不完，走得一里前途就缩短了一里。“播了种一定会有收获，用了力决不至于白费”，这是我们最可靠的信心。

（1934 年 6 月 11 日）

三论信心与反省（1934 年）

自从《独立》第一零三号发表了那篇《信心与反省》之后，我收到了不少的讨论，其中有几篇已在《独立》登出了。我们读了这些和还有一些未发表的讨论，忍不住还要提出几个值得反复申明的论点来补充几句话。

第一个论点是：我们对于我们的“固有文化”，究竟应该采取什么态度？吴其玉先生怪我“把中国文化压得太低了”；寿生先生也怪我把中国文化“抑”得太过火了。他们都怕我把中国看得太低了，会造成“民族自暴自弃的心理，造成他对于其他民族屈服卑鄙的心理”。吴其玉先生说：我们“应该优劣并提。不可只看人家的长，我们的短；更应当知道我们的长，人家的短。这样我们才能有努力的勇气”。

这些责备的话，含有一种共同的心理，就是不愿意揭穿固有文化的短处，更不愿意接受“祖宗罪孽深重”的控诉。一听见有人指出“骈文，律诗，八股，小脚，太监，姨太太，贞节牌坊，地狱的监牢，板子夹棍的法庭”等等，一般自命为爱国的人们总觉得心里怪不舒服，总要想出法子来证明这些“未必特别羞辱我们”，因为这些都是“不可免的现象”，“无论古今中外是一样的”（吴其玉先生的话）。所以吴其玉先生指出日本的“下女，男女同浴，自杀，暗杀，娼妓的风行，贿赂，强盗式的国际行为”；所以寿生先生也指出欧洲中古武士的“初夜权”、“贞操锁”。所以子固先生也要问：“欧洲可有一个文化系统过去没有类似小脚，太监，姨太太，骈文，律诗，八股，地狱活现的监狱，廷杖，板子夹棍的法庭一类的丑处呢?”本期《独立》有周作人先生来信，指出这又是“西洋也有臭虫”的老调。这种心理实在不是健全的心理，只是“遮羞”的一个老法门而已。从前笑话书上说：甲乙两人同坐，甲摸着身上一个虱子，有点难为情，把它抛在地上，说：“我道是个虱子，原来不是的。”乙偏不识窍，弯身下去，把虱子拾起来，说：“我道不是个虱子，原来是个虱子!”甲的做法，其实不是除虱的好法子。乙的做法，虽然可恼，至少有“实事求是”的长处。虱子终是虱子，臭虫终是臭虫，何必讳呢?何必问别人家有没有呢?

况且我原来举出的“我们所独有的宝贝”：骈文，律诗，八股，小脚，太监，姨太太，五世同居的大家庭，贞节牌坊，地狱的监牢，廷杖，板子夹棍的法庭，这十一项，除姨太太外，差不多全是“我们所独有的”，“在这世界无不足以单独成一系统的”。高跟鞋与木屐何足以媲美小脚?“贞操锁”我在巴黎的克吕尼博物院看见过，并且带有照片回来，这不过是几个色情狂的私人的特制，万不配上比那普及全国至一千多年之久，诗人颂为“香钩”，文人尊为“金莲”的小脚。我们走遍世界，研究过初民社会，没有看见过一个文明的或野蛮的民族把他们的女人的脚裹小到三四寸，裹到骨节断折残废，而一千年公认为“美”的!也没有看见过一个文明的民族的知识阶级有话不肯老实的说，必须凑成对子，作成骈文律诗律赋八股，历一千几百年之久，公认为“美”的!无论我们如何爱护祖宗，这十项的“国粹”是洋鬼子家里搜不出来的。

况且西洋的“臭虫”是装在玻璃盒里任人研究的，所以我们能在巴黎的克吕尼博物院纵观高跟鞋的古今沿革，纵观“贞操锁”的制法，并且可以在博物院中购买精制的“贞操锁”的照片寄回来让国中人士用作“西洋也有臭虫”的实例。我们呢？我们至今可有一个历史博物馆敢于搜集小脚鞋样、模型、图画，或鸦片烟灯、烟枪、烟膏，或廷杖、板子、闸床、夹棍等等极重要的文化史料，用历史演变的原理排列展览，供全国人的研究与警醒的吗？因为大家都要以为灭迹就可以遮羞，所以青年一辈人全不明白祖宗造的罪孽如何深重，所以他们不能明白国家民族何以堕落到今日的地步，也不能明白这三四十年的解放与改革的绝大成绩。不明白过去的黑暗，所以他们不认得今日的光明；不懂得祖宗罪孽的深重，所以他们不能知道这三四十年革新运动的努力并非全无效果。我们今日所以还要郑重指出八股、小脚、板子、夹棍等等罪孽，岂是仅仅要宣扬家丑？我们的用意只是要大家明白我们的脊梁上驮着那二三千年的罪孽重担，所以几十年的不十分自觉的努力还不能够叫我们海底翻身。同时我们也可以从这种历史的知识上得着一种坚强的信心：三四十年的一点点努力已可以废除三千年的太监，一千年的小脚，六百年的八股，四五百年的男娼，五千年的酷刑，这不够使我们更决心向前努力吗！西洋人把高跟鞋、细腰模型、贞操锁都装置在博物院里，任人观看，叫人明白那个“美德造成的黄金世界”原来不在过去，而在那辽远的将来。这正是鼓励人们向前努力的好方法，是我们青年人不可不知道的。

固然，博物院里同时也应该陈列先民的优美成绩，谈固有文化的也应该如吴其玉先生说的“优劣并提”。这虽然不是我们现在讨论的本题，（本题是“我们的固有文化真是太丰富了吗?”）我们也可以在此谈谈。我们的固有文化究竟有什么“优”“长”之处呢？我是研究历史的人，也是个有血气的中国人，当然也时常想寻出我们这个民族的固有文化的优长之处。但我寻出来的长处实在不多，说出来一定叫许多青年人失望。依我的愚见，我们的固有文化有三点是可以在世界上占数一数二的地位的：第一是我们的语言的“文法”是全世界最容易最合理的。第二是我们的社会组织，因为脱离封建时代最早，所以比较的是很平等的，很平民化的。第三是我们的先民，在印度宗教输入以前，他们的宗教比较的是最简单的，最近人情的；就在印度宗教势力盛行之后，还能勉力从中古宗教之下爬出来，勉强建立一个人世的文化；这样的宗教迷信的比较薄弱，也可算是世界稀有的。然而这三项都夹杂着不少的有害的成分，都不是纯粹的长处。文法是最合理的简易的，可是文字的形体太繁难，太不合理了。社会组织是平民化了，同时也因为没有中坚的主力，所以缺乏领袖，又不容易组织，弄成一个一盘散沙的国家；又因为社会没有重心，所以一切风气都起于最下层而不出于最优秀的分子，所以小脚起于舞女，鸦片起于游民，一切赌博皆出于民间，小说戏曲也皆起于街头弹唱的小民。至于宗教，因为古代的宗教太简单了，所以中间全国投降了印度宗教，造成了一个长期的黑暗迷信的时代，至今还留下了不少的非人生活的遗痕。——然而这三项究竟还是我们在这个世界上最特异的三点：最简易合理的文法，平民化的社会构造，薄弱的宗教心。此外，我想了二十年，实在想不出什么别的优长之点了。如有别位学者能够指出其他的长处来，我当然很愿意考虑的（这个问题当然不是一段短文所能讨论的，我在这里不过提出一个纲要向已）。

所以，我不能不被逼上“固有文化实在太不丰富”之结论了。我以为我们对于固有的文化，应该采取历史学者的态度，就是“实事求是”的态度。一部文化史平铺放着，我们可以平心细看：

如果真是丰富，我们又何苦自讳其丰富？如果真是贫乏，我们也不必自讳其贫乏。如果真是罪孽深重，我们也不必自讳其罪孽深重。“实事求是”，才是最可靠的反省。自认贫乏，方才肯死心塌地的学；自认罪孽深重，方才肯下决心去消除罪愆。如果因为发现了自家不如人，就自暴自弃了，那只是不肖的纨绔子弟的行径，不是我们的有志青年应该有的态度。

话说长了，其他的论点不能详细讨论了，姑且讨论第二个论点，那就是模仿与创造的问题。吴其玉先生说文化进步发展的方式有四种：（一）模仿，（二）改进，（三）发明，（四）创作。这样分法，初看似乎有理，细看是不能成立的。吴先生承认“发明”之中“很多都由模仿来的”，“但也有许多与旧有的东西毫无关系的”。其实没有一件发明不是由模仿来的。吴先生举了两个例：一是瓦特的蒸汽机，一是印字术。他若翻开任何可靠的历史书，就可以知道这两件也是从模仿旧东西出来的。印字术是模仿抄写，这是最明显的事：从抄写到刻印章，从刻印章到刻印板画，从刻印板画到刻印符咒短文，逐渐进到刻印大部书，又由刻板进到活字排印，历史具在，哪一个阶段不是模仿前一个阶段而添上的一点新花样？瓦特的蒸汽机，也是从模仿来的。瓦特生于1736年，他用的是牛可门（Newcomen）的蒸汽机，不过加上第二个凝冷器及其他修改而已。牛可门生于1663年，他用了同时人萨维里的蒸汽机。牛萨两人又都是根据法国人巴平（Dents Papin）的蒸汽唧筒（Kaempffert：Modern Wonde Workers pp.）。巴平又是模仿他的老师荷兰人胡根斯（Huygens）的空气唧筒的。吴先生举的两个“发明”的例子，其实都是我所说的“模仿到十足时的一点新花样”。吴先生又说：“创作也须靠模仿为入手，但只模仿是不够的。”这和我的说法有何区别？他把“创作”归到“精神文明”方面，如美术、音乐、哲学等。这几项都是“模仿以外，还须有极高的开辟天才和独立的精神”。我的说法并不曾否认天才的重要。我说的是：

模仿熟了，就是学会了，工具用得熟了，方法练得细密了，有天才的人自然会“熟能生巧”，这一点功夫到时的奇巧新花样就叫作创造。

吴先生说，“创造须由模仿入手”；我说，“一切所谓创造都从模仿出来”。我看不出有一丝一毫的分别。

如此看来，吴先生列举的四个方式，其实只有一个方式：一切发明创作都从模仿出来。没有天才的人只能死板的模仿；天才高的人，功夫到时，自然会改善一点，改变得稍多一点，新花样添的多了，就好像是一件发明或创作了，其实还只是模仿功夫深时添上的一点新花样。

这样的说法，比较现时一切时髦的创造论似乎要减少一点弊窦。今日青年人的大毛病是误信“天才”、“灵感”等等最荒谬的观念，而不知天才没有功力只能蹉跎自误，一无所成。世界大发明家爱迪生说的最好：“天才（Geius）是一分神来，九十九分汗下。”他所谓“神来”（Inspiratdr）即是玄学鬼所谓“灵感”。用血汗苦功到了九十九分时，也许有一分的灵巧新花样出来，那就是创作了。颓废懒惰的人，痴待“灵感”之来，是终无所成的。

寿生先生引孔子的话：“吾尝终日不食，终夜不寝，以思，无益，不如学也。”这一位最富于常识的圣人的话是值得我们大家想想的。

（1934年6月25日，选自《胡适文存四集》）

写在孔子诞辰纪念之后（1934 年）

我们家乡有句俗话说："做戏无法，出个菩萨。"编戏的人遇到了无法转变的情节，往往请出一个观音菩萨来解围救急。这两年来，中国人受了外患的刺激，颇有点手忙脚乱的情形，也就不免走上了"做戏无法，出个菩萨"的一条路。这本是人之常情。西洋文学批评史也有 deus ex machina 的话，译出来也可说，"解围无计，出个上帝"。本年五月里美国奇旱，报纸上也曾登出旱区妇女孩子跪着祈祷求雨的照片。这都是穷愁呼天的常情，其可怜可恕，和今年我们国内许多请张天师求雨或请班禅喇嘛消灾的人，是一样的。

这种心理，在一般愚夫愚妇的行为上表现出来，是可怜而可恕的；但在一个现代政府的政令上表现出来，是可怜而不可恕的。现代政府的责任在于充分运用现代科学的正确知识，消极的防患除弊，积极的兴利惠民。这都是一点一滴的工作，一尺一步的旅程，这里面绝对没有一条捷径可以偷度。然而我们观察近年我们当政的领袖好像都不免有一种"做戏无法，出个菩萨"的心理，想寻求一条救国的捷径，想用最简易的方法做到一种复兴的灵迹。最近政府忽然手忙脚乱的恢复了纪念孔子诞辰的典礼，很匆遽的颁布了礼节的规定。八月二十七日，全国都奉命举行了这个孔诞纪念的大典。在每年许多个先烈纪念日之中加上一个孔子诞辰的纪念日，本来不值得我们的诧异。然而政府中人说这是“倡导国民培养精神上之人格”的方法，舆论界的一位领袖也说：“有此一举，诚足以奋起国民之精神，恢复民族的自信。”难道世间真有这样简便的捷径吗？

我们当然赞成“培养精神上之人格”，“奋起国民之精神，恢复民族的自信”。但是古人也曾说过：“礼乐所由起，百年积德而后可兴也。”国民的精神，民族的信心，也是这样的；他的颓废不是一朝一夕之故，他的复兴也不是虚文口号所能做到的。“洙水桥前，大成殿上，多士济济，肃穆趋跄”（用八月二十七日《大公报》社论中语）；四方城市里，政客军人也都率领着官吏士民，济济跄跄的行礼，堂堂皇皇的演说——礼成祭毕，纷纷而散，假期是添了一日，口号是添了二十句，演讲词是多出了几篇，官吏学生是多跑了一趟，然在精神的人格与民族的自信上，究竟有丝毫的影响吗？

那一天《大公报》的社论曾有这样一段议论：

> 最近二十年，世变弥烈，人欲横流，功利思想如水趋壑，不特仁义之说为俗诽笑，即人禽之判亦几以不明，民族的自尊心与自信力既已荡然无存，不待外侮之来，国家固早已濒于精神幻灭之域。

如果这种诊断是对的，那么，我们的民族病不过起于“最近二十年”，这样浅的病根，应该是很容易医治的了。可惜我们平日敬重的这位天津同业先生未免错读历史了。《官场现形记》和《二十年目睹之怪现状》描写的社会政治情形，不是中国的实情吗？是不是我们得把病情移前三十年呢？《品花宝鉴》以至《金瓶梅》描写的也不是中国的社会政治吗？这样一来，又得挪上三五百年了。那些时代，孔子是年年祭的，《论语》《孝经》《大学》是村学儿童人人读的，还有士大夫讲理学的风气哩！究竟那每年“洙水桥前，大成殿上，多士济济，肃穆趋跄”，曾何补于当时的惨酷的社会，贪污的政治？

我们回想到我们三十年前在村学堂读书的时候，每年开学是要向孔夫子叩头礼拜的；每天放学，拿了先生批点过的习字，是要向中堂（不一定有孔子像）拜揖然后回家的。至今回想起来，那个时代的人情风尚也未见得比现在高多少。在许多方面，我们还可以确定的说：“最近二十年”比那个拜孔夫子的时代高明得多多了。这二三十年中，我们废除了三千年的太监，一千年的小脚，六百年的八股，四五百年的男娼，五千年的酷刑，这都没有借重孔子的力量。八月二十七那一天汪精卫先生在中央党部演说，也指出“孔子没有反对纳妾，没有反对蓄奴婢；如今呢，纳妾蓄奴婢，虐待之固是罪恶，善待之亦是罪恶，根本纳妾蓄奴婢便是罪恶”。汪先生的解说是：“仁是万古不易的，而仁的内容与条件是与时俱进的。”这样的解说毕竟不能抹杀历史的事实。事实是“最近”几年中，丝毫没有借重孔夫子，而我们的道德观念已进化到承认“根本纳妾蓄奴婢便是罪恶”了。

平心说来，“最近二十年”是中国进步最速的时代；无论在知识上、道德上、国民精神上、国民人格上、社会风俗上、政治组织上、民族自信力上，这二十年的进步都可以说是超过以前的任何时代。这时期中自然也有不少的怪现状的暴露，劣根性的表现，然而种种缺陷都不能减损这二十年的总进步的净赢余。这里不是我们专论这个大问题的地方。但我们可以指出这个总进步的几个大项目：

第一，帝制的推翻，而几千年托庇在专制帝王之下的城狐社鼠——一切妃嫔，太监，贵胄，吏胥，捐纳——都跟着倒了。

第二，教育的革新。浅见的人在今日还攻击新教育的失败，但他们若平心想想旧教育是些什么东西，有些什么东西，就可以明白这二三十年的新教育，无论在量上或质上都比三十年前进步至少千百倍了。在消极方面，因旧教育的推倒，八股、骈文、律诗等等谬制都逐渐跟着倒了；在积极方面，新教育虽然还肤浅，然而常识的增加，技能的增加，文字的改革，体育的进步，国家观念的比较普遍，这都是旧教育万不能做到的成绩。（汪精卫先生前天曾说："中国号称以孝治天下，而一开口便侮辱人的母亲，甚至祖宗妹子等。"试问今日受过小学教育的学生还有这种开口骂人妈妈妹子的国粹习惯吗?)

第三，家庭的变化。城市工商业与教育的发展使人口趋向都会，受影响最大的是旧式家庭的崩溃，家庭变小了，父母公婆与族长的专制威风减削了，儿女宣告独立了。在这变化的家庭中，妇女的地位的抬高与婚姻制度的改革是五千年来最重大的变化。

第四，社会风俗的改革。小脚、男娼、酷刑等等，我已屡次说过了。在积极方面，如女子的解放，如婚丧礼俗的新试验，如青年对于体育运动的热心，如新医学及公共卫生的逐渐推行，这都是古代圣哲所不曾梦见的大进步。

第五，政治组织的新试验。这是帝制推翻的积极方面的结果。二十多年的试验虽然还没有做到满意的效果，但在许多方面（如新式的司法，如警察，如军事，如胥吏政治之变为士人政治）都已明白的显出几千年来所未曾有的成绩。不过我们生在这个时代，往往为成见所蔽，不肯承认罢了。单就最近几年来颁行的《新民法》一项而论，其中含有无数超越古昔的优点，已可说是一个不流血的绝大社会革命了。

这些都是毫无可疑的历史事实，都是“最近二十年”中不曾借重孔夫子而居然做到的伟大的进步。革命的成功就是这些，维新的成绩也就是这些。可怜无数维新志士，革命仁人，他们出了大力，冒了大险，替国家民族在二三十年中做到了这样超越前圣、凌驾百王的大进步，到头来，被几句死书迷了眼睛，见了黑旋风不认得是李逵，反倒唉声叹气，发思古之幽情，痛惜今之不如古，梦想从那“荆棘丛生，檐角倾斜”的大成殿里抬出孔圣人来“卫我宗邦，保我族类”！这岂不是天下古今最可怪笑的愚笨吗？

文章写到这里，有人打岔道：“喂，你别跑野马了。他们要的是‘国民精神上之人格，民族的自信’。在这‘最近二十年’里，这些项目也有进步吗？不借重孔夫子，行吗？”

什么是人格？人格只是已养成的行为习惯的总和。什么是信心？信心只是敢于肯定一个不可知的将来的勇气。在这个时代，新旧势力、中西思潮，四方八面的交攻，都自然会影响到我们这一辈人的行为习惯，所以我们很难指出某种人格是某一种势力单独造成的。但我们可以毫不迟疑的说：这二三十年中的领袖人才，正因为生活在一个新世界的新潮流里，他们的人格往往比旧时代的人物更伟大，思想更透辟，知识更丰富，气象更开阔，行为更豪放，人格更崇高。试把孙中山来比曾国藩，我们就可以明白这两个世界的代表人物的不同了。在古典文学的成就上，在世故的磨炼上，在小心谨慎的行为上，中山先生当然比不上曾文正。然而在见解的大胆、气象的雄伟、行为的勇敢上，那一位理学名臣就远不如这一位革命领袖了。照我这十几年来的观察，凡受这个新世界的新文化的震撼最大的人物，他们的人格都可以上比一切时代的圣贤，不但没有愧色，往往超越前人。老辈中，如高梦旦先生，如张元济先生，如蔡元培先生，如吴稚晖先生，如张伯苓先生；朋辈中，如周诒春先生，如李四光先生，如翁文灏先生，如姜蒋佐先生：他们的人格的崇高可爱敬，在中国古人中真寻不出相当的伦比。这种人格只有这个新时代才能产生，同时又都是能够给这个时代增加光耀的。

我们谈到古人的人格，往往想到岳飞、文天祥和晚明那些死在延杖下或天牢里的东林忠臣。我们何不想想这二三十年中为了各种革命慷慨杀身的无数志士！那些年年有特别纪念日追悼的人们，我们姑且不论。我们试想想那些为排满革命而死的许多志士，那些为民十五六年的国民革命而死的无数青年，那些前两年中在上海在长城一带为抗日卫国而死的无数青年，那些为民十三年以来的共产革命而死的无数青年——他们慷慨献身去经营的目标比起东林诸君子的目标来，其伟大真不可比例了。东林诸君子慷慨抗争的是“红丸”“移宫”“妖书”等等米米小的问题，而这无数的革命青年慷慨献身去工作的是全民族的解放，整个国家的自由平等，或他们所梦想的全人类社会的自由平等。我们想到了这二十年中为一个主义而从容杀身的无数青年，我们想起了这无数个“杀身成仁”中国青年，我们不能不低下头来向他们致最深的敬礼；我们不能不颂赞这“最近二十年”是中国史上一个精神人格最崇高，民族自信心最坚强的时代。他们把他们的生命都献给了他们的国家和他们的主义，天下还有比这更大的信心吗？

凡是咒诅这个时代为“人欲横流，人禽无别”的人，都是不曾认识这个新时代的人。他们不认识这二十年中国的空前大进步，也不认识这二十年中整千整万的中国少年流的血究竟为的是什么！

可怜的没有信心的老革命党呵！你们要革命，现在革命做到了这二十年的空前大进步，你们反不认得它了。这二十年的一点进步不是孔夫子之赐，是大家努力革命的结果，是大家接受了一个新世界的新文明的结果。只有向前走是有希望的。开倒车是不会有成功的。

你们心眼里最不满意的现状——你们所咒诅的“人欲横流，人禽无别”——只是任何革命时代所不能避免的一点附产物而已。这种现状的存在，只够证明革命还没有成功，进步还不够。孔圣人是无法帮忙的，开倒车也决不能引你们回到那个本来不存在的“美德造成的黄金世界”的！养个孩子还免不了肚痛，何况改造一个国家，何况改造一个文化？别灰心了，向前走罢！

（1934 年 9 月 3 日夜，选自《胡适论学近著》）

中学生的修养与择业（节选）（1952 年）

今天我应该讲些什么？事先曾请教吴县长，师范刘校长和同来的几位朋友，他们以今天到场的大多数是青年朋友们，也有青年朋友们的父兄，因此要我讲讲中等教育的东西。同时，我到过的地方，许多朋友常常问我中学生应注重什么？中学毕业后，升学的应该怎样选科？到社会里去的应该怎样择业？我是不懂教育的，不过年纪大些，并且自己也是经过中学大学出来的，同时看到朋友们与我们自己的子弟经过中学，得到一点认识，愿意将自己的认识提出来供大家参考，今天讲的题目，就是："中学生的修养与中学生的择业。"

中学生的修养应注重两点：

一、工具的求得　中学生大概是从十二岁的幼年到十八岁的青年，这个时期是决定他将来最重要的一个时期。求知识与做人、做事的工具，要在这个时期求得。古人说："工欲善其事，必先利其器。"中学生要将来有成就，便应该注意到"求工具"——学业上，事业上，求知识上所需要的工具。求工具的目标有二：一是中学毕业后无力升学要到社会里去就业；一是继续升学。

第一种工具是语言文字。不论就业或升学，以我个人的经验和观察所得，语言文字是最需要的工具。在中学里不仅应该学好本国的语言文字，最好能多学一二种外国的语言文字。它是就业升学的钥匙，能为我们打开知识的门。多学得一种语言，等于辟开一个新的花园、新的世界。语言文字，可以说是中学时期应该求得的工具当中非常重要的了。在中学时期如果没有打好语言文字的基础，以后做学问非常的困难。而且过了这个时期，很少能够把语言文字弄好的。

第二种工具是科学的基本知识。许多人都说学了数学，将来没有什么用处，这是错误的。数学是自然科学重要的钥匙，如果不能把这个重要的钥匙——数学，与物理学、化学、生物学、矿物学、植物学等，在中学时期学好，则不能求得新的知识。所以中学时期最重要的，是把这些基本知识弄好。

青年们在学校里对于各种基本科学，不能当它是功课，是学校课程里面需要的功课，应该把它当成求知识、做学问、做人的工具，必不可少的工具。拿工具这个观念来看课程，课程便活了。拿工具这个观念来批评课程，可以得到一个标准。首先看看哪些功课够得上做工具，并分出哪些功课是求知识做学问的工具，哪些功课是做人的工具。哪些功课是重要，哪些功课是次要。同时拿工具这个观念来督促自己，来分别轻重缓急。先生的教法，也可以拿工具这个观念来衡量，哪种教法是死的笨的，请先生改良，哪些应该特别注重，请先生注意。我这个话，不是叫学生对先生造反，而是请先生以工具来教，不要死板的照课本讲，这样推动先生，可以使得先生从没有精神提起精神，不是造反而是教学相长，不把功课当作功课看，把它当作必须的工具看。拿工具的观念看功课，功课便是活的，这一点也可以说是中学生治学的方法。

二、良好习惯的养成　良好习惯的养成，即普通所谓的人品教育，品性人格的陶冶。教育学家心理学家都告诉我们说：人品性格是习惯的养成，好的品格是好的习惯养成。中学生是定型的阶段，中学生时期与其注重治学的方法，毋宁提倡良好习惯的养成。一个人的坏习惯在中学还可纠正，假使在中学里不能养成良好的习惯，这个人的前途便算完了，在大学里不会是个好学生，在社会里不会是个有用的人才。我愿在这里提醒青年学生们的注意，也请学生的父兄教师们注意。

我们的国家以前专注重文字教育，读书人的指甲蓄得很长，手脸都是白白的，行动是文绉绉的，读书可以从“学而时习之”背诵起，写文章摇摇摆摆的会写出许多好听的词句来，可是他们是无用的，不能动手，也不能动脚，连桌凳有一点坏了，也不能拿起斧头钉子来修理。这种只能背书写文章的读书人就是没有养成良好的习惯——动手动脚的习惯。

我在台湾大学讲《治学方法》时，讲到一个故事：宋时有一新进士请教老前辈做官的秘诀，老前辈告诉他四个字：“勤谨和缓”。这四个字，大家称为做官的秘诀，我把它看作做人、做事、做学问的秘诀。简单的分别说：

勤，就是不偷懒，不走捷径，要切切实实，辛辛苦苦的去做。要用眼睛的用眼睛，用手的用手，用脚的用脚，先生叫你找材料，你就到应该到的地方去找。叫你找标本，你就到田野，到树林里去找，无论在实验室里，在自然界里，都不要偷懒，一点一滴的去做。

谨，就是谨慎，不粗心，不苟且，以江浙的俗话来说，不拆烂污。写汉字，一点、一横也不放过。写外国字，“i”的点、“t”的横，也一样的不放过。做数学，一个圈、一个小数点都不苟且。不要以为这是小事情，做小事关系天下的大事，做学问关系成败，所以细心谨慎，是必须要养成的习惯。

和，就是不要发脾气，不要武断，要虚心，要和和平平。什么叫作虚心？脑筋不存成见，不以成见来观察事实，不以成见来对待人。就做学问来说，要以心平气和的态度来做化学、数学、历史、地理，并以心平气和的态度来学语文。无论对事、对人、对物、对问题、对真理，完全是虚心的，这叫作和。

缓，这个字很重要，“缓”的意思是不要忙，不轻易下一个结论。如果没有缓的习惯，前面三个字就不容易做到。譬如找证据，这是很难的工作，如果要几点钟交卷，就不能做到“勤”的功夫；忙于完成，证据不够，不管它了，这样就不能做到“谨”的功夫；匆匆忙忙的去做，当然不能做到“和”的功夫。所以证据不够，应当悬而不断，就是姑且挂在那里，悬而不断，并不是叫你搁下来不管，是要你勤，要你谨，要你和。缓，就是南方人说的“凉凉去吧”，缓的意思，是要等着找到了充分的证据，然后根据事实来下判断。无论做学问、做事、做官、做议员，都是一样的。大家知道治花柳病的名药“六零六”吧？什么叫“六零六”呢？经过六百零六次的试验才成功的。“九一四”则试验了九百一十四次。达尔文的生物进化论，认为动植物的生存进化与环境有绝大的关系，也费了三十年的工夫，到四海去搜集标本和研究，并与朋友们往复讨论。朋友们都劝他发表，他仍然不肯。后来英国皇家学会收到另一位科学家华莱士的论文，其结论与达尔文的一样，朋友们才逼着达尔文把研究的结论公布，并提出与朋友们讨论的信件，来证明他早已获得结论，于是皇家学会才决定同华莱士的论文同时发表，达尔文这种持重的态度，不是缺点，是美德，这也是科学史上勤谨和缓的实例。值得我们去想想，作为榜样，尤其青年学生们要在中学里便养成这种好习惯。有了这种好习惯，无论是做人做事做学问，将来不怕没有成就。

中学生高中毕业后，面临的问题是继续升学或到社会去找职业。升学应如何选科？到社会去如何择业？简单的说，有两个标准：

一、社会的标准　社会上所需要的，最易发财的，最时髦的是什么？这便是社会的标准。台湾大学钱校长告诉我说，今年台大招生，投考学生中外文成绩好的都投考工学院，尤其是考电机工程、机械工程的特多，考文史的则很少，因为目前社会需要工程师，学成后容易得到职业而且待遇好。这种情形，在外国也是一样的，外国最吃香的学科是原子能、物理学和航空工程，干这一行的，最受欢迎，最受优待。

二、个人的标准　所谓个人的标准，就是个人的兴趣、性情、天才近哪门学科，适于哪一行业。简单的说，能干什么。社会上需要工程师，学工程的固不忧失业，但个人的性情志趣是否与工程相合？父母兄长爱人都希望你学工程，而你的性情志趣，甚至天才，却近于诗词、小说、戏剧、文学，你如迁就父母兄长爱人之所好而去学工程，结果工程界里多了一个饭桶，国家社会失去了一个第一流的诗人、小说家、文学家、戏剧学家，不是可惜了吗？所以个人的标准比社会的标准重要。因为社会标准所需要的太多，中国人常说社会职业有三百六十行，这是以前的说法，现在何止三百六十行，也许三千六百行，三万六千行都有，三千六百行，三万六千行，行行都需要。社会上需要建筑工程师，需要水利工程师，需要电力工程师，也需要大诗人、大美术家、大法学家、大政治家，同时也需要做新式马桶的工人。能做新式马桶的，照样可以发财。社会上三万六千行，既是行行都需要，一个人决不可能会做每行的事，顶多会二三行，普通都只能会一行的。在这种情形之下，试问是社会的标准重要？还是个人的标准重要？

当然是个人的重要！因此选科择业不要太注重社会上的需要，更不要迁就父母兄长爱人的所好。爸爸要你学赚钱的职业，妈妈要你学时髦的职业，爱人要你学社会上有地位的职业，你都不要管他，只问你自己和性情近乎什么？自己的天才力量能做什么？配做什么？要根据这些来决定。

历史上在这一方面，有很好的例子，意大利的伽俐略是科学的老祖宗，是新的天文学家、新的物理学家的老祖宗。他的父亲是一个数学家，当时学数学的人很倒霉。在伽俐略进大学的时候（三百多年前），他父亲因不喜欢，所以要他学医，可是他读医科，毫无兴趣，朋友们以他的绘画还不坏，认为他有美术天才，劝他改学美术，他自己也颇以为然。有一天他偶然走过雷积教授替公爵府里面做事的人补习几何学的课室，便去偷听，竟大感兴趣，于是医学不学了，画也不学了，改学他父亲不喜欢的数学。后来替全世界创立了新的天文学、新的物理学，这两门学问都建筑于数学之上。

最后说我个人到外国读书的经过，民国前二年，考取官费留美，家兄特从东三省赶到上海为我送行，以家道中落，要我学铁路工程，或矿冶工程，他认为学了这些回来，可以复兴家业，并替国家振兴实业。不要我学文学、哲学，也不要学做官的政治法律，说这是没有用的。当时我同许多人谈过这个问题。以路矿都不感兴趣，为免辜负兄长的期望，决定选读农科，想做科学的农业家，以农报国。同时美国大学农科，是不收费的，可以节省官费的一部分，寄回补助家用。进农学院以后第三个星期，接到实验系主任的通知，要我到该系报到实习。报到以后，他问我："你有什么农场经验？"我说："我不是种田的。"他又问我："你做什么呢？"我说："我没有做什么，我要虚心来学，请先生教我。"

先生答应说：“好。”接着问我洗过马没有，要我洗马。我说：“我们中国种田，是用牛不是用马。”先生说：“不行。”于是学洗马，先生洗一半，我洗一半。随即学驾车，也是先生套一半，我套一半。做这些实习，还觉得有兴趣。下一个星期的实习，为包谷选种，一共有百多种，实习结果，两手起了泡，我仍能忍耐，继续下去，一个学期结束了，各种功课的成绩，都在八十五分以上。到了第二年，成绩仍旧维持到这个水准。依照学院的规定，各科成绩在八十五分以上的，可以多选两个学分的课程，于是增选了种果学。起初是剪树、接种、浇水、捉虫，这些工作，也还觉得有兴趣。在上种果学的第二学期，有两小时的实习苹果分类，一张长桌，每个位子分置了四十个不同种类的苹果，一把小刀，一本苹果分类册，学生们须根据每个苹果的长短，开花孔的深浅、颜色、形状、果味和脆软等标准，查对苹果分类册，分别其类别（那时美国苹果有四百多类，现恐有六百多类了），普通名称和学名。美国同学都是农家子弟，对于苹果的普通名称一看便知，只需在苹果分类册里查对学名，便可填表缴卷，费时甚短。我和一位郭姓同学则需一个一个的经过所有检别的手续，花了两小时半，只分类了二十个苹果，而且大部分是错的。晚上我对这种实习起了一种念头：我花了两小时半的时间，究竟是在干什么？中国连苹果种子都没有，我学它什么用处？自己的性情不相近，干吗学这个？这两个半钟头的苹果实习使我改行，于是，决定离开农科。放弃一年半的时间（这时我已上了一年半的课）牺牲了两年的学费，不但节省官费补助家用已不可能，维持学业很困难，以后我改学文科、学哲学、政治、经济、文学，在没有回国时，以前与朋友们讨论文学问题，引起了中国的文学革命运动，提倡白话，拿白话作文，做教育工具，这与农场经验没有关系，苹果学没有关系，是我那时的兴趣所在。

我的玩意儿对国家贡献最大的便是文学的“玩意儿”，我所没有学过的东西。最近研究《水经注》（地理学的东西）。我已经六十二岁了，还不知道我究竟学什么？都是东摸摸、西摸摸，也许我以后还要学学水利工程亦未可知，虽则我现在头发都白了，还是无所专长，一无所成。可是我一生很快乐，因为我没有依社会需要的标准去学时髦。我服从了自己的个性，根据个人的兴趣所在去做，到现在虽然一无所成，但是我生活得很快乐，希望青年朋友们，接受我经验得来的这个教训，不要问爸爸要你学什么，妈妈要你学什么，爱人要你学什么。要问自己性情所近，能力所能做的去学。这个标准很重要，社会需要的标准是次要的。

（1952 年 12 月 27 日在台湾台东县公共体育场的演讲）

工程师的人生观（1952年）

今天要赶十点四十分钟的飞机到台东，所以只能很简单的说几句话，很为抱歉。报上说我作学术讲演，这是不敢当。我是来向工学院拜寿的。昨夜我问秦院长希望我送什么礼物。晚上想想，认为最好的礼物，是讲讲工程师的思想史同哲学史。所以我便以此送给各位。

究竟什么算是工程师的哲学呢？什么算是工程师的人生观呢？因为时间很短，我当然不能把这个大的题目讲得满意，只是提出几点意思，给现在的工程师同将来的工程师做个参考。法国从前有一位科学家柏格生（Bergson）说："人是制器的动物。"过去有许多人说："人是有效力的动物。"也有许多人说："人是理智的动物。"而柏格生说："人是能够制造器具的动物。"这个初造器具的动物，是工程师的老祖宗。什么叫作工程师呢？工程师的作用，在能够找出自然界的利益，强迫自然世界把它的利益一个一个贡献出来；就是改造自然、征服自然、控制自然，以减除人的痛苦，增加人的幸福。这是工程师哲学的简单说法。

大家都承认：学做工程师的，每天在课堂里面上应该上的课，在试验室里面做应该做的试验，也许忽略了最大的目标，或者忽略了真正的基本——工程师的人生观。所以这个题目，是值得我们考虑的。

昨天在工学院教授座谈会中，我说：我到了六十二岁，还不知道我专门学的什么。起初学农，以后弄弄文学，弄弄哲学，弄弄历史；现在搞《水经注》，人家说我改弄地理。也许六十五岁以后、七十岁的时候，说不定要到工学院做学生；只怕工学院的先生们不愿意收一个老学徒，说“老狗教不会新把戏”。今天在工学院做学生不够资格的人，要来谈谈现在的工程师同将来的工程师的人生观，实属狂妄，就是有点大胆。不过我觉得我这个意思，值得提出来说说。人是能够制造器具的动物，别的动物，也有能够制造东西的，譬如：蜘蛛能够制造网，蜜蜂能够制造蜜糖，珊瑚虫能够制造珊瑚岛。而我们人同这些动物之所以不同，就是蜘蛛制造网的丝，是从肚子里出来的，它肚子里有无穷无尽的丝；蜜蜂采取百花，经一番制造，做成的确比原料高明的蜜糖。这些动物，可算是工程师；但是它的范围，它用的，只是它自己的本能。珊瑚虫能够做成很大的珊瑚岛，也是本能的。人，如果只靠他的本能，讲起来也是有限得很的！人与蜘蛛、蜜蜂、珊瑚虫所以不同，是在他充分运用聪明才智，揭发自然的秘密，来改造自然、征服自然、控制自然。控制自然，为的是什么呢？不是像蜘蛛织网为的捕虫子来吃，人的控制自然，为的是要减轻人的劳苦，减除人的痛苦，增加人的幸福，使人类的生活格外丰富，格外有意义。这是“科学与工业的文化”的哲学。我觉得柏格生这个“人”的定义，同我们刚才简单讲的工程师的哲学，工程师的人生观，工程师的目标，是值得我们随时想想，随时考虑的。

这个话同这个目标，不是外国来的东西，可以说是我们老祖宗在几百年，甚至几千年以前，就有了这种理想了。目前有些人提倡读经；我倒很愿意为工程师背几句经书，来说明这个理想。

人如何能控制自然，制造器具呢？人控制自然这个观念，无论东方的圣人贤人，西方的圣人贤人，都是同样有的。我现在提出我们古人的几句话，使大家知道工程师的哲学，并不是完全外来的洋货。我常常喜欢把《易经·系辞》里面几句话翻成外国文给外国人看。这几句话是："见乃谓之象；形乃谓之器；制而用之谓之法；利用出入，民咸用之，谓之神。"看见一个意思，叫作象；把这个意象变成一种东西——形，叫作器；大规模的制造出来，叫做法；老百姓用工程师制造出来的这些器具，都说好呀！好呀！但是不晓得这器具是从一种意象来的，所以看见工程师便叫作神。

希腊神话，说火是从天上偷来的；中国历史上发明火的燧人氏被称为古帝之一——神。火，是一个大发明。发明火的人，是一个大工程师。我刚才所举《易经·系辞》，从一个观念——意象——造成器具，这个意思，是了不得的。人类历史上所谓文化的进步，完全在制造器具的进步。文化的时代，是照工程师的成绩划分的。人类第一发明是火；大体说来，火的发现是文化的开始。下去为石器时代。无论旧石器时代，新石器时代，都是人类用智慧把石头造成器具的时候。再下去为青铜器时代。用铜制造器具，这是工程师最大的贡献。再下去为铁的时代。这是一个大的革命，后来把铁炼成钢。再下去发明蒸汽机，为蒸汽机时代。再下去运用电力，为电力的时代，现在为原子能时代，这都是制器的大进步。每一个大时代，都只是制器的原料与动力的大革命。从发明火以后，石器时代、铜器时代、铁器时代、电力时代、原子能时代，这些文化的阶段，都是依工程师所创造划分的。

这种理想，中国历史上早就有了的。工学院水工试验室要我写字，我写了两句话。这两句话，是《荀子·天论篇》里面的。

《荀子·天论篇》，是中国古代了不得的哲学，也就是西方柏格生征服自然以为人用的思想。《荀子·天论篇》说："从天而颂之，孰与制天命而用之？大天而思之，孰与物蓄而制裁之？"这个文字，依照清代学者校勘，稍须改动。但意思没有改动。"从天而颂之"，是说服从自然。"从天而颂之，孰与制天命而用之？"两句话联起来说，意思是：跟着自然走而歌颂，不如控制自然来用。"大天而思之"，是问自然是怎样来的。"大天而思之，孰与物蓄而制裁之？"是说：问自然从哪里来的，不如把自然看成一种东西，养它、制裁它。把自然控制来用，中国思想史上只有荀子才说得这样彻底。从这两句话，也可以看出中国在两千二三百年前，就有控制天命——古人所谓天命，就是自然——把天命看作一种东西来用的思想。

"穷理致知"四个字，是代表七八百年前——十一世纪到十二世纪——宋朝的思想的。宋代程子、朱子提倡格物——穷理——的哲学。什么叫作"格物"呢？这有七十几种说法。今天我们不去研究这些说法。照程子、朱子的解释，"格物"是"即物而穷其理。……即凡天下之物，莫不因其已知之理而益穷之，以求至乎其极。"这样的格物致知，可以扩大人的知识。程子说，"今天格一物，明天格一物，习而久之，自然贯通。"有人以范围问他，他说，上自天地之高大，下至一草一木，都要格的。这个范围，就是科学的范围，工程师的范围。

两千二三百年前，荀子就有"制天命而用之"的思想；七八百年前，程子、朱子就有格物——穷理——的哲学。这是科学的哲学，可算是工程师的哲学。我们老祖宗有这样好的思想、哲学，为什么不能做到科学工业的文化呢？简单一句话，我们不幸得很，二千五百年以前的时候，已经走上了自然主义的哲学一条路了。

像《老子》、《庄子》，以及更后的《淮南子》，都是代表自然主义思想的。这种自然主义的哲学发达得太早，而自然科学与工业发达得太迟，这是中国思想史的大缺点。

刚才讲的，人是用智慧制造器具的动物。这样，人就要天天同自然界接触，天天动手动脚的，抓住实物，把实物来玩，或者打碎它、煮它、烧它。玩来玩去，就可以发现新的东西，走上科学工业的一条路。比方“豆腐”，就是把豆子磨细，用其他的东西来点，来试验，一次，二次……经过许多次的试验，结果点成浆，做成功豆腐；做成功豆腐还不够，还要做豆腐干、豆腐乳。豆腐的做成，很显然的，是与自然界接触，动手动脚，多方试验的结果，不是对自然界看看，想想，或作一首诗恭维自然界就行了的。

顶好一个例子，是格物哲学到了明朝的一个故事。明朝有一位大哲学家王阳明，他说，照程子、朱子的说法，要做圣人，要“即物而穷其理”。“即物穷理”，你们没有试验过，我王阳明试验过了。有一天，他同一位姓钱的朋友研究格物，并由钱先生动手格竹子，拿一个凳子坐在竹子旁边望，望了三天三夜，格不出来，病了。王阳明说：“你不够做圣人，我来格。”也端把椅子对着竹子望，望了一天一夜，两天两夜……到了七天七夜，王阳明也格不出来，病了。于是王阳明说：“我们不配做圣人，不能格物。”从这个故事，可以看出传统的不动手动脚，拿天然实物来玩的习惯。今天工学院植物系的学生格竹子，是要把竹子劈开，用显微镜来细细的看，再加上颜色的水，做各种的试验，然后就可以判定竹子在工业上的地位。为什么王阳明格不出来，今天的工程师可以格出来？因王阳明没有动手动脚做器具的习惯，今天的工程师有动手动脚做器具的习惯。荀子“制天命而用之”的哲学，终敌不过老子、庄子“错（措）人而思天”的哲学。故程、朱的格物穷理思想，终不能应用到自然界的实物上去，至多只能在“读书”上（文史的研究上）发生一点功效。

今天送给各位工程师哲学的人生观，又约略讲一讲我们老祖宗为什么失败。为什么有了这样好的征服天然的理想，穷理致知的哲学，而没有造成功科学文化、工业文化。我们可以了解我们老祖宗让西方人赶上去了。同时，从西方人后来实现了我们老祖宗的理想，我们亦就可以知道，只要振作，是可以迎头赶上的。我们只要二十年、三十年的努力，就可以同世界上科学工业发达的国家站在一样的地位。

二十年前，中国科学社要我作一个社歌，后来请赵元任先生作了乐谱。今天我把这个东西送给各位工程师。这个社歌，一共三段十二句。

我们不崇拜自然。它是一个刁钻古怪；
我们要捶它、煮它，要叫它听我们的指派。
我们要它给我们推车，我们要它给我们送信。
我们要揭穿它的秘密，好叫它服侍我们人。
我们唱天行有常，我们唱致知穷理。
明知道真理无穷，进一寸有一寸的欢喜。

（1952年12月27日参加台湾地区台南工学院
七周年纪念会的演讲）

大宇宙中谈博爱（1956 年）

“博爱”就是爱一切人。这题目范围很大。在未讨论以前，让我们先看一个问题：我们的世界有多大？

我的答复是“很大”！我从前念《千字文》的时候，一开头便已念到这样的词句：“天地玄黄，宇宙洪荒。”

宇宙是中国的字，和英文的 Universe、World 意思差不多，都是抽象名词。

宇是空间（Space），即东南西北，宙是时间（Time），即古今旦暮。

《淮南子》说宇是上下四方，宙是古往今来。

宇宙就是天地，宙宇就是 Time—Space。

古人能得“Universe”的观念实在不易，相当合于今日的科学。

但古人所见的空间很小，时间很短，现在的观念已扩大了许多。考古学探讨千万年的事，地质学、古生物学、天文学等等不断的发现，更将时间空间的观念扩大。

现在的看法：空间是无穷的大，时间是无穷的长。

古人只见到八大行星，二十年前只见九大行星。现在所谓的银河，是古代所未能想象得到的。以前觉得太阳很远，现在说起来算不得什么，因为比太阳远千万倍的东西多得很。

科学就这样的答复了“宇宙究竟有多大?”这个问题。

现在谈第二点：博爱。

在这个大世界里谈博爱，真是个大问题。

广义的爱，是世界各大宗教的最终目的。墨子可谓中国历史上最了不起的人，可说是宗教创立者（Founder of Religion），他提出“兼爱”为他的理论中心。兼爱就是博爱，是爱无等差的爱。墨子理论和基督教教义有很多相合的地方，如“爱人如己”、“爱我们的仇敌”等。

佛教哲学本谓一切无常，我亦无常，“我”是“四大”（土、水、火、风）偶然结合而成的，是十分简单的东西，因此无所谓爱与恨——根本不值得爱，也不值得恨。但早期佛教亦有爱的意念在：我既无常，可牺牲以为人。

和尚爱众生，但是佛教不准自食其力，所以有人称之为“叫花”（乞丐）宗教。自己的饭亦须取之于人，何能博爱?

古时很多人为了“爱”，每次登坑（大便）的时候便想想，大想一番，想到爱人。有些人则以身喂蚊，或以刀割肉，以自身所受的痛苦来显示他们对人的爱。这种爱的方法，只能做到牺牲自己，在现代的眼光看来，是可笑的。这种博爱给人的帮助十分有限，与现代的科学——工程、医学……等所能给我们的“博爱”比起来，力量实在小得可怜。今日的科学增进了人类互助博爱的能力。就说最近意大利邮船 Andrea Doria 遇难的事吧，短短的数小时内就救起千多人。近代交通、医学等的发达，减少了人类无数的痛苦。

我们要谈博爱，一定要换一观念。古时那种喂蚊割肉的博爱，等于开空头支票，毫无价值。现在的科学才能放大我们的眼光，促进我们的同情心，增加我们助人的能力。我们需要一种以科学为基础的博爱——一种实际的博爱。

孔子说："修己以敬，修己以安人，修己以安百姓。"修己就是把自己弄好。我们应当先把自己弄好，然后帮助别人；"独善其身"然后能"兼善天下"。同学们，现在我们读书的时候，不要空谈高唱博爱；但应先努力学习，充实自己，到我们有充分能力的时候才谈博爱，仍不算迟。

（1956年9月1日在中西部留美同学夏令大会上的演讲）

容忍与自由（1959 年）

十七八年前，我最后一次会见我的母校康耐儿大学的史学大师布尔先生（George Lincoln Burr）。我们谈到英国文学大师阿克顿（Lord Acton）一生准备要著作一部《自由之史》，没有写成他就死了。布尔先生那天谈话很多，有一句话我至今没有忘记。他说，“我年纪越大，越感觉到容忍（tolerance）比自由更重要。”

布尔先生死了十多年了，他这句话我越想越觉得是一句不可磨灭的格言。我自己也有“年纪越大，越觉得容忍比自由还更重要”的感想。有时我竟觉得容忍是一切自由的根本：没有容忍，就没有自由。

我十七岁的时候（1908）曾在《竞业旬报》上发表几条《无鬼丛话》，其中有一条是痛骂小说《西游记》和《封神榜》的，我说：

> 《王制》有之：“假于鬼神时日卜筮以疑众，杀。”吾独怪夫数千年来之排治权者，之以济世明道自期者，乃懵然不之注意，惑世诬民之学说得以大行，遂举我神州民族投诸极黑暗之世界！

这是一个小孩子很不容忍的“卫道”态度。我在那时候已是一个无鬼论者、无神论者，所以发出那种摧除迷信的狂论，要实行《王制》（《礼让》的一篇）的“假于鬼神时日卜筮以疑众，杀”的一条经典！

我在那时候当然没有梦想到说这话的小孩子在十五年后（1923）会很热心的给《西游记》作两万字的考证！我在那时候当然更没有想到那个小孩子在二三十年后还时时留心搜求可以考证《封神榜》的作者的材料！我在那时候也完全没有想想《王制》那句话的历史意义。那一段《王制》的全文是这样的：

析言破律，乱名改作，执左道以乱政，杀。作淫声异服奇技奇器以疑众，杀。行伪而坚，言伪而辩，学非而博，顺非而泽以疑众，杀。假于鬼神时日卜筮以疑众，杀。此四诛者，不以听。

我在五十年前，完全没有懂得这一段话的“诛”正是中国专制政体之下禁止新思想、新学术、新信仰、新艺术的经典的根据。我在那时候抱着“破除迷信”的热心，所以拥护那“四诛”之中的第四诛：“假于鬼神时日卜筮以疑众，杀。”我当时完全没有梦到第四诛的“假于鬼神……以疑众”和第一诛的“执左道以乱政”的两条罪名都可以用来摧残宗教信仰的自由。我当时也完全没有注意到郑玄注里用了公输般做“奇技异器”的例子；更没有注意到孔颖达《正义》里举了“孔子为鲁司寇七日而诛少正卯”的例子来解释“行伪而坚，言伪而辩，学非而博，顺非而泽以疑众，杀”。故第二诛可以用来禁绝艺术创作的自由，也可以用来“杀”许多发明“奇技异器”的科学家。故第三诛可以用来摧残思想的自由，言论的自由，著作出版的自由。

我在五十年前引用《王制》第四诛，要“杀”《西游记》《封神榜》的作者。那时候我当然没有想到十年之后我在北京大学教书时就有一些同样“卫道”的正人君子也想引用《王制》的第三诛，要“杀”我和我的朋友们。当年我要“杀”人，后来人要“杀”我，动机是一样的：都只因为动了一点正义的火气，就都失掉容忍的度量了。

我自己叙述五十年前主张“假于鬼神时日卜筮以疑众，杀”的故事，为的是要说明我年纪越大，越觉得“容忍”比“自由”还更重要。

我到今天还是一个无神论者，我不信有一个有意志的神，我也不信灵魂不朽的说法……

我自己总觉得，这个国家，这个社会，这个世界，绝大多数人是信神的，居然能有这雅量，能容忍我的无神论，能容忍我这个不信神也不信灵魂不灭的人，能容忍我在国内和国外自由发表我的无神论的思想，从没有人因此用石头掷我，把我关在监狱里，或把我捆在柴堆上用火烧死。我在这个世界里居然享受了四十多年的容忍与自由。我觉得这个国家，这个社会，这个世界对我的容忍度量是可爱的，是可以感激的。

所以我自己总觉得我应该用容忍的态度来报答社会对我的容忍。所以我自己不信神，但我能诚心的谅解一切信神的人，也能诚心的容忍并且敬重一切信仰有神的宗教。

我要用容忍的态度来报答社会对我的容忍，因为我年纪越大，我越觉得容忍的重要意义。若社会没有这点容忍的气度，我决不能享受四十多年大胆怀疑的自由，公开主张无神论的自由了。

在宗教自由史上，在思想自由史上，在政治自由史上，我们都可以看见容忍的态度是最难得，最稀有的态度。人类的习惯总是喜同而恶异的，总不喜欢和自己不同的信仰、思想、行为。这就是不容忍的根源。不容忍只是不能容忍和我自己不同的新思想和新信仰。一个宗教团体总相信自己的宗教信仰是对的，是不会错的，所以它总相信那些和自己不同的宗教信仰必定是错的，必定是异端，邪教。一个政治团体总相信自己的政治主张是对的，是不会错的，所以它总相信那些和自己不同的政治见解必定是错的，必定是敌人。

一切对异端的迫害，一切对“异己”的摧残，一切宗教自由的禁止，一切思想言论的被压迫，都由于这一点深信自己是不会错的心理。因为深信自己是不会错的，所以不能容忍任何和自己不同的思想信仰了。

试看欧洲的宗教革新运动的历史。马丁·路德（Martin Luther）和约翰·高尔文（John Calvin）等人起来革新宗教，本来是因为他们不满意于罗马旧教的种种不容忍，种种不自由。但是新教在中欧北欧胜利之后，新教的领袖们又都渐渐走上了不容忍的路上去，也不容许别人起来批评他们的新教条了。高尔文在日内瓦掌握了宗教大权，居然会把一个敢独立思想、敢批评高尔文的教条的学者塞维图斯（Servetus）定了“异端邪说”的罪名，把他用铁链锁在木桩上，堆起柴来，慢慢的活烧死。这是 1553 年十月二十三日的事。

这个殉道者塞维图斯的惨史，最值得人们的追念和反省。宗教革新运动原来的目标是要争取“基督教的人的自由”和“良心的自由”。何以高尔文和他的信徒们居然会把一位独立思想的新教徒用慢慢的火烧死呢？何以高尔文的门徒（后来继任高尔文为日内瓦的宗教独裁者）柏时（de Beze）竟会宣言“良心的自由是魔鬼的教条”呢？

基本的原因还是那一点深信我自己是“不会错的”的心理。

像高尔文那样虔诚的宗教改革家，他自己深信他的良心确是代表上帝的命令，他的口和他的笔确是代表上帝的意志，那么他的意见还会错吗？他还有错误的可能吗？在塞维图斯被烧死之后，高尔文曾受到不少人的批评。1554 年，高尔文发表一篇文字为他自己辩护，他毫不迟疑的说："严厉惩治邪说者的权威是无可疑的，因为这就是上帝自己说话。……这工作是为上帝的光荣战斗。"

上帝自己说话，还会错吗？为上帝的光荣作战，还会错吗？这一点"我不会错"的心理，就是一切不容忍的根苗。深信我自己的信念没有错误的可能（infallible），我的意见就是"正义"，反对我的人当然都是"邪说"了。我的意见代表上帝的意旨，反对我的人的意见当然都是"魔鬼的教条"了。

这是宗教自由史给我们的教训：容忍是一切自由的根本；没有容忍"异己"的雅量，就不会承认"异己"的宗教信仰可以享受自由。但因为不容忍的态度是基于"我的信念不会错"的心理习惯，所以容忍"异己"是最难得，最不容易养成的雅量。

在政治思想上，在社会问题的讨论上，我们同样的感觉到不容忍是常见的，而容忍总是很稀有的。我试举一个死了的老朋友的故事做例子。四十多年前，我们在《新青年》杂志上开始提倡白话文学的运动，我曾从美国寄信给陈独秀，我说：

此事之是非，非一朝一夕所能定，亦非一二人所能定。甚愿国中人士能平心静气与吾辈同力研究此问题。讨论既熟，是非自明。吾辈已张革命之旗，虽不容退缩，然亦决不敢以吾辈所主张为必是而不容他人之匡正也。

独秀在《新青年》上答我道：

鄙意容纳异议，自由讨论，固为学术发达之原则，独于改良中国文学当以白话为正宗之说，其是非甚明，必不容反对者有讨论之余地；必以吾辈所主张者为绝对之是，而不容他人之匡正也。

我当时看了就觉得这是很武断的态度。现在在四十多年之后，我还忘不了独秀这一句话，我还觉得这种“必以吾辈所主张者为绝对之是”的态度是很不容忍的态度，是最容易引起别人的恶感，是最容易引起反对的。

我曾说过，我应该用容忍的态度来报答社会对我的容忍。我现在常常想我们还得戒律自己：我们若想别人容忍谅解我们的见解，我们必须先养成能够容忍谅解别人的见解的度量。至少至少我们应该戒约自己决不可“以吾辈所主张者为绝对之是”。我们受过实验主义的训练的人，本来就不承认有“绝对之是”，更不可以“以吾辈所主张者为绝对之是”。

（1959年3月12日晨，选自《胡适全集》）

一个防身药方的三味药（1960年）

毕业班的诸位同学，现在都得离开学校去开始你们自己的事业了，今天的典礼，我们叫作“毕业”、叫作“卒业”，在英文里叫作“始业”（commencement）。你们的学校生活现在有一个结束，现在你们开始进入一段新的生活，开始撑起自己的肩膀来挑自己的担子，所以叫作“始业”。

我今天承毕业班同学的好意，承阎校长的好意，来说几句话。我进大学是在五十年前（1910），我毕业是在四十六年前（1914），够得上做你们的老大哥了。今天我用老大哥的资格，应该送你们一点小礼物。我要送你们的小礼物只是一个防身的药方，给你们离开校门、进入大世界，做随时防身救急之用的一个药方。

这个防身药方只有三味药：

第一味药叫作“问题丹”。

第二味药叫作“兴趣散”。

第三味药叫作“信心汤”。

第一味药，“问题丹”。就是说，每个人离开学校，总得带一两个麻烦而有趣味的问题在身边做伴，这是你们入世的第一要紧的救命宝丹。

问题是一切知识学问的来源，活的学问、活的知识，都是为了解答实际上的困难，或理论上的困难而得来的。年轻入世的时候，总得有一个两个不大容易解决的问题在脑子里，时时向你挑战，时时笑你不能对付它，不能奈何它，时时引诱你去想它。

只要你有问题跟着你，你就不会懒惰了，你就会继续有知识上的长进了。

学堂里的书，你带不走；仪器，你带不走；先生，他们不能跟你去，但是问题可以跟你走到天边！有了问题，没有书，你自会省吃省穿去买书；没有仪器，你自会卖田卖地去买仪器！没有好先生，你自会去找好师友；没有资料，你自会上天下地去找资料。

各位青年朋友，你今天离开学校，夹袋里准备了几个问题跟着你走？

第二味药叫作“兴趣散”。这就是说，每个人进入社会，总得多发展一点专门职业以外的兴趣——“业余”的兴趣。

你们多数是学工程的，当然不愁找不到吃饭的职业，但四年前你们选择的专门职业，真是你们自己的自由志愿吗？你们现在还感觉你们手里的文凭真可以代表你们每个人终身的志愿、终身的兴趣吗？——换句话说，你们今天不懊悔吗？明年今天还不会懊悔吗？

你们在这四年里，没有发现什么新的、业余的兴趣吗？在这四年里，没有发现自己的本行以外的才能吗？

总而言之，一个人应该有他的职业，又应该有他的非职业的玩意儿，不是为吃饭而是心里喜欢做的，用闲暇时间做的——这种非职业的玩意儿，可以使他的生活更有趣、更快乐、更有意思。有时候，一个人的业余活动也许比他的职业还更重要。

英国十九世纪的两个哲学家，一个是弥尔（J. S. Mill），他的职业是东印度公司的秘书，他的业余工作使他在哲学上、经济学上、政治思想史上，都有很大的贡献。一个是斯宾塞（Herbert Spencer），他是一个测量工程师，他的业余工作使他成为一个很有实力的思想家。

英国的大政治家丘吉尔，政治是他的终身职业，但他的业余兴趣很多，他在文学、历史两方面都有大成就；他用余力作油画，成绩也很好。

美国总统艾森豪威尔先生，他的终身职业是军事，人都知道他最爱打高尔夫球，但我们知道他的油画也很有功夫。

各位青年朋友，你们的专门职业是不用愁的了，你们的业余兴趣是什么？你们能做的，爱做的业余活动是什么？

第三味药，我叫他作“信心汤”。这就是说，你总得有一点信心。

我们生存的这个年头，看见的、听见的，往往都是可以叫我们悲观、失望的——有时候竟可以叫我们伤心，叫我们发疯。

这个时代，正是我们要培养我们的信心的时候，没有信心，我们真要发狂自杀了。

我们的信心只有一句话“努力不会白费”，没有一点儿努力是没有结果的。

对你们学工程的青年人，我还用多举例来说明这种信心吗？工程师的人生哲学当然建筑在“努力不白费”的定律的基石之上。

我只举这短短几十年里大家都知道的两个例子：

一个是亨利·福特（Hteryn Ford），这个人没有受过大学教育，他小时半工半读，只读了几年书，十六岁就在一小机器店里做工，每周工钱两块半美金，晚上还得去帮别家做夜工。

五十七年前（1903）他三十九岁，他创立福特汽车公司（For’d MotorCo），原定资本十万元，只招得两万八千元。

五年之后（1908），他造成了他的最出名的 Model T 汽车，用全力制造这一种车子。

1913 年——我已在大学三年级了，福特先生创立他的第一副“装配线”（Assembly line）。

1914 年——四十六年前——他就能够完全用“装配线”的原理来制造他的汽车了。同时他宣布他的汽车工人每天只工作八点钟，比别处工人少一点钟——而每天最低工钱五元美金，比别人多一倍。

他的汽车开始是九百五十美元一部，他逐年减低卖价，从九百五十美元直减到三百六十美元——第一次世界大战之后，减到二百九十美元一部。

他的公司，在创办时（1903）只有两万八千元的资本——到二十三年之后（1926）已值得十亿美金了！已成了全世界最大的汽车公司了。1915 年，他造了一百万部汽车，1928 年，他造了一千五百万部车。

他的“装配线”的原则在二十年里造成了全世界的“工业新革命”。

福特的汽车在五十年中征服全世界的历史还不能叫我们发生“努力不白费”的信心吗？

第二个例子是航空工程与航空工业的历史。

也是五十七年前——1903 年 12 月 17 日，正是我十二整岁的生日——那一天，在北加罗林那州的海边 Kitty Hawk（基帝霍克）沙滩上，两个修理脚踏车的匠人，兄弟两人，用他们自己制造的一架飞机，在沙滩上试起飞。弟弟叫 Owille wright，他飞起了十二秒钟；哥哥叫 Wilbur Wright，他飞起了五十九秒钟。

那是人类制造飞机飞在空中的第一次成功——现在那一天（12 月 17 日）是全美国庆祝的"航空日"——但当时并没有人注意到那两个弟兄的试验，但这两个没有受过大学教育的脚踏车修理匠人，他们并不失望，他们继续试飞，继续改良他们的飞机，一直到四年半之后（1908 年 5 月），才有重要的报纸来报道他们两个人的试飞，那时候，他们已能在空中飞三十八分钟了！

这四十年中，航空工程的大发展，航空工业的大发展，这是你们学工程的人都知道的，航空工业在最近三十年里已成了世界最大工业的一种。

我第一次看见飞机是在 1912 年。我第一次坐飞机是在 1930 年（三十年前）。我第一次飞过太平洋是在二十三年前（1937 年）。第一次飞过大西洋是在十五年前（1945 年）。当我第一次飞渡太平洋的时候，从香港到旧金山总共费了七天！去年我第一次坐 Jet 机，从旧金山到纽约，五个半钟点飞了三千英里！下月初，我又得飞过太平洋，中午起飞，当天晚上就到美国西岸了！

五十七年前，Kitty Hawk 沙滩上两个脚踏车修理匠人自造的一个飞机居然在空中飞起了十二秒钟，那十二秒钟的飞行就给人类打开了一个新的时代——打开了人类的航空时代。

这不够叫我们深信"努力不会白费"的人生观吗？

古人说"信心可以移山"（Faith moves mountains），又说"功不唐捐"（唐是空的意思），又说："只要功夫深，生铁磨成绣花针。"

青年的朋友，你们有这种信心没有？

（1960 年 6 月 18 日在台湾成功大学毕业典礼上的演讲）